妻好月圓 4 完

渥丹 著

風文創 660

目錄

第四十八章　讓人喜歡

轉眼到了三月初三，女兒節。

一早，顧桐月到正院陪郭氏用膳，趕到時，端和公主與徐氏已經在了。

端和公主向來寬厚賢慧，瞧見顧桐月，自是沒什麼心結，露出十分親切的笑容。

至於徐氏，人心都是肉長的，經過這些日子的相處，加上顧桐月不著痕跡地討好，終讓她放下初時的成見，與顧桐月友好起來。

「妹妹過來了，母親正念叨妳呢！」端和公主一邊說著，一邊讓丫鬟取碗筷。「快坐下，今早的早膳是母親親自吩咐廚房準備的，應該都是妹妹愛吃的菜。」

幾人高高興興用完早膳，就聽徐氏笑道：「今日是女兒節，涇河邊想必十分熱鬧，可惜我跟公主不能去了，妹妹生得這樣好，定能得到許多蘭草。」

想到往年女兒節的盛況，已為人婦的徐氏不由有些惆悵。

顧桐月笑問：「二嫂這是後悔太早嫁給二哥了？」

「哪有。」徐氏想也不想地回答。

語畢，她倏地回神，發現連郭氏都忍俊不禁，微紅了臉，指著顧桐月嗔道：「這丫頭真是太壞了，得叫母親好好收拾妳。」

郭氏笑著將顧桐月攬過去，玩笑般地說：「我可捨不得。」又問：「今兒誰陪妳去？」

顧桐月道：「我也在想哪個哥哥陪我去涇河比較風光呢！」

「當然是妳三哥。」郭氏笑出聲。「有名滿京城的唐大才子陪著，定然風光無兩。」

顧桐月卻嘟嘴。「愛慕三哥的姑娘那麼多，他陪我去的話，我可要擔心自己會不會被那些羨慕嫉妒的姑娘們嚼了吞下肚。」

「有道理。」郭氏點頭。「那讓妳小哥去吧！」

兩人正說著，就見唐承赫大步走進來。

「小妹還沒準備好嗎？」

顧桐月含笑轉身，上下打量威風又英俊的唐承赫。「今日想必小哥收穫頗豐。」

唐承赫負手，得意道：「那是自然，這兩年京城裡最佳夫婿人選，除了三哥就是我。唉，其實太出色，也是一種煩惱啊！」

郭氏與顧桐月齊齊朝他翻了個白眼。

母子三人說笑一陣，瞧著時辰不早，郭氏便仔細叮囑唐承赫，讓他照顧好顧桐月。

「今日涇河邊人多，你可要仔細護著妹妹。」

唐承赫應是，連聲保證，才帶著顧桐月出門。

半個時辰後，馬車來到涇河邊。

涇河河面寬闊，陽光灑落，波光粼粼。

此時已經熱鬧起來，有人乘船欣賞河上風光，畫舫中傳出悅耳的絲竹聲。

岸邊處處可見盛裝打扮的未婚姑娘，三五成群採集蘭草，公子們便在近處流連，暗暗相看姑娘，也給姑娘們相看。

唐承赫命車伕南行，來到一處無人的河岸，才示意車伕停車。

顧桐月準備下車，卻聽唐承赫意外又有些惱怒的聲音響起——

「你怎麼在這裡?!」

顧桐月有些驚訝，沒有立時下車，側耳聽著外頭的動靜。

「奉旨前來。」被質問的人平靜地開口。

他一說話，顧桐月就聽出來，這人不是蕭瑾修又是誰？

顧桐月忽然想起，那天晚上他跑到她的閨房，說女兒節過後，他才會離京，當時她還疑惑，不知他為何提起女兒節來。

之前，蕭瑾修輕描淡寫地邀她同過女兒節，她還暗暗猜想，蕭瑾修是不是瞧上她了？

沒想到，他真的來了！

現在她能篤定，他果然是瞧上她了！

顧桐月抬手摸摸有些發燙的臉，卻不小心摸到無意翹起來的嘴角。

「奉旨？」唐承赫冷笑。「聖旨在何處？你連這樣的謊話都編得出來，不怕傳到陛下耳中，治你一個假傳聖旨的罪名？」

蕭瑾修點頭。「你可以去告我。」

唐承赫怒道：「你以為我不敢？」

「需要我為唐四爺準備快馬嗎？」

「哼，別以為我不知道你打什麼主意！想把我支開？想都別想！好狗不擋路，趕緊給爺讓開！」

馬車裡，顧桐月頭痛地扶住額頭，這兩人為什麼見面就吵呢？且架式分明就像兩個還沒長大的孩子一樣幼稚。

顧桐月示意香扣打起車簾，這細微的動靜令吵得熱火朝天的兩人同時轉頭看過來。

唐承赫眼風一掃，見蕭瑾修的腳尖往顧桐月的方向轉，似是要過去，連忙用力冷哼一聲，越過他走向顧桐月，抬手扶她下車。

「一大早就遇到討厭的人，真是晦氣，咱們快走，離這裡遠一點。」唐承赫絲毫不掩飾對蕭瑾修的討厭。

「小哥！」顧桐月低聲制止他。「你失禮了。」

從顧桐月下車後，蕭瑾修便盯著她，眼珠都轉不開了。

今日她換上桃紅春衫、月白色長裙，頭上只戴珠花玉簪，微微紅著臉，嫋嫋婷婷站在那裡，越發顯得出水芙蓉、清新出塵。

雖然這一帶人少，但隨著唐家馬車到來，很快就吸引了其他人的目光。

蕭瑾修瞥見，竟有不少男子望著這邊，露出如癡如醉的神色。

正說著話的兩兄妹絲毫未覺。

蕭瑾修皺起眉頭，卻不好插嘴提醒。

「為何要對他有禮？」唐承赫瞇起眼，不客氣地掃了三步開外的蕭瑾修一眼。「我沒動手揍他，已經是修養好了。小妹，我跟妳說，知人知面不知心，有些人瞧著是正人君子，實則是陰險、覬覦別人家寶貝的卑鄙壞東西！」

顧桐月聞言，立時明白了，敢情蕭瑾修得罪唐承赫，是因他覬覦唐承赫看重的東西？甚至還想搶過去？

這下慘了，她家小哥可是最記仇的，這腔怒火跟恨意，只怕無法輕易平息。

這般想著，顧桐月便朝蕭瑾修看去。

今日，他穿了竹青色暗紋直裰，氣質依然沈穩內斂，瞧不出方才與唐承赫鬥嘴的樣子。

顧桐月見過蕭瑾修不少次，卻極少看他穿顏色如此清雅的衣衫。他著玄色時，總顯得很冷峻，不過換身衣裳，竟連氣質都溫和起來，不像武將，倒像是出身讀書人家的公子哥兒。

顧桐月這般想著，抿嘴笑了笑，衝他福身，客氣道：「蕭公子，我兄長向來口無遮攔，實則沒有壞心，望你不要將他的話放在心上。」

蕭瑾修拱手還禮，對她微微一笑。「顧八姑娘客氣，我與令兄鬧著玩，妳別擔心。」

這溫柔的語氣喲，這風流的笑容喲！

居心不良的壞東西，竟敢當著他的面引誘他們家純潔可愛的小妹！

唐承赫狠瞪蕭瑾修一眼，拉著顧桐月往人少的地方去。「好了，別跟不相干的人廢話。今兒來的人這樣多，萬一把蘭草全採走怎麼辦？咱們往柳林裡走，那邊肯定人少蘭草多。」

蕭瑾修跟上他們。「我瞧過，那裡的確有很多蘭草，也很清靜，不會被人打擾，是個好去處。」

唐承赫忽然停下腳步，不會被人打擾？

這可不行，他帶顧桐月來涇河參加女兒節，是為了讓自家妹妹在眾人面前完美出場，才能相看到好人家，不是要把她藏起來的。

都怪蕭瑾修，為了防他，他險些就要幹下蠢事。

該讓顧桐月多看看世家子弟、少年才俊，才不會輕易被蕭瑾修這廝拐走！

唐承赫回頭，卻發現蕭瑾修滿臉熱切地跟在他們身後，眼睛裡的熱情都能將人烤化了！瞧他毫不避諱地盯著顧桐月，露出如此難看的「垂涎」之色，令唐承赫的眼皮狠狠跳了三跳。

然而，在顧桐月看來，蕭瑾修除了眸色比平日深了點，並沒有任何失禮或不對之處。

見唐承赫突然停下腳步，顧桐月詫異地看向他。

「我忽然想起，柳林裡不太乾淨。」唐承赫隨口說道：「不去也罷，咱們還是回河岸，那邊姑娘家多，妳正好去認識兩、三個小姊妹。」

他一邊說、一邊拉著顧桐月往回走。「今兒妳顧家的姊姊們不是也要來？正好瞧瞧她們到了沒有。」

顧桐月幾乎是被拖著走的，哭笑不得地望著唐承赫，說要進柳林的是他，現在不進去的也是他，這變來變去的原因，她想，肯定跟身後的蕭瑾修脫不了干係。

所以，他是在防著蕭瑾修？

這般一想，顧桐月忍不住又紅了臉。

連唐承赫都看出來，那人瞧上她了？

涇河上，一艘華麗畫舫正緩緩行駛著。

畫舫裡，幾名身著華麗衣裳的貴族少女正瞧著河岸上或吟詩、或作畫的少年們，嘰嘰喳喳、指指點點好不熱鬧。

有個姑娘開口了。「那個正搖頭晃腦、掉書袋的是戶部尚書家的尤四公子，如今尤府未成婚的兒女，許多人家都爭著結親呢！」邊說邊指著河岸上的一名少年。

其他姑娘們便順著她的手指看去。

「一臉迂腐相，定與尤老太爺一個樣，張口不是之乎者也，就是禮義廉恥，忒沒意思。」被眾人團團圍著，坐在最好位置的姑娘懶洋洋地搖著手裡的織金美人象牙柄宮扇撇嘴道。

此女不過十五、六歲，生得明豔動人，但眉梢、眼角流露出一股驕矜之色，正是武德帝唯一在世的兄弟豫老王爺的老來女，一生下來便封雲安郡主，算得上是貴女圈中的人物。

她話完，立即有人附和。「郡主說得沒錯，尤府本是滿門迂腐，不看也罷。」

「說起尤府，最近有件好笑的事。」穿著絹紗金絲繡花長裙的蕭寶珠道：「尤五少爺正在鬧絕食，吵著要娶他姑母家中的庶女，兩人本是兩情相悅，可尤大夫人與顧三夫人不肯同意，顧三夫人更將那庶女送到莊子看管起來呢！」

眾人聞言，臉色變了變，連雲安郡主都瞧向她。

「這話不能胡說。」雲安郡主搖著宮扇。「尤府是何等人家，教養出來的兒女，都是一等一地好。蕭三姑娘，妳可有真憑實據？」

見雲安郡主露出好奇之色，急於巴結的蕭寶珠便竹筒倒豆子般地將尤嘉樹與顧荷月私相授受的事說了。

大家聽得目瞪口呆。

有個姑娘厭惡道：「簡直就是……就是滿門的男盜女娼，我定要回去告訴祖父。祖父身為監察御史，肩負監察百官的重任，以尤家與顧家這般家風，怎還有臉入朝為官？」

蕭寶珠聽得很是痛快，這話一傳出去，尤府跟顧府會立刻變成滿京城的笑柄！

顧桐月出自顧府，即便成了東平侯府的義女，那又如何，還不是要被所有人唾棄；她倒要看看，到時她在她面前還能如何耀武揚威！

雲安郡主聞言，嗤笑道：「可憐尤老太爺整日在外頭滿口仁義道德，修身齊家治天下，不想連自己的家都沒整治好，真真可笑。」

「郡主說得太對了。」一見眾人對尤家與顧家流露出不屑輕視甚至厭惡的神色，蕭寶珠高興至極。「他們兩家還妄想著將事情壓下來，誰知尤五少爺被顧六姑娘迷得神魂顛倒，竟逃出家門，跑到顧府找人，當真是半點都不顧忌。雖然知情的人都被顧府收買，但顧府又不能隻手遮天，這事還是被揭露出來。」

這下子，尤家跟顧家都要臭不可聞了！

又有人開口。「那今日尤府的姑娘、少爺們還敢出來？換了我，早找個洞鑽進去，再不出來見人。」

「是呢！我等臉皮薄，不似人家臉皮那般厚。」

雲安郡主輕搖宮扇道：「這顧府的庶女還真是特別，一個與人私相授受，一個倒是厲害，竟一躍成了東平侯府的義女，也不知是個什麼樣的人物。」

便有姑娘笑問蕭寶珠。「前兩天侯府辦了認親宴，蕭三姑娘不是去了？」

蕭寶珠臉色微沈，見雲安郡主的目光看過來，連忙又堆起笑容。「論姿色，倒是不錯的，不過此女因為飛上枝頭成了鳳凰，很是目中無人，讓人難以喜愛。」

眾人聽了，嗤笑不已。

「她算什麼鳳凰？寶珠，如郡主這般的才是鳳凰，妳真不會說話。」

蕭寶珠笑著拍拍自己的臉頰。「是，我說錯話，郡主大人大量，原諒我這一遭吧！」

雲安郡主笑睨她一眼。「罷了，日後注意點就行。」

蕭寶珠諾諾稱是。如今定國公府已經不成氣候，祖母說了，唯有給哥哥和她找一門好親事，方能扭轉頹勢。

蕭老太君為孫子看中的，正是雲安郡主，因此，蕭寶珠才這樣不遺餘力地討好她。

「那個姑娘可是顧桐月？」雲安郡主抬手指向河岸。

眾人望過去，便見唐承赫小心翼翼地扶著一名容色嬌麗的姑娘。他俯身低頭，彷彿跟她說了什麼有趣的話，那姑娘抿嘴一笑，頓時豔光四射，引得周圍男子全癡癡地看過去。

「不要臉！大庭廣眾之下，笑成那個模樣，不是存心勾人嗎？」有個姑娘嫉妒得小臉都猙獰了。

「可不是，唐四公子到底不是她親兄長，兩人這般親密，也不怕旁人說話？」

蕭寶珠也忍不住直冒酸意。其實，她小時候見過唐承赫，但因她得罪了唐靜好，兩家再無往來，便沒見過長大後的唐承赫了。

因知道祖母的打算，蕭寶珠對唐承赫格外留意，聽身邊的人說扶著顧桐月的男子即是唐承赫時，她一眼看去，心臟便怦怦亂跳。誰能不喜歡這樣丰神俊美的男子呢？

雲安郡主聞言，淡淡瞥她一眼。「她上了唐家族譜，便與親妹沒什麼區別，他們這般，有何失禮之處？」

蕭寶珠驚了下，沒料到雲安郡主會反駁她的話，之前雲安郡主也很不喜歡顧桐月的，怎麼現在……

雖然奇怪，但她不敢追問，只得乾笑兩聲。「郡主說得是。」

雲安郡主早已經轉過頭，不再理會她，只吩咐身邊的丫鬟。「靠岸吧！」

……

另一邊，顧桐月不是沒發現那些落在她身上的目光，起初還有些緊張，不過漸漸地便鎮定下來。

因要防著蕭瑾修，唐承赫對她寸步不離。

蕭瑾修始終落後他們三步遠，這其間，不管唐承赫如何刺激、嘲笑他，也不肯走開。

唐承赫如防賊般地嚴防蕭瑾修，同時死守著顧桐月，令她連眼神都不敢對蕭瑾修遞。

三人就這般怪異地在河岸上尋找蘭草。

「奇怪，姊姊們怎麼還沒有到呢？」顧桐月看看天色，已經不早，顧家姊姊們卻一個都沒來。

岸邊，除了正在吟詩的尤四公子，尤家的姑娘、少爺們也不見人影。

忽然，她有種不太好的預感，正要問唐承赫，顧家跟尤家是不是出了事？就瞧見一個熟人走向她。

「顧八妹妹。」

「薛七姊姊。」

打扮得清雅可人的薛家七姑娘薛芳菲小步走過來，身後跟著丫鬟，挽著小籃子，自然是用來裝蘭草的。她正是上回認親宴顧桐月新認識的投契小姊妹，兩人互相見禮。

顧桐月對唐承赫道：「小哥，你自己去玩吧，我跟薛七姊姊一塊兒。」

現在多個薛芳菲，唐承赫自然不好繼續跟著，遂令香扣、香櫞好好照顧顧桐月，又道：「我不會離妳太遠，有什麼事，立刻喊我。」

顧桐月乖巧應下，唐承赫便對薛芳菲略點點頭，轉身將跟著的蕭瑾修拖走了。

瞧著兩人去另一邊，薛芳菲看著顧桐月明朗的笑容，欲言又止地咬了咬唇。

顧桐月發現，帶她往人少的地方移了幾步，才問：「薛七姊姊能否告訴我，是不是發生什麼事了？」

薛芳菲脫口道：「妳竟還不知？」

她以為顧桐月知情，方才是想寬慰、開解她幾句，又怕太過冒昧，畢竟她們才見過一面而已。

顧桐月微微蹙眉，一顆心已經提起。「是顧府？」

不過一天，顧府能出什麼事？且這件事侯府是不知情，還是不忍心告訴她？

薛芳菲點頭，眸中泛起些許擔憂。「前頭就有傳聞，說尤府五少爺絕食，吵著、鬧著要娶顧府的六姑娘，還說……還說他們是兩情相悅。尤大夫人與顧三夫人不肯同意，顧三夫人便將顧六姑娘送去莊子看管起來。」

顧桐月聞言，忍不住倒抽一口氣，顧荷月被送走，那是因為她心術不正、想害她的緣故，竟被有心之人傳成這個樣子！

接著，薛芳菲又將昨日尤嘉樹跑到顧府找顧荷月的事情說了。

「聽說昨日尤五少爺逃出去，上顧府吵嚷著要見顧六姑娘，這些事，多半是府裡的奴才傳出來的，但不知是尤府還是顧府的人。」

顧桐月暗驚。「也就是說，現在滿京城的人都知道尤府公子和顧府姑娘私相授受、私訂終身的事了？」

薛芳菲點頭，提醒道：「這事能傳得這麼快，背後多半有人推波助瀾，雖然妳住在侯府，卻也不可大意。」

顧桐月謝過她的好意，一時心亂如麻，恨不能把尤嘉樹與顧荷月吊起來揍一頓。因為他們鬧出來的事，顧府和尤府的姊姊、妹妹們以後怎麼做人？

大姊顧蘭月已跟尤府訂親，因為他們，親事只怕又要起波瀾。還有三姊、四姊，雖然顧雪月的夫家門第比較低，也防不住王家心裡生出疙瘩。顧華月與黃泰生的親事亦是一樣，若因此橫生枝節，可怎麼是好？還有尚未許人家的顧冰月……

如今顧府不知是何模樣，姊妹們不肯出門，是覺得沒臉吧？

「他們惹出來的事，憑什麼要我們來承擔後果？」這不公平！

「一榮俱榮，一損俱損。」見顧桐月滿臉憤恨，薛七姑娘輕嘆道。

顧桐月忍不住心裡的怒火。「誰犯錯誰擔著，為何要別人承擔！」說罷，低聲吩咐香扣。「妳立刻去顧府，跟姊姊們說，我在涇河河岸等著，請她們快些過來！」

香扣瞧著周圍越來越多或不懷好意、或幸災樂禍的人，心裡有些打鼓。「姑娘，這……這是不是不太好……」

顧桐月氣得額角青筋直跳，也弄不清自己到底在氣什麼，是氣顧荷月不知廉恥連累家中的姊姊們？還是氣那句該死的一損俱損？但她就是很生氣，不說尤府的姑娘，只說顧府那幾個如花似玉的姊姊，因為那些流言逼得她們無臉見人，甚至連一門好親事都尋不到？

憑什麼！

今天她就要把姊姊們全請過來，堂堂正正地站在這裡，她倒要看看，誰敢當著她的面來嘲弄她的姊姊們！

見顧桐月表情堅決，香扣不敢再耽擱，連忙擠出人群，去了顧府。

另一邊，林子裡的動靜不小，蕭瑾修本就一直留意顧桐月，見狀二話不說便要過去，卻被唐承赫瞪著眼睛攔下來。

「她需要我幫忙。」

「呸！」唐承赫毫不客氣地啐他一口。「有我在，永遠也用不上你，給我滾開！」隨即抬腳過去了。

第四十九章　一己之力

顧桐月帶著香櫞趕到涇河河岸。

她站在岸上，努力挺直脊梁，高高揚起頭，沈默地與附近或嘲諷、或鄙夷的目光對抗。那些原本肆無忌憚打量她的人，在她沈默堅決得彷彿一柄開刃利劍的注視下，目光竟漸漸閃爍起來，接著轉開。

「妳就是顧桐月？」幾個華服姑娘走來，其中一名容色明豔的女子微抬下巴，睥睨著眼前身形單薄，卻站得筆直的小小少女。

顧桐月相貌脫俗，如今這般沈默對抗的姿勢，更添幾分堅硬冷豔之感，毫不退讓的堅毅模樣，讓人越發移不開眼睛。

香櫞悄聲提醒顧桐月。「這是豫老王爺府的雲安郡主。」

顧桐月屈膝行禮。「小女見過郡主。」

「起吧！」雲安郡主語調慵懶，搖搖宮扇。「今兒顧家的姑娘們都躲在府裡不敢出門，顧八姑娘倒是好膽識，本郡主格外佩服。」

「是誰告訴郡主，顧家姑娘不敢出門的？」顧桐月的聲音聽起來溫順恭敬，然而出口的話語卻不然。「我的姊姊們沒犯錯，為何要躲起來不敢見人？」

「嘖，妳家六姊不要臉、不要皮地做出那等私訂終身之事，還不叫犯錯？」有嫉妒顧桐月的姑娘跳出來，幸災樂禍地大聲道：「婚姻大事，向來是依父母之命、媒妁之言，妳六姊背著雙親做出這等事，可真是……還書香門第出身呢！大家說，這多可笑啊！」

她話音落下，附近果然響起不少嘲笑聲。

另一邊，趕過來的唐承赫與蕭瑾修都聽到了這些話。

唐承赫的臉全黑了。「蕭六郎，你那好妹妹膽敢辱我小妹，這筆帳算在你頭上！」

方才逮著機會猛踩顧桐月的姑娘正是蕭寶珠。

「唐四爺錯了。」蕭瑾修冷眼盯著得意洋洋的蕭寶珠。「她不是我的家人！」

「我現在沒工夫與你扯淡！」唐承赫說著，甩手便要衝過去護著顧桐月。

「等等。」蕭瑾修猛地拽住他，目光隔著人群與顧桐月相視，明白了她的意思。「她說她可以。」

「什麼？」唐承赫猝不及防地被他一拽，險些栽跟頭，又聽他莫名其妙說了這麼一句，見鬼般地盯著他。「小妹什麼時候跟你說她可以了？我怎麼沒聽見？」

蕭瑾修並不解釋，只道：「她說可以，我就相信她可以；怎麼，唐四爺不信？」

唐承赫氣道：「我當然相信，可是……」

「那就先看看。」蕭瑾修打斷他。「如果她真的應付不了，你我再上前也不遲。」

唐承赫見他氣定神閒，自己卻心慌意亂，頗不是滋味。「到底不是你小妹，你當然不會擔心！」

蕭瑾修微微一笑，用只有兩人才能聽到的聲音道：「我自然擔心，可我更相信她。」

顧桐月在父母、兄長眼中，或許是個極易破碎、需要小心呵護的精緻瓷娃娃，可他卻見識過她的聰慧、她的勇敢剛毅。

她站在人群中，那些不懷好意、幸災樂禍，或者厭惡鄙視的目光，都沒能令她的背脊彎下一分，都不能叫她低下她的小頭顱，猶如俊峰孤松、傲雪寒梅，傲然而立。

多麼地……讓人喜歡！

顧桐月迎著眾人的目光，緩緩而笑。

她瞧著得意洋洋的蕭寶珠，淡淡道：「蕭三姑娘這話，我不敢苟同。說什麼我六姊與人私訂終身，同樣身為顧家女，為何我毫不知情？平日定國公府與顧府未有往來，顧家的事，蕭三姑娘倒比我這個顧家女兒更清楚，莫不是一直盯著顧府吧？」

不待蕭寶珠回答，顧桐月緊接著道：「這是為何？啊，我知道了，蕭三姑娘也到了婚配年紀，我顧家三哥跟四哥尚未婚配，難道蕭三姑娘對他們有意，才盯著顧府不放？」

人群剎那寂靜，隨即一陣哄然。

蕭寶珠作夢也沒料到顧桐月竟會紅口白舌地誣衊她，還是當著滿京城豪門勛貴子弟的面，震驚得說不出話來，接著勃然大怒。

「顧桐月，妳胡說八道，我要撕爛妳的嘴！」她說著，就要撲過去打人。

香櫞飛快上前，將顧桐月牢牢護在身後。

顧桐月微微勾唇，用更輕蔑的語氣淡淡道：「怎麼，我說中蕭三姑娘的心事，蕭三姑娘惱羞成怒了？」

「胡說八道！」蕭寶珠氣得渾身亂顫。「顧府算什麼，白送給我都不要！顧桐月，我警告妳，休要血口噴人！」

「蕭三姑娘在胡亂含血噴人時可有想過，被妳誣衊的人，她們何其無辜？」顧桐月收起笑，冷冷看著她。「顧家的熱鬧很好看是吧？換成了蕭家，又如何呢？」

她猛地抬起手指，凌厲目光一一掃過眼前這些人。「換成妳們，又如何？」

啪啪啪！眾人皆心驚時，雲安郡主卻拍起掌來，笑盈盈地瞧著顧桐月。「說得倒是好聽，不過顧八姑娘，我覺得這好聽的話，並不對。」

「還請郡主指教。」顧桐月朝她行禮，不復方才的尖銳，恢復平常溫和乖巧的模樣。

「顧六姑娘與尤五少爺，當真是我們大家誣衊了他們？」雲安郡主笑著道：「這是從顧府傳出來的話，俗話說，無風不起浪，總有原因吧！」

她說著，微微挑眉，目光在人群中掃過。「聽聞尤四公子也來了，不如請他出來說說，這到底是怎麼回事？」

話音一落，尤家四公子就被推出來。

顧桐月僅見過尤四公子一次，並未說過話，因此不知此人人品到底如何，見他被推出來，心裡頓時一緊，只盼著他不是個傻的才好。

尤四公子生得白淨斯文，一臉慌忙無措的模樣，連手腳都不知該往哪裡放，似還沒弄清楚到底發生了什麼事。

有看戲不怕事大的人嘻嘻哈哈笑喊。「尤四少爺，快給我們大家講講，你家兄弟與顧家六姑娘到底是怎麼勾搭上的？」

「對啊、對啊，他們可是已經……」

「定然是有了首尾，尤五少爺才會食髓知味地跑去顧府找顧六姑娘。哈哈……啊！誰拿泥巴扔我?!」

大笑的青年驚怒交加地捂著嘴，臉上還殘留濕泥的痕跡，紅紅黃黃一大片，看起來十分狼狽。

眾人一驚，看向正好整以暇拍著小手的顧桐月，誰都沒有料到，這小姑娘竟然直接抓起地上的濕泥，就朝那滿嘴穢語污言的男子砸去。

「正好讓你分辨分辨，是這泥土臭，還是你的嘴更臭。」顧桐月冷冷地說道。

被砸的少年跳腳怒罵。「妳這小賤人……」

話音未完，一坨更大的泥土嗖地丟過來，那力道竟硬生生地將他逼退好幾步。

等少年哇哇將嘴裡的泥土吐出來時，涇河岸邊頓時安靜得針落可聞。

被吐出來的濕泥上，竟有好幾顆帶著新鮮血跡的牙齒。

眾人目瞪口呆。

表情冷峻的唐承赫緩步走過來。

剛才他因自家小妹撿泥塊砸人的舉動而愣怔片刻，以至於失了先機，竟讓蕭瑾修先出手將那人的牙齒砸下來，心裡真是遺憾得要命！

「小爺時常聽人說，狗嘴吐不出象牙來，起先還不信，如今看來，這話卻是半點不假。」他一邊漫不經心地開口、一邊上下拋著手中的泥塊。「瞧瞧，這狗嘴裡吐出來的，果然還是狗牙。」

眾人皆知顧桐月是東平侯府認下的義女，也知道今日陪她前來的是唐家四少爺，可他們都以為，顧家出了這樣的醜事，顧桐月強硬出頭，東平侯府定要容不下她，卻沒想到，唐承赫竟然還是這般護著她。

「唐四公子，你當眾這般折辱人，就因為你是侯府公子，便可以這樣為所欲為？」自以為正義的御史家姑娘從人群中站出來，義憤填膺地指責。「這樣不分青紅皂白地侮辱打人，不怕東平侯府被參嗎？」

「人是小爺打的，也是小爺侮辱的，關東平侯府何事？」唐承赫負手站在顧桐月身前，甚是邪氣地勾唇一笑。

四周傳來整齊的抽氣聲。

鮮車怒馬的唐四爺很吸引人，可這樣邪氣的唐四爺，別說在場的姑娘紅了臉，就是男子都要忍不住倒抽一口氣。

御史家姑娘的臉白白紅紅，幾乎不敢與唐承赫對視，只鼓足勇氣說道：「你不就是東平侯府的人？你犯下的錯，連累侯府，連累你的父兄，可知……可知為了一個聲名狼藉的顧家女，如此妄為，會給家裡帶來多大的麻煩？」

「馬姑娘，妳是不是喜歡我？」唐承赫笑咪咪地看著她，瞬間從狂妄變得深情，那眼裡的溫柔，幾乎要將人溺斃。

馬姑娘的臉頓時紅得要滴出血來，剛剛還大義凜然，此時卻羞澀不已。周圍的姑娘望向她，嫉妒得想把她撕成碎片，恨不得被唐承赫用那樣目光看著的人是自己才好。

馬姑娘羞得幾乎抬不起頭來。「唐、唐四公子……」聲如蚊蚋，卻不知該如何回應。原來唐承赫看上她了！

今天是女兒節，本就是讓年輕男女相看的節日，但大庭廣眾之下這般直白地相問，還是歷年來的頭一回呢！

「看來馬姑娘的確喜歡小爺。」唐承赫笑盈盈地說道。

馬姑娘頭也不敢抬，絞著手指，扭扭捏捏地開口。「我，我……」

不想，唐承赫的話還沒有說完。「要不然，也不會對小爺及東平侯府這樣關心掛念，對吧，馬姑娘？」

馬姑娘已經完全陷進「唐四爺竟然喜歡我」這樣巨大的歡喜中，絲毫沒有聽出這話有些不對。

此時，雲安郡主冷淡的神色微微泛起笑意，美眸自馬姑娘身上一掃而過，幾不可聞地輕笑了聲。

顧桐月原就在打量她，一直在想雲安郡主為何會對她抱有敵意，非要弄得她聲名狼藉不可，見她目光不時掃向唐承赫，臉色也隨之變幻不停，心裡便有了底。

「然而小爺生平最討厭一種人。」唐承赫收起笑，臉上瞬間冒出凜冽寒意。「那就是多管閒事的人！」

馬姑娘驚愕抬頭，看見唐承赫冷酷的神色，單薄身子微微一晃。

「唐四公子，我……」

她想說她沒有多管閒事，可方才她站出來指責，又算什麼呢？

蕭寶珠瞧著馬姑娘臉色蒼白、搖搖欲墜的模樣，心中稱快，捏著嗓子冷嗤道：「馬姑娘好管閒事，這是家學淵源，沒法子改的。」

眾人鬨堂大笑。

馬姑娘的臉色由白轉青，霍地轉頭，卻找不到出聲之人。

「有本事大大方方站出來跟我說，鬼鬼祟祟的，叫人瞧不起！」

河岸邊的少年、少女笑得更大聲了。

馬姑娘到底只是一介女流，在這些嘲笑聲中，猛地一跺腳，氣急敗壞地掩面跑開了。

「唐四少爺，你也太不懂得憐香惜玉了。」雲安郡主搖著扇子，笑咪咪地走過來。「這一點，好歹跟你家三哥多學學。」

「郡主也想多管閒事？」唐承赫毫不客氣地睨她一眼，只差沒直說他憐不憐香、惜不惜玉，跟她有什麼關係。

雲安郡主顯然明白他的言下之意，面上笑容頓時僵了僵，惱怒得想訓斥一番，又知道唐承赫強硬起來，才不會管她是不是郡主，全憑自己的心意行事。

他擺明要替他的義妹撐腰出頭，她要是跟他硬碰硬，便會跟馬姑娘般，不但討不到好處，反會被他說得沒臉見人。

見雲安郡主噤聲，面上卻露出不甘之色，她身旁的少女便走出來。

少女先對唐承赫行了一禮，隨即不卑不亢地輕聲開口。「唐四公子，我等並非要冒犯你，只是想求個真相罷了，畢竟顧府跟尤府都不是小門小戶，若是謠言，咱們讓尤四公子將話說開，誤會不也就解開了嗎？若是一味遮掩，反倒顯得不坦蕩，豈不更令人說嘴？」

她慢條斯理地說著，彷彿很有道理似的。

其他人跟著點頭附和。

「蔣姑娘說得沒錯，原該讓正主兒出來講清楚，只可惜兩人都不在。」

「還有什麼好說的？瞧瞧，這顧家跟尤家，除了顧八姑娘跟尤四公子，其餘一個都沒來，不就是心虛嗎？」

「就是，若真沒什麼，大大方方走出來，流言自然不攻自破……」

眾人七嘴八舌，顧桐月神色淡淡地打量蔣姑娘，見她約十六、七歲的模樣，生得只算清秀，但勝在氣質溫婉如玉，看起來非常和善。

可這溫婉的蔣姑娘說出來的話，卻讓顧桐月非常不喜——她又將話不動聲色地兜回尤四公子身上。

因為蔣姑娘的提醒，方才已經被人拋到腦後的尤四公子自然又成了眾所矚目的對象。

顧桐月悄聲問唐承赫。「小哥，她是誰？」

唐承赫在她耳邊道：「武安侯府的二姑娘。她父親武安侯領著吏部郎中的職位，這可是實打實的好差事，如今武安侯府正是水漲船高、前程似錦之時。」

「我記住了。」顧桐月認真地點點頭。

瞧見顧桐月打量的目光，蔣二姑娘甚是和氣地對她笑了笑。

「蔣家可有什麼見不得人的陰私事？」顧桐月微微垂眸，嘴唇不動，輕聲問道。

唐承赫笑起來。「誰家沒有點陰私事啊？不過說到打聽這個，我就及不上蕭六郎了，他知道的肯定比我多。」

顧桐月正想轉頭去找蕭瑾修，他的聲音就從身後低低傳來——

「武安侯府最大的秘密，就是蔣二姑娘的母親並非五大氏族的旁支出身，不過是偏遠小山村裡的採藥女，因入了武安侯的眼，又有些手段，所以得到獨寵；在武安侯的元配病逝後，由他安排，改頭換面，娶她做續弦。」

顧桐月聞言，不動聲色地挑眉。「如果我把這個秘密捅出來，小哥，咱們侯府可扛得住我闖的禍事？」

唐承赫豪氣干雲地一拍胸口，激動得眼睛發紅。「妳儘管闖禍，再大的禍事，我們東平侯府都扛得住！」

從小他跟唐靜好就是闖禍精，後來唐靜好腿受傷，他要做個懂事的哥哥，兩人便不再闖禍了；可他真是作夢都盼著唐靜好的腿能好起來，他再領著她一塊兒闖禍去。

過了這麼些年，他終於又能帶著小妹闖禍了！

「別擔心。」蕭瑾修聽到兄妹倆的對話，淡淡道：「這些天陛下正在查吏部官員貪污受賄之事，其中，數武安侯的胃口最大，只要陛下深究，武安侯府的好日子就到頭了。」

吏部郎中官至五品，在滿地京官的京城算不得什麼，可吏部掌管天下文官的任免、考課、升降、勛封、調動等事，平日所收的好處，別說吏部郎中，就是隨便一個小小的主事，只要膽子夠，也能貪得盆滿缽盈。

世人都知，水至清則無魚，官員貪墨在所難免，只要不是太出格，武德帝睜隻眼、閉隻眼便放過了。

可最近幾年，太子黨與靜王黨爭鬥得厲害，官職調動頻繁，吏部自然又乘機狠賺了一大筆銀子，大到武德帝知道他們分帳的數目後，不肯再沈默，背著人時，更是痛罵吏部官員個個是碩鼠。

於是，武德帝決心整頓吏部，首當其衝的，非武安侯莫屬。武安侯是靜王的人，且算得上是最會撈錢的，武德帝更是不想留他。

顧桐月一聽，越發定心。

如此，她便放手一搏了！

另一邊，香扣匆匆趕回愁雲慘霧的顧府，將顧桐月的話說給三位夫人聽。

劉氏紅著雙眼，想也不想地拒絕。「不行！這個時候姑娘們怎能出門？且還去涇河邊，那些人的口水會把她們淹死的！」

自從聽到外面的流言後，劉氏一直痛心得哭個不停。雖然蔡府並沒有說什麼，可顧府有了這樣的污點，顧葭月嫁去蔡府，怎麼可能不受氣？但凡與妯娌有爭執，人家一提這事，就能將她壓得死死的！

劉氏想到這些，就恨得不得了！恨不顧自家姊妹的顧荷月，可惜她被送去莊子，只能拿留在府裡的莫姨娘出口惡氣；她也恨尤家，怎麼教出尤嘉樹那樣愚蠢、害人害己的子孫！

但她更恨自己，那些話會傳出去，還不是她這個當家主母沒管好家裡的奴才，才惹出這潑天禍事來！

秦氏亦恨道：「沒錯，眼下她們出門，定被笑死，依我說，還是待在家裡迴避為上。」她家顧冰月招誰惹誰了？遇上這莫名其妙的事，以後怎麼說親？都怪尤氏，教不好庶女，平白連累她可憐的女兒！

尤氏面容憔悴，妯娌們對她及尤府的諸多不滿與恨意，她心知肚明，整晚沒合眼，去尤府打聽消息的莊嬤嬤也還沒回來，不知尤府是什麼狀況。

此時聽了香扣的話，她也贊同妯娌們的做法。

可是，她十分了解顧桐月，她對姊姊們絕不會存壞心思，也不可能不知此時讓府裡的姑娘出門會面對什麼事，可她還是特地讓人回來傳話，還要去人最多的涇河邊，心裡怕是有了成算。

她想怎麼做？又能怎麼做？

尤氏想不到如今的局面還有何可解之法，輕嘆著開口。「我知道，這次是我及尤家連累了府裡的姑娘跟名聲，但桐姐兒的性子，妳們多少知道一點，那孩子絕不會壞心眼地讓姑娘們被笑話，定然已有了主意，說不定能一舉洗刷加諸在孩子們身上的恥辱跟惡名。」

秦氏卻尖聲道：「不行！不能去，我絕不能讓我的冰姐兒成為全京城的笑柄！」

劉氏也說：「太冒險了，今日待在涇河邊的公子、姑娘，都是出身非富即貴的人家，姐兒們去了，除了平白被嘲笑侮辱，我想不出還有什麼轉圜的餘地。」

依她們的意思，還是躲在府裡最穩妥。

尤氏聞言，不好再勸，表情越發凝重了。

顧蘭月得知香扣回府的消息，命紫薇去打探，紫薇便將聽到的話學給眾人聽。

姑娘們聽後，面面相覷，看向顧蘭月。

顧華月最沈不住氣。「大姊，我們真的不去嗎？」

「二妹，三妹，妳們說呢？」顧蘭月目光沈沈地瞧著顧葭月等人。

顧葭月抿唇，沒有說話。

顧雪月見顧葭月不開口，忐忑地咬咬唇。「大姊，妳說我們現在該怎麼辦？」

她不恨嗎？她也恨得要命，她不敢求高門，不敢要富貴，只想著平安、平實地過一輩子，卻連這樣都是奢望嗎？出了這樣的事，王家會怎麼看她？

就因為顧荷月一個人犯錯，她們全要被冠上輕浮淫蕩的罪名？憑什麼！

顧蘭月見妹妹們神色或忐忑、或凝重、或憤恨地看著她，想了想，問道：「妳們相信八妹嗎？」

顧華月想也不想地回答。「如果連八妹都不可信，我們還能信誰？」

顧葭月一愣，隨即緩緩笑開。「是，大姊，我要去！」

顧華月忙道：「我也去！」又補充一句。「八妹絕不會害我們！」

顧雪月看看顧葭月，又看看顧華月，一咬牙。「我去！」

如果不能在家藏一輩子，總是要出門見人，總是要被提起此事，總是要去面對，那麼早面對跟晚面對，又有什麼區別？無法逃避，那就面對！

顧蘭月看向一直沒說話的顧冰月。

顧冰月緊緊掐著自己的手指，心裡天人交戰。

顧蘭月笑了，溫和地說：「二伯母身體不太好，七妹在家裡照顧她吧！」

顧冰月聞言，臉上一紅，現出羞慚之色。「我也去，我要跟姊姊們共進退！」

第五十章　姊妹齊心

涇河邊，幾句話的工夫，尤四公子已經被逼得快要抱頭鼠竄了。

顧桐月上前幾步，目光一掃，那些原還拉扯、嘲笑他的少年不覺放開了手。

「四表哥，既然這麼多人想知道咱們兩家的事情，你知道些什麼，便告訴他們吧！」顧桐月鎮定笑道：「沒什麼可怕的。」

尤四公子紅著臉，飛快看顧桐月一眼，靦覥地低下頭，結結巴巴道：「分明什麼事都沒有，我不知道要說什麼呀？八表妹，咱們家裡到底發生什麼事了？」

「這可真是奇了。」顧桐月似笑非笑地看眾人。「你們口口聲聲說得有鼻子有眼的，可我身為顧家女，四表哥身為尤家子孫，卻偏偏什麼都不知道，我都要懷疑，到底我跟尤四表哥是顧家跟尤家的人，抑或各位才是，方這般清楚顧家跟尤家的事情？」

立刻有人高聲反駁。「你們不知道，那是你們家的人沒臉告訴你們唄。」

「就是，發生那樣的事，換了我，也沒臉說。」

誰說話，顧桐月便看向誰，笑盈盈的，不復之前那般凌厲駭人的氣勢；非但不生氣，反而還不住地點頭，彷彿贊同對方的話一般。

見她這樣，更多的聲音響起來。

顧桐月依然笑咪咪地只聽不說，將說話的人記下來。

而後，她看向蕭瑾修。

蕭瑾修微微一笑，如往常般溫柔，輕輕點頭。

顧桐月忽地展顏笑開。

這種她什麼都沒說，他卻什麼都懂的感覺，令她的心裡熨貼極了。

「姑娘，顧家跟尤家的馬車到了。」這時，香櫞湊在顧桐月耳邊悄聲說道。

顧桐月毫不意外地笑了，她的姊姊們相信她，她也不會讓她們失望！

顧桐月命香櫞附耳過來，在她耳邊細說幾句。

香櫞領命而去。

蔣二姑娘瞧著香櫞離開，微微低頭，悄聲對身邊的雲安郡主道：「顧桐月的婢女離開了，不知要去做什麼。」

「事到如今，她還能挽回這局勢？」雲安郡主嘴角微翹，不屑地輕笑一聲。

「大家都說完了？」一番熱烈的七嘴八舌後，顧桐月才揚聲喊道：「說完的話，可以讓我講幾句嗎？」

蕭寶珠嗤笑。「事到如今，顧八姑娘還有什麼可說的？」

顧桐月鎮定道：「看來大家對尤五表哥與我六姊的事已經有了定論，人太多，我就不一一問了，便聽聽蕭三姑娘的吧！蕭三姑娘依然認為，我六姊與尤五表哥不要臉地私相授受、私訂終身是嗎？」

蕭寶珠挑眉，似笑非笑地瞅著顧桐月。「怎麼？顧八姑娘還不肯承認？」

「當然！」顧桐月迎視她挑釁嘲弄的目光，微微一笑。「因我六姊與尤家五表哥早已經由父母之命、媒妁之言訂下親事，只等我六姊及笄後，便要完婚。」

眾人愣住。

「胡說八道！」蕭寶珠回過神來。「尤家的嫡出少爺，怎麼可能明媒正娶顧家庶女？妳說出這種謊，也要看大家信是不信！」

「我的話，蕭三姑娘可是求證過了？沒有求證便指責我胡說八道，是不是太武斷了些？」顧桐月不慌不忙地笑道：「至於為何大舅母要為尤五表哥訂下我六姊，我就不知道了；若是蕭三姑娘感興趣，可以給我大舅母送帖子，親自去尤府問問如何？」

「我不信，他們有沒有訂親，光憑妳一句話嗎？」蕭寶珠氣急，忽然想起一事。「既然妳道他們已訂下親事，為何昨日尤五少爺要跑到顧府吵著見顧荷月？既是未婚小夫妻，今日自該約出來相見才是，可見妳在說謊！」

顧桐月聞言，靈機一動，信口胡謅。「諸位曉得，以前我父親外放，我們姊妹鮮少回京，這次隨著父親回來，六姊竟水土不服，導致身子十分虛弱，大夫道是需要靜養，母親才把六姊送到莊子去。因走得急，忘了知會尤五表哥，尤五表哥不知情，以為六姊做錯事惹了母親不快，這才心急如焚地跑去顧府。」

眾人不可思議地看著她。

顧桐月攤攤小手，無奈地嘆口氣。「你們瞧，這件事就是這麼簡單，沒想到竟被有心人傳成這個樣子。在背後大肆宣揚不堪流言的人，不知顧府上輩子是殺了她全家，還是刨了她祖墳，以至於她對顧府這般恨之入骨。」

涇河邊又是一陣哄然，但這一回，笑的人明顯少了。

剛才推波助瀾的人那麼多，大概也在反思，顧府上輩子到底是殺了那人全家抑或挖了人家的祖墳，總之，即便還有疑慮，大家也不像之前那樣肆無忌憚地質問了。

蕭寶珠不相信顧桐月這番說詞，冷笑哼聲。「尤五少爺當真與顧六姑娘訂了親？我怎麼聽說，與尤府訂親的，分明是顧府大姑娘，訂下的也非尤五少爺，而是尤二少爺！兩家可是連庚帖都交換了，妳敢不敢請那日的官媒過來當面對質？」

「我與二表哥訂了親，這話是怎麼說的？」一個驚詫的女聲忽然響起。「妹妹們，莫不是我聽錯了吧？」

眾人循聲望去，便見顧蘭月和尤薰風領頭，兩人身後跟著一大群顧府與尤府的姑娘，緩步而來，且打扮得花枝招展、妝容亮麗，精神奕奕，半點不似被流言困擾。

顧桐月雙眼一亮，心中大讚顧蘭月實在厲害，原本猜想她能把顧府的姊姊們全帶來就已經不錯了，不想連尤府的表姊妹們也盛裝而至。

就像方才那些人說的，只要她們來，流言便不攻自破，現在，她再也不是孤軍奮戰了！

顧蘭月驚詫莫名地張口問完，她身後衣著華麗的顧華月便清脆地接話。「大姊沒聽錯，我也聽見了。喂，妳是誰呀？為何要胡亂造謠？」

顧華月生得美豔動人，是這群姑娘裡最出色的一個，且她已經及笄，身量長開，不似顧桐月光是臉好看，還未像顧華月這般前凸後翹惹人注目。

這群妙齡少女款款而來，已讓在場的男子們啞然，又見她們落落大方、坦坦蕩蕩地走到人前，哪有半分尷尬與自慚形穢的模樣，忍不住開始懷疑，那些流言莫非真的只是流言？

蕭寶珠也沒有料到，原以為顧家與尤家的人都要躲在家裡當縮頭烏龜，誰知道她們不但敢出門，還這樣大搖大擺地過來，氣憤填膺地質問她，彷彿她們真是受害的人一樣。

可是——呸！她早打聽清楚了，且在顧桐月的認親宴上，她明明聽見有人議論，說顧蘭月和尤家二少爺訂親，既然如此，那顧荷月斷然不會許給尤五少爺，畢竟哪有姊妹倆嫁進同一家門的道理！

「誰造謠了？」蕭寶珠奮起反駁。「三月初一那天，我分明聽見有人說起顧大姑娘訂給尤二少爺之事，千真萬確，做不得假！」

顧蘭月並未動怒，上前直視氣惱不已的蕭寶珠，忽而一笑。「那日在侯府，不知蕭三姑娘可找到了妳的耳環？」

蕭寶珠愣住，飛快地看顧桐月一眼，臉上神情僵了僵。

那天她本是要藉著找耳環與顧桐月結交，不想顧桐月根本不理會她，連句多餘的話都不肯說，掉頭就走。

這是她心裡的奇恥大辱，顧蘭月為何會知道？定是顧桐月告訴她的！

眾人未曾聽過耳環之事，又見蕭寶珠變了臉色，不由豎起耳朵仔細聽。

只是，不等蕭寶珠想出合理的說詞，便聽顧蘭月輕笑一聲。「我還以為那日蕭三姑娘忙著找自己的耳環，無暇他顧呢！不想還有心情聽旁人說話，令我佩服不已。」

這意有所指又意味深長的話語，分明是要引著人胡思亂想。

蕭寶珠瞧著眾人落在她身上那閃爍猜疑的目光，心裡發急，大聲道：「不過是一副耳環罷了，掉就掉了，我會放在心上？顧大姑娘休要顧左右而言他，分明是顧府的姑娘不要臉，我要是妳們，早一頭撞死了，哪還敢出來丟人現眼！」

顧蘭月聞言，不笑了，足已勝任世家宗婦的氣勢盡現，目光定定盯著蕭寶珠，輕聲道：「顧府的姑娘要不要臉，不是蕭三姑娘一張嘴說了算；至於一頭撞死這話，我同意，不過不是顧府姑娘去撞，而是那些不懷好意、造謠生事之人，還有意圖壞人清譽、只因一點小事便挾怨報復之人。蕭三姑娘以為，那會是誰？」

蕭寶珠被她盯得心裡發毛，但眾目睽睽下，她絕不能退，於是色厲內荏地指著顧蘭月，厲聲道：「休要血口噴人！」

「是不是血口噴人，蕭三姑娘心裡清楚。」顧蘭月拂拂衣袖，彷彿拂去不堪入目的髒東西般。「還好眼下已非隆冬時節，也不在誰家府邸，不然我會很害怕，蕭三姑娘輕輕一推，可是能要人半條命。蕭三姑娘，不知我的命值幾個銀錢，或幾支品相一般的野山參呢？」

蕭寶珠聽了，渾身僵硬、臉色煞白，不敢去看周遭眾人的神色，但依然能感覺到，那些似要將她看透的目光。

她害怕地顫抖起來，尖聲叫道：「不！妳不可能知道，妳胡說八道！」

其實在場的姑娘、公子們，多出自名門勛貴，誰沒驕橫過？即便蕭寶珠的確曾把人推下水，但在他們看來，也不是什麼大事。

這件事，大家私底下聽聽，笑話兩聲便過了；可眼下當著滿城高門子弟的面說出來，難免要留下刻薄凶殘的名聲。

蕭寶珠尚未訂親，若這話傳出去，有家底的人家絕不會娶這樣的媳婦，所以她才驚慌。有人看不下去，皺眉道：「顧大姑娘，俗話說打人不打臉，罵人不揭短，妳這樣……」

顧蘭月望向她，淡淡一笑。「難道剛才諸位不是在打顧家的臉、揭顧家的短？怎麼只許諸位點燈，卻不許顧家放火？沒有這樣的道理吧？」

那姑娘立時沒了聲音。

顧桐月笑盈盈地瞧著一來就鎮住整個場面的顧蘭月，直想拍手讚她說得好！

「一碼歸一碼，今兒大家議論的，本是顧家與尤家的事。」雲安郡主見沒人出聲，才不慌不忙地搖著宮扇緩緩走上前，挑眉斜睨顧蘭月。「顧大姑娘這還不叫顧左右而言他？」

「郡主想知道的，方才我家八妹不是已經說得很清楚？」顧蘭月朝她屈膝行禮，不卑不亢地說：「郡主還有什麼疑問，顧家姑娘除了靜王府的五妹及在莊子養病的六妹，其餘都在此處，希望今日能解開各位心中的疑惑；不過，我將話說在前頭──」

顧蘭月說著，驀地抬高聲音，沈穩目光緩緩掃過靜默人群。「今日我們姊妹解開各位的疑惑，倘若日後再有流言，各位又人云亦云，那顧府若有得罪之處，大家只好諒解一二了！」

這話能震懾住在場多數人，卻震懾不住雲安郡主。

雲安郡主輕輕一笑。「自然，既已說清楚，往後旁人自不會再拿此事來壞顧府與尤府的名聲，那本郡主就來代大家問一問好了。」

「郡主請問。」

「顧大姑娘與尤二少爺訂親之事，是真是假？」雲安郡主將宮扇一收，原本淺笑嫣然的神色驟然間變得淩厲迫人。

「假的。」顧蘭月眼也不眨地回答。「郡主不信，可以去查。」

雲安郡主似笑非笑地打量她，眾人皆屏氣凝神等著她繼續問，誰知她卻不再問了，朝顧蘭月走近兩步，用唯有她倆才能聽到的聲音，笑著道：「真是好姊姊，拿自己的終身幸福，去成全處處拆臺丟人的庶妹，以後，顧大姑娘千萬別後悔才好。」

現在顧府跟尤府只怕已經商議好說詞，這時候追查，也只能得到顧荷月與尤嘉樹訂親的結果，因此，雲安郡主懶得再多問了。

顧蘭月微笑。「多謝郡主讚譽。」

雲安郡主看唐承赫一眼，領著她的人離開。

「蔣二姑娘請留步。」顧桐月清冷的嗓音響起。

蔣二姑娘微愣，隨即回神，細聲細氣地問：「不知顧八姑娘有何指教？」

「指教不敢當。」顧桐月笑得單純天真。「最近我正在研讀醫書，有幾味藥不太明白，聽聞蔣夫人對藥材之事可謂瞭若指掌，還曾親自上山採過草藥，我想登門拜訪，求蔣夫人指點一二，不知方便否？」

蔣二姑娘聞言，眼神一變，很快微垂目光，平靜回道：「顧八姑娘或許是聽岔了，我母親並不懂藥材；不過武安侯府隨時歡迎顧八姑娘，顧八姑娘這樣的可人，母親見了，定也會喜歡。」

「我聽錯了？」顧桐月微微歪頭，露出懵懂之色，嘟嘟囔囔地開口。「不應該呀，我聽她們說得言之鑿鑿，還道曾有人親眼看見……」

「顧八姑娘！」

蔣二姑娘再鎮定，也不能讓她往下說，否則其母出身低賤又以賤充貴的事，立刻能傳得人人皆知，她怎麼有臉在貴女圈裡立足？只怕人人見了她，都敢說一句「卑賤採藥女生的賤種」來！

「蔣二姑娘怎麼了？」顧桐月明知故問，目光熠熠生輝，笑得又乖又嬌。「方才妳臉色還好好的，怎麼突然變得這樣難看？哎呀，不會是我說錯了什麼話吧？蔣二姑娘大人大量，千萬原諒我才好，不然憑我這不會說話的嘴，一緊張害怕，說不定又要講出不好聽的話來，那就是大罪過了。」說完，還無辜地眨眨眼睛。

唐承赫見狀，哈哈大笑。「妳這丫頭就是不會說話，瞧瞧，又說錯了吧！」

顧桐月裝得越發可憐，卻拉著蔣二姑娘追問：「蔣二姑娘，我到底說錯什麼了？」

到了這個時候，蔣二姑娘哪裡還不明白，這兄妹兩人是在報復她剛才的行為。

這可怕的報復，當真是戳著她的心來的，一時間只覺得心驚肉跳，彷彿身上最華美的衣服被人當眾扒下來，在大家面前赤身裸體，瑟瑟發抖。

她忽然明白了方才蕭寶珠的感受。

「顧八姑娘沒說錯什麼。」蔣二姑娘深吸一口氣，冷靜下來。「剛剛顧家姑娘才受人云亦云之苦，還望……」

還望她嘴下留情這話，蔣二姑娘到底還是沒能說出來，頓了頓，看向顧桐月。「母親雖不熟悉這些，不過家中藏書頗多，回去後我便找找，若有醫書，便派人給顧八姑娘送去。」不好當眾低頭，便迂迴地以送禮表示了。

雖然顧桐月惱恨蔣二姑娘的作為，卻不痛打落水狗，抿嘴一笑。「那我先謝過了。」

蔣二姑娘的養氣功夫比蕭寶珠要好得多，此時只是微微白了臉，向顧桐月告辭，跟著雲安郡主走了。

眾人見沒熱鬧看，也三三兩兩散去。

誰知顧桐月又開口了。「曾姑娘留步。」

被點名的曾姑娘一怔，心下不由打起鼓來。「什麼事？」

顧桐月才不管周圍那些驚疑不定的目光，笑嘻嘻道：「聽聞通州有家繡樓鋪子很有名氣，是曾家名下的，最出名的是雙面繡，說是曾家花重金請繡娘研究此藝。我慕名已久，早想結識曾姑娘，好開開眼界，不知有沒有這個眼福呢？」

曾家的確在通州有座非常有名氣的繡樓，只是那座繡樓原本並不屬於曾家，是曾家逼死原主後，強行買下的；而雙面繡的繡法，正是繡樓原主留下來的技法。

這些，自然是站在顧桐月身後的蕭瑾修告訴她的。

方才人群裡誰說了什麼話，顧桐月記得清清楚楚，蕭瑾修也記得清清楚楚。

當然他記得更清楚的，是那些人府裡見不得人的隱私。

顯然曾姑娘的養氣功夫及不上蔣二姑娘，臉一下子白透了，轉頭去看身邊的兄長。

曾公子倒是鎮定，朗笑一聲，拱手道：「既然顧八姑娘喜歡，改日我便讓人把那繡娘接到京城來，再讓妹妹給姑娘下帖子，邀姑娘到曾府一聚，也算全了姑娘的願望。」

「好呀！」顧桐月甜甜一笑。「那我就在侯府等曾府的帖子。」

曾公子這才帶走慌慌張張的曾姑娘。

「程三公子且等等。」顧桐月又喚住下一個人。

河岸邊的少年、少女哪還看不出來，顧桐月分明是要秋後算帳！這「秋後」來得真快啊！

被點名的程三公子在唐承赫似笑非笑的注視下，抹著冷汗開口問：「不知顧八姑娘有何指教？」

「指教不敢。」顧桐月笑盈盈地瞧著他。「程三公子最愛城郊南邊的槐樹林子，可是那裡的槐花開得特別好的緣故？小哥，待到槐花開的時節，咱們也去賞花如何？」

程三公子聞言，一雙腿抖得如篩子，強笑道：「哪……哪裡，只是那邊稍微清……清靜一點罷了，我、我還有事，先告辭了。」

說罷，他一溜煙鑽進人群，不見蹤影，竟是落荒而逃。

即便眾人不明白他們打的是什麼啞謎，但見顧桐月一提槐樹林，程三公子便快嚇尿的模樣，足以讓他們明白，程三公子的把柄也落在那嬌美的小姑娘手上了。

顧桐月撇撇嘴，目中似有不屑之意。

瞧她又開始在人群中打量尋找，圍觀的人默默退了好幾步，再也不敢留下看熱鬧，原本將他們圍得水洩不通的人頓如鳥獸狀散。

「總算清靜了。」

顧桐月正想伸伸懶腰，忽然想起蕭瑾修還在身後，連忙放下手，擺正姿態，轉身對他甜甜一笑。

「蕭大哥，今天真是多虧了你，要不是有你在，也不能唬住這些人，不然不知他們要鬧到什麼時候呢！」殺幾隻雞，想必能得到儆猴的作用，想來日後跟顧、尤兩家有關的流言，再無人敢傳。

蕭瑾修一直站在顧桐月身後，看她遊刃有餘地與人針鋒相對，或大義凜然，或慷慨激烈，或靈動聰慧，或狡黠調皮，每一種面目，都在他心裡烙下了深深的烙印。

他的眼睛裡是欣賞，是沈醉，也有快要滿溢的深情。

唐承赫一眼就瞧出來了，冷笑道：「是該謝謝蕭六郎，若非他熟知人家的內宅秘事，今日只怕沒這麼容易過關。」不懷好意地勾唇。「蕭六郎怎麼知道這麼多齷齪事？莫不是成日都盯著旁人府裡吧？」

蕭瑾修看看顧桐月，顧桐月也正好奇地迎視他，便沒有迴避唐承赫故意給他挖的坑，淡然道：「未任御前侍衛之前，我曾做過暗衛。」

後來武德帝見他能力不俗，做暗衛太可惜，將他由暗轉明，提成御前侍衛。

顧桐月恍然大悟，她聽兄長們提過，武德帝有一支神秘的暗衛隊，不知道有多少人，也不知有些什麼人，他們專職刺探軍情，更是武德帝安插在京城各府邸的眼線。

當然，知道這支暗衛隊的，沒幾個人；若朝廷官員曉得武德帝的眼線隨時隨地盯著他們，回家後自然也是小心翼翼、戰戰兢兢，暗衛還能看到啥？

蕭瑾修這話一出，不獨顧桐月吃驚，連唐承赫也錯愕，神色複雜，想說點什麼，但顧桐月就在旁邊，遂壓下即將脫口而出的疑問。

此時，顧蘭月與尤薰風領著姊妹們走過來。

因唐承赫與蕭瑾修也在，姑娘們向兩人見禮。

唐承赫的目光自顧蘭月身上掃過，恢復人前高貴淡然的樣子。

一群小姑娘起先還有些拘謹，片刻過後便嘰嘰喳喳說個不停，尤其是顧桐月，神采飛揚的模樣，說有多可人就有多可人。

唐承赫真是作夢都想不到，這輩子還能再見到小妹這樣肆意快活的樣子。

顧家其他人也罷了，這群小姊妹一定對她很好，顧家總算沒讓人厭惡到底。

他感慨著，聽見蕭瑾修揚聲問顧桐月。「要坐船嗎？」

顧桐月大聲道：「要！」

蕭瑾修便親自去雇畫舫。

又慢了一步的唐承赫。「……呸，亂獻殷勤！」

一群姑娘上了高大寬敞的畫舫，顧不上看風景，圍坐在一起，興高采烈討論方才的事。

這裡沒有旁人，顧華月毫無形象地倒臥在軟墊上。「那麼多人盯著，其實方才我緊張得手心一直冒汗呢！」後怕地拍拍胸口。

顧雪月抿唇，臉色微微發白，伸手去摸顧華月的手，兩隻濕漉漉的手碰到一起，便有默契地相視一笑。

「原來三姊也怕呢！」

「除了大姊跟二姊鎮定得很，妳問問還有誰不怕的？」顧雪月端起茶水喝一口壓壓驚。

顧華月指顧桐月。「八妹肯定是不怕的，妳們看她天不怕、地不怕的張狂樣，不過張狂得好，看以後誰還敢欺負咱們！」

尤薰風拉著顧桐月的手，誠懇地向她道謝。「八妹，這次要不是妳想出這顛撲不破的法子，咱們兩家當真得龜縮在殼裡，躲躲藏藏地過日子，往後不知會是什麼樣的光景呢！」

尤家幾代清貴，世代子孫謹守國法家規，家風從未被人詬病，經歷昨日之事，連尤老夫人都慌了神，若非顧桐月用這般強硬手段破除流言，只怕她們真的再沒臉出門見人。

如今尤老太爺肩負教導皇長孫的職責，若因此事被參個治家不嚴的罪名，哪還有臉面繼續教？

尤大老爺雖然位居戶部尚書，要是被參，也逃不過治家不力之罪；有了這個污點，日後他想入閣，只怕千難萬難。

因此，尤薰風對顧桐月當真是千恩萬謝，恨不能將一顆心剖出來給顧桐月看才好。

顧桐月笑咪咪道：「薰風表姊太客氣了，我們是一家人，哪有不互相幫助的道理？」
「說得好！」顧蘭月拍拍顧桐月的小肩頭。「一家人就該這樣，才禁得住風風雨雨。」
「大姊，妳……妳會不會怪我？」
顧桐月面對顧蘭月，生出了不安與愧疚，她沒與她商量一聲，就毀掉她的婚事。當時，她實在沒有別的辦法，只能先平息顧荷月與尤嘉樹闖出來的禍事，且事態緊急，壓根兒沒工夫讓她想出兩全其美的法子，兩害相權取其輕，這才……
顧蘭月搖頭，拉她去了甲板，不許顧華月等人跟上來。
「二姊，大姊不會打八妹出氣吧？」顧冰月有些放心不下。
顧葭月笑了。「放心，大姊捨不得打我們的大功臣，或許是有話要跟八妹說；不管她們了，嚇了這麼一回，我又怕又餓，這裡有點心，咱們用一點。」
經她這麼一說，大家便放下心，終於有了喝茶、嗑瓜子的心情。
甲板上，顧桐月覷向板著臉的顧蘭月，賠著小心道：「大姊，妳別生氣也別難過，我一定給妳找個比尤二表哥更好、更出色的夫君！」
想起顧蘭月親事的諸多坎坷，顧桐月越發心虛。「要不，妳打我兩下出出氣？」
顧蘭月瞪她一眼，當真抬起手來。
顧桐月嚇得哆嗦。「妳還真的打呀？」
顧蘭月不說話，仍舊瞪著她。

「好吧，那妳……妳輕一點，我怕疼。」顧桐月支支吾吾地說。
顧蘭月終於忍不住，噗哧笑出聲，揚起的手輕輕落在她臉上，卻是溫柔撫摸著。
「傻妹妹。」
顧桐月這才放心，撒嬌地抱住顧蘭月的腰，笑嘻嘻道：「大姊真壞，嚇了我一大跳。」
「剛知道時，嚇壞了吧？」顧蘭月揉揉她的頭頂。
外頭流言傳來時，已經是昨日傍晚，顧府不好送信給東平侯府，想必顧桐月是到了這裡後，才聽到那些難聽又難堪的話。
「還好。」顧桐月道：「就是擔心姊姊們。大姊，那六姊與五表哥訂親的事……」
顧蘭月點頭。「放心吧，我會跟母親還有大舅母說的。」以她的親事來成全兩個沒心沒肺、全然不顧家族的冷血無情之徒，換來兩家安好無恙，也不算太虧。
「只是，大舅母一直不喜六妹，怕那兩人鬧出什麼不好聽的，才急著訂下我跟二表哥的親事，如今，卻是不娶也不行了。大舅母知道這消息，不知會氣成什麼樣子。」
顧蘭月說著，嘆了口氣。「也罷，那是大人們需要考慮的事情。我問妳，方才程三公子聽了妳的話，為何像見鬼一樣跑得飛快？那槐樹林裡到底有什麼？」
「有屍體。」顧桐月悄聲告訴她。「程三公子與俞世子差不多，都是草菅人命、心狠手辣之徒，被他弄死的女孩子，都被偷偷埋在那片槐樹林裡。」
「這真是……」顧蘭月咬牙低罵。「這樣的人，老天爺怎麼不乾脆降道雷劈死算了！」
顧桐月深有同感。

第五十一章　守望相助

消息傳回尤府時，吳氏氣得當著尤老夫人的面砸了一整套茶具。

尤老夫人並未責怪她，等她發洩完，才輕聲開解。「此事除了這般，再沒有更好的法子，妳可別跟桐姐兒生氣。」

吳氏苦笑。「母親，我是那般不識好歹的人嗎？這件事，桐姐兒是大功臣，否則咱們尤家就此敗落，也不是不可能。我就是氣我自己，氣那孽障！要是沒生出那孽障，要是平日管好他，怎麼能讓他捅出這麼大的婁子來？」

尤老夫人見吳氏這般自責，自然又開導一番。「倒不是妳的錯，妳相夫教子，上要顧著兩個老的，下要管束姑娘、少爺們，還要主持府裡中饋，妳已經做得很好，不必自責。」

見尤老夫人沒有責怪她，吳氏摀著臉，愧疚地哭起來。

尤老夫人輕嘆，也不催促，由著吳氏哭夠了，才繼續說話。

「多謝母親，能這樣理解我。」

「我知道妳不喜顧家六姑娘，我也不喜歡。」尤老夫人道：「只是，如今不娶她也不行，可惜了蘭姐兒……」

提到自己的寶貝外孫女，尤老夫人心疼地嘆口氣。「都退親兩次了，幸好這次是跟咱們府裡訂的，還能遮掩；只是蘭姐兒年紀不小，轉眼就要滿十八，該如何是好？」

「是咱們尤府誤了她。」吳氏接道：「您放心，我跟兩個弟妹定好好幫蘭姐兒物色，盡快給她尋一門稱心的親事。」

「也只好如此了。」尤老夫人擺擺手。「既然桐姐兒已經把話放出去，妳給姑奶奶送個信，讓她把人帶回來好好學規矩；另外，該大辦就大辦，別叫人瞧出咱們是逼不得已才娶她過門。」

提到要娶顧荷月，吳氏便心氣不順，扯著手帕子抱怨。「娶了這麼個攪家精回來，以後府裡哪還有安穩日子過？」

尤老夫人開口問道：「我記得妳娘家有個兄弟外放，似是做了縣令？」

「是，我那兄弟正在蜀地。」吳氏聽出尤老夫人的言外之意，此時除了暗罵尤嘉樹不爭氣，也沒有別的法子。「您的意思是，要把他們兩個送到蜀地？」

「怎麼，妳捨不得？」尤老夫人睨著她。「妳好生想想，是留著他們繼續禍害尤家，還是遠遠攆出去，保全尤家清貴的家風名聲？」

吳氏想也不想。「攆出去吧！」

她不得不硬起心腸來，她不只有一個兒子，還得為其他兒女著想。

今年的女兒節散得特別早。

那些被顧桐月算過帳的人，哪有心情再留下；而那些沒被挑中，卻想到自家陰私的，也生怕被顧桐月逮著，乾脆先打道回府。

被算帳的人，回家後把今日發生的事情講給家人聽，連帶著家人都惶恐起來。那些沒被逮著的門戶，顧不上嘲笑遭到清算的人家，急吼吼地召集家人，商討做過的陰私事要如何遮掩。

一時間，京城竟有了風聲鶴唳的氣氛。

人人自危中，顧家與尤家的事不再被人提起，顧清和也平安地上了考場。

顧清和考試之前，顧桐月回了顧府一趟，看到數日未見的顧荷月。

聽說她被接回來後，很是安分，大概也知道自己闖禍，險些害了滿府姊妹，這些日子都在老老實實地學規矩。

尤氏只讓兩個嬤嬤拘著顧荷月，並未羞辱、折磨她。

無論如何示好，府裡的姑娘們都不肯搭理她，連最溫柔的顧葭月也不肯正眼看她。

因此，顧荷月對回府的顧桐月格外親熱，但顧桐月怎麼可能給她好臉色，連應付都懶。

尤氏見狀，便命顧荷月回房，繼續學規矩。

原本顧桐月想勉勵顧清和幾句就回侯府，不想顧從明卻派人來請她，只得過去了。

顧桐月已經有些日子沒見到顧從明，進了書房後，趁著請安抬頭看一眼。

這些日子，顧從明似乎頗不好過，耳鬢已經有了銀絲，連背脊也比之前佝僂幾分，神色看似平靜，卻難掩焦灼與焦躁。

顧從明關切地問顧桐月，在侯府過得如何，侯府的人待她如何，先前顧府與尤府的流言可有影響到她云云，隨即話鋒一轉，言道一家姊妹，該互幫互助、相親相愛才是。

顧桐月一律點頭，他說什麼都應好，回頭就將他的話拋到了九霄雲外。

好不容易熬到放榜的日子，顧桐月一大早就爬起來，命人去張榜處等候。

她心不在焉地陪著郭氏用早膳，又陪徐氏畫了幾張花樣。

見顧桐月坐立不安的模樣，徐氏抿嘴一笑。「罷了，今天妹妹怕是沒心情繼續跟我畫花樣，明兒再說吧！」

顧桐月老老實實告罪。「今兒是我弟弟放榜的日子，我掛念此事，有些分神，明日我陪二嫂多畫幾張。前兩天我做了兩盒面脂，是薔薇香味的，若二嫂喜歡，我讓人送一盒給妳。」

「那敢情好。」徐氏湊近顧桐月，嬌羞道：「上回妳送我的口脂，妳二哥說那味道又好聞、又好吃。」

顧桐月聞言，故作不解地睜大眼。「二哥莫不是傻了？口脂哪裡能吃呢？」

徐氏滿面紅暈，嬌羞著瞪顧桐月。「妳還是小姑娘家，這些話別隨便亂問。」末了又問：「那口脂可還有？」

「上回只做了一小盒，全給二嫂了。」顧桐月佯裝不悅地噘嘴。「連阿娘那裡都沒有呢！不過，二嫂要是喜歡，過兩天我再多做些。」

徐氏忙道：「好，多留點給我。」

「多留、多留。」顧桐月點頭，笑得一臉嬌憨。「保證讓二哥吃個夠。」

徐氏一愣，隨即笑出聲，用手指點著顧桐月的潔白額頭。「連妳二哥都敢編排，我可要告訴他，讓他好好教訓妳。」

顧桐月與徐氏鬧成一團，在旁邊看帳本的端和公主失笑著搖頭望過來。「妳們兩個，都該好好教訓才是。」

「公主嫂嫂別這樣嘛，我知道大哥愛吃桃花味的口脂，前些時候剛收了不少桃花呢！」顧桐月吃吃笑道。

徐氏過去，笑倒在端和公主身上。「對嘛，大嫂不要著急。」

「妳們這兩個促狹鬼！」端和公主再正經，也被她們取笑得紅了臉。

與唐靜好一般受寵的顧桐月，卻比唐靜好會討人歡喜，如今府裡上下都喜歡她。

此時，去看榜的僕婦滿臉喜色地跑進來。「姑娘，顧五少爺考過啦，是榜首呢！」

顧桐月聽見這大好消息，歡喜得坐不住，當即就要趕回顧府。

郭氏也十分高興。「公主，快給桐姐兒備車、備禮，我陪她回去一趟。」

端和公主笑意盈盈。「母親放心，賀禮早已備下，等您與妹妹收拾妥當，便可出門。」

郭氏聞言，十分滿意。「咱們侯府多虧有公主打理，省了我多少的心，娶到妳，真是我們唐家莫大的福氣。」

徐氏聞言，不依地撒嬌。「母親，娶了公主嫂嫂是唐家的福氣，娶了我就不是啦？」

「妳這小醋罈子喲。」郭氏被她拈酸吃醋的模樣逗得笑不停。

近來，郭氏的身體越來越好，越發有精神，心愛的女兒日夜相陪，兒子、媳婦孝順乖巧，再沒有令她煩心的事，整個人瞧上去似年輕了好幾歲。

很快地，顧桐月收拾好，與郭氏登上馬車，急急趕往顧府。

此時顧府也很熱鬧。

今日尤氏穿了大紅撒金繡遍地折枝衣裳，喜慶顏色襯得她整個人喜氣洋洋，又命人抬了兩大筐銅錢來打賞府裡上下，得到賞錢的奴才們自然是歡天喜地。

顧清和也被尤氏打扮得光鮮喜慶，此時正坐在尤氏下首，含笑看她打賞下人。

尤氏賞完銅錢，還意猶未盡地讓人再去抬錢來，顧清和連忙阻止她。「母親，此次就罷了，等兒子中舉，屆時再好好打賞，如今只是個秀才，沒有必要這般大張旗鼓。」

「好好好。」尤氏對顧清和的要求無有不應。「咱們和哥兒怎麼說，母親就怎麼做。」

母子兩個歡歡喜喜說了一會兒話，姊姊們便過來了。

今日顧從安也十分高興，拂鬚瞧著一表人才的兒子，滿意地直點頭，卻還是板著臉訓誡了一番。

顧清和恭恭敬敬地聽著，表示自己一定謹記父親、母親的教誨。

顧從安與尤氏微微紅了眼，連聲道好。

姑娘們上前，紛紛送上賀禮，恭喜顧清和考得榜首。

正熱鬧著，郭氏與顧桐月到了，尤氏連忙領著姑娘們去垂花門迎接。

眾人見了面，又是好一番寒暄與親熱。

郭氏知道顧桐月有許多話要跟顧清和說，遂不把她拘在身邊，只笑盈盈地與尤氏說話。姊姊們也十分體諒，說笑兩句後，各自散了。

顧桐月回到自己在顧府時住的廂房，顧清和跟在她身後。

一進屋，顧桐月便忍不住高興地說道：「和哥兒，雖然早料到你能考上，但沒想到竟然是榜首。」

顧清和見她眉開眼笑，不由也笑了。「這不過是院試，等以後參加鄉試、會試，我也會努力考得榜首，讓姊姊好好高興高興。」

他有這樣的志氣，顧桐月自然連聲叫好。「到時咱們連中三元，定然風光無限！」

顧清和瞧著顧桐月期待的笑臉，認真地點頭。「我必不會讓姊姊失望。」

顧桐月見他如此鄭重，有些擔心他將得失看得太重，連忙又道：「只要咱們認真準備，好好應考，不管能不能考中，都是很好的。」

她一邊說著、一邊取出一個荷包來。「這是我前些日子去龍泉寺求的平安符，供在佛前開過光，傳聞很是靈驗，你戴在身上，可保平安。」

顧清和連忙雙手接過，當著她的面將荷包繫在腰間，愛惜地用手按了按，才抬頭對顧桐月笑道：「謝謝姊姊為我費心。」

「我還帶了幾套書來，都是你用得著的。」

顧桐月拍拍手，香扣便抱著包袱走進來。

顧清和忙站起身，從香扣手中接過包袱，當著顧桐月的面打開一看，頓時大吃一驚。

「姊姊，這幾套書，正是我讓人尋的，因是舊朝的書，又經歷戰亂，能找齊一套可不容易，姊姊在哪裡找到的？」

顧桐月見他又是激動、又是高興，跟著笑起來。「我放出消息說要找這些書，便有人將書捧到我手上。以後你缺什麼書，別無頭蒼蠅似地到處找，告訴姊姊，姊姊給你找來。」

這幾套書正是武安侯家的蔣二姑娘讓人送到東平侯府的。

如今蔣二姑娘可是謙遜不少，一是因為她母親出身的秘密握在顧桐月手裡，二則武安侯府也感覺到，武德帝的鍘刀快落在他們的脖子上，故而十分安分。

女兒節後，蔣二姑娘送了不少醫書給顧桐月，聽聞她在找這幾套書，便又使人送過來，想必，也是希望唐家人能幫武安侯府在武德帝面前說說情。

顧桐月原還擔心這禮物會燙手，唐承宗知道後，毫不在意地說，若她需要就留下，別的不用理會。

既然如此，她二話不說地收下了，懶得去理會裡面是不是有別的用心。

顧清和高興地連連點頭。「有這些書盡夠了，還有十來天我才出門，正好趁這段時日將書謄抄一份，帶在路上看。」這些書可是孤本、絕本，他哪裡捨得就這麼帶出門去。

反正書已經是顧清和的，顧桐月不管他要怎麼用，只問：「遊學的事，可跟母親提過了？」

「嗯，母親應下了。」顧清和愛惜地將書本小心翼翼放好，重新包起來，才道：「母親極為不捨，但思及皇長孫，又想著顧府這些日子的事，還是應下；只是母親非要找鏢局的人陪我上路，怎麼勸她，也不肯改主意。」

「這是母親擔心你的緣故。」顧桐月心頭一動。「既然母親要請鏢局的人護著，那我也尋兩個小廝給你，照應衣食住行，你領了母親的好意，難道要推拒姊姊的好意不成？」

顧清和無奈，苦笑道：「好姊姊，我是出門遊學，又不是出門遊玩，帶那麼多人伺候，像什麼樣子？」

「誰說出門遊學就不能多帶些人伺候了？」顧桐月反駁他。「再說，也沒有幾個人，只是方便照顧你罷了。你是出門遊學，又不是出門吃苦，多兩個人照顧怎麼了？」

「好吧！」顧清和也只能接受顧桐月的好意。

姊弟倆又說了一會話，準備回前面吃席，顧清和卻神情擔憂地提起朝中的亂局。

「我能出外避過這些事，姊姊卻只能待在京裡，如今太子黨與靜王一派爭鬥得十分厲害，已經撕破臉皮，倘若因此連累了妳……」

「送你離開京城後，我也要尋由頭去避一避。」顧桐月笑著告訴他。「反正天氣快要熱起來，正好離京避暑，他們總不能追著我出京吧！」

她想著，忍不住抿唇。「再說，我在他們心裡，或許只是顆可有可無的小棋子罷了，他們未必真將我放在眼裡呢！放心吧！」

顧清和這才稍稍放下心來。

姊弟兩個邊說邊走出廂房，忽聞身後傳來顧荷月怯怯的聲音——

「八妹，可以借一步說話嗎？」

上回顧桐月回來，已經不屑理會顧荷月，沒想到她又找上來，遂示意顧清和先離開，站在原地等顧荷月。

顧荷月清瘦不少，不知是教規矩的嬤嬤們太嚴厲，還是她存了心事的緣故。不過，這些都不是顧桐月在意的。

她打量看起來越發楚楚可憐的顧荷月兩眼，淡淡道：「六姊何事找我？」

顧荷月眼裡滿是怯意與不安。「八妹是不是也惱我了？」

「妳找我就想說這個？」顧桐月皺眉。「我沒工夫聽妳惺惺作態的懺悔。」

顧荷月一怔，眼淚大顆大顆滑落。「我知道我是罪人，如今全府的人都瞧不起我，母親更是找了厲害的嬤嬤來調教，令我苦不堪言。我錯了，害了大姊、害了滿府的姊妹，心甘情願受罰，可是八妹，我也是無辜的啊！」

「無辜？」顧桐月失笑。「有誰逼著妳收下五表哥的玉珮嗎？有誰逼著妳與五表哥書信來往嗎？做便做了，偏又做得不乾不淨，還讓五表哥不管不顧鬧到府裡來；若非姊姊們合力力挽狂瀾，不獨顧府，連尤府都要被你們害慘了！」還敢在她面前喊無辜？要不是姊姊們沒事，她早衝上去掌她的嘴了！

「我寫信給五表哥，只是拜託他幫忙說情，讓尤家外祖父也教教維夏而已。」顧荷月可憐兮兮地說道：「清和被尤家外祖父教導得那樣好，可維夏呢？他的前程根本沒有人管；我只是太過心急，失了分寸，並非存心要給家裡惹禍。」

「我不管妳到底因為什麼去招惹五表哥。」顧桐月打斷顧荷月的話，眉目冷淡地看她。「妳找上我，想必不是真想向我懺悔或敘姊妹情誼，直說吧！」

顧荷月緊緊咬著牙，在說與不說間天人交戰，見顧桐月神色越發不耐煩，才忙揮退左右，走近顧桐月，低聲道：「我想求八妹幫忙，我……我不想嫁去尤府。」

顧桐月聞言，氣得笑起來。「妳不想？」

「妳也知道，尤家大舅母非常討厭我，要是嫁過去，少不得受她折磨，我……我很害怕！」她哀求地瞧著顧桐月。「八妹，我真的知道錯了，妳幫幫我吧，幫我這一回，要我為妳做牛做馬都願意！」

說罷就要離開。

顧桐月揮開她伸過來的手。「在勾搭五表哥之前，妳沒有想過尤家大舅母討厭妳，以後會折磨妳？那時候不怕，現在親事落定，反而怕了？顧荷月，別當我是傻子，我不奉陪！」

顧荷月撲上來抓住她的手，真的慌了，泣不成聲。「八妹不曉得，尤家太狠心了，等我與五表哥成親後，便要把我們送到蜀地！蜀地啊，那是窮山惡水、滿是刁民的地方，又離京城那樣遠，我不能去啊！」

顧桐月一愣，隨即笑了，原來這就是顧荷月想要悔婚的原因。

她堅定地撥開顧荷月的手，輕聲笑道：「六姊，五表哥為了妳，甘願被家族放逐，要是知道妳反悔了，不知會怎麼想？」

顧荷月聞言，瑟縮地收回手，囁嚅著說不出話來。

「妳差點害苦了家裡人，不管顧家還是尤家，對妳是何想法，妳心知肚明，日後妳唯一能依靠的，似乎只有五表哥？」顧桐月冷眼看她。「小心，可別惹了他的厭棄才好。」

顧荷月臉色慘白，似再也撐不住，跌坐在地。

顧桐月轉身離去。

時間過得很快，顧清和離京的第一年，發生了很多事。

顧家連辦了好幾場喜事，長房娶了媳婦，顧葭月和顧雪月也都順利出嫁了。

十月，靜王府裡的顧槐月艱難誕下一個七斤多的男孩。

年末，顧從明掌管大周屬國進貢貢品一事出了大紕漏，好好地貢品竟不翼而飛，震驚朝野，武德帝大怒，將他連降三級。

顧從明得罪了太子，遂巴望著靜王府裡的顧槐月能為他使上力；可是靜王府內院鬥得激烈，顧槐月既要保護自己，又要護著兒子，哪有精力管顧從明的事。

因為莫姨娘母女，顧從安與尤氏鬧了一場，他對尤氏的不滿，在得知顧荷月與尤嘉樹成親後就要被放逐離京的消息後，達到極至。

但他再不滿，也不敢對尤氏如何，尤家就像一座山似地壓在他頭上，且尤大老爺就是他的上峰！他的晉升離不開尤家的出力，尤家要把他踩下去，完全不費勁。

因此，他只能在府裡冷落尤氏，給莫姨娘母女長長臉。

然而，莫姨娘早被尤氏打壓怕了，又見顧雪月雖嫁得不如其他姑娘，但有尤氏撐腰，在王家過得可謂舒心至極。

日後顧荷月要嫁到尤家去，莫姨娘便恨不得天天來尤氏跟前立規矩，只為讓尤氏也替顧荷月說上幾句話。

如此，難免違背顧從安的心意，顧從安一怒之下，索性棄了莫姨娘，寵起新人來。

至於朝堂，太子與靜王之爭越發激烈，武德帝卻像毫無所覺，放任他們，只要不是太出格，便睜隻眼、閉隻眼。因此，朝中一片烏煙瘴氣，人心惶惶，不知最後的贏家到底是誰。

而寧王因為黃河治水績效斐然，得到武德帝一頓誇獎。

寧王終於涉足朝堂，可以上朝議事，比起太子與靜王一派，頂多不再像從前一樣被無視罷了；但也因為他的慎微，只悶頭做事的性子，沒引起太子與靜王的妒意，反令他在朝堂上站穩腳跟。

等靜王留意到竟有朝臣暗暗投在寧王門下，才驚訝地發現，寧王居然不聲不響地進了六部中最重要的戶部，坐上主事之位，且戶部上下還對他讚譽有加。

於是，靜王在對付太子之餘，也不得不騰出精力來對付這不顯山露水的弟弟了！

這日，靜王表情陰沈得臉上幾乎要滴出水來，在後宮急步行走。

來往的太監無不恭敬地對他請安行禮，他卻視若無睹，腦海裡不時浮現剛才在朝堂上太子看著他時那陰狠得意的神色，心中一陣翻湧，腳步走得更快了。

他走進了戚貴妃所居的瑤華宮。

宮人看見他，忙入內殿稟告。

須臾，身著繁瑣華麗宮裝的戚貴妃緩步出來。她已經四十出頭，望之卻如三十許的豐腴少婦，秀美雍容，眉眼間卻非尋常妃嬪的嬌媚惑人，長眉入鬢，更顯幾分俐落的英氣。

「皇兒怎麼來了？」她打量靜王的神色，轉頭吩咐宮人。「泡杯羅漢果來，給王爺清熱降火。」

「母妃，您別關心那些有的沒的了！」靜王皺眉嚷道，惱火地揮手攆宮人。「都給本王出去待著，本王與母妃有事要說！」

戚貴妃見狀，揮手令宮人退下。

殿內宮人有條不紊地悄悄退出去。

「說吧，出了什麼事？」

「今日早朝，父皇罷免了吏部尚書，以及吏部一大半的官員！」靜王說著，氣憤不已地狠捶桌面。「吏部的人手一下被父皇剪掉，那些人是我的錢袋子，如今全沒了！」

他花了這麼多年，才勉強將吏部經營成自己的，但一夕之間，什麼都沒有了。

想到太子快意的笑，靜王恨得臉都扭曲了。「我不服！為什麼那麼個草包，父皇卻將他當成寶，一次又一次地容忍他？我也是父皇的兒子，比起他——」

他激動地指著東宮的方向，一雙眼睛血紅得可怕。「比起那個扶不上牆的，我才是最適合大位的人，為什麼父皇要這樣對我?!」

戚貴妃冷眼看著他，等他發洩完，平靜下來，才緩緩開口道：「因為你的外祖，只要你外祖他們活著一天，你的父皇就不會將大位交給你。」

靜王怔怔看著戚貴妃，他不是沒想過這個可能，但是——

「外祖家世代鎮守西北，若沒有外祖，西北早被西戎人踏成平地！他們抵禦西戎人，護衛西北百姓，何錯之有？為何父皇容不下他們？」

「皇權之重，豈能容得他人臥榻酣睡？」戚貴妃的嗓音冷得像冰。

「不對，不是這樣的。」靜王猶不肯信。「這些年父皇送到西北的賞賜，父皇對西北、對外祖的看重，兒子全看在眼裡；父皇信任外祖，西北一切全憑外祖做主，朝廷更是連監軍都沒派過去，這不是信任，又是什麼？」

他一直認為武德帝對他有期望，要不然，為何會允准他依靠那樣強而有力的外家？又為何如此優待他的外家？一直沒有廢除太子，是因為太子乃武德帝一手帶大，重情的緣故！

戚貴妃聞言，聲音更冷了幾分，連看向靜王的眼神都是冷的。

「在西北，鎮北侯是守護百姓、守護西北的戰神，世代經營下來，你父皇哪裡插得進手？一來，他要留著鎮北侯為他守衛西北，二來，他還沒找到能代替鎮北侯的人選之前，不敢貿然動鎮北侯。最關鍵的是，他怕逼得太狠，會逼反鎮北侯，逼反西北的百姓！」

說到戰神一樣的父親，戚貴妃微抬下巴，不覺流露出驕傲的神色來，頓了頓，忽地冷冷一笑。「不然，你以為我當初為何會被選進宮裡？」

語畢，她的驕傲，一下子全被痛苦粉碎。鎮北侯再厲害又如何，西北再好又如何，這輩子她再也見不到父親，再也回不到西北了！

靜王慌忙無措地看著自己的母親，艱難地張張嘴。「為什麼？」

「因為我是你外祖的掌上明珠，他要藉著我牽制你外祖；後來有了你，我跟你，如今不過是你父皇牽制你外祖的兩個籌碼罷了。」戚貴妃無情地點出真相。

靜王全身顫抖，拒絕相信。「不！不會！怎麼可能？父皇明明對我期望甚大，曾親手栽培，說我能力在太子之上！」

「皇兒。」戚貴妃看著兒子這樣，面上的平靜終於被打破，似是痛心，又似悲傷。「光擁兵這一條，你就犯了他的大忌。把你囤的兵散了吧，不要跟太子爭，再去求你父皇，給你圈個封地，母妃跟你一塊兒去，哪怕是貧瘠之鄉，能保住性命，也是好的。」

靜王霍地抬頭看向她，慘然一笑。「您說的話，我一個字都不信！我要給外祖寫信，大不了……」

「皇兒！」戚貴妃一聲厲喝，打斷靜王的話。「我不管你做了什麼，也不管你想做什麼，但記好了，我絕不允許你做出任何危害你外祖的事來，否則，我絕不原諒你！」

靜王淒然笑道：「母妃，我是您的兒子！您為什麼不像十三弟、十七弟他們的母妃一樣，竭盡全力幫助他們？您為什麼不幫幫我？」

戚貴妃眉眼泛起冷意。「因為，你是皇帝的兒子！」

第五十二章　心思

瑤華宮母子兩人的對話，很快傳到武德帝的耳中。

正在養心殿批奏摺的武德帝沈默良久，緩緩放下手中朱筆，看向侍立在側的蕭瑾修。

「你說，朕是不是太無情了些？」

武德帝這話，叫人不好回答，但蕭瑾修不能裝傻充愣表示不懂，頓了頓，躬身道：「貴妃娘娘有句話說得很對——皇權之重，豈能容得他人臥榻酣睡！」

武德帝臉上有瞬間的動容，嘆息一聲。「戚貴妃不愧是鎮北侯所出，其胸懷、眼界及格局，老八根本不能望其項背，只可惜……」

只可惜在戚貴妃眼裡，靜王只是他一個人的兒子。

但武德帝慶幸不已，若戚貴妃傾盡全力栽培靜王，這個皇位，未必能傳給他想傳的繼承人。

知道戚貴妃勸靜王請封封地，哪怕是貧瘠之鄉，也願意跟著去時，武德帝心軟了片刻。

即便對戚貴妃沒有感情，也狠心視靜王為棋子，可到底是他的女人、他的兒子，他給予他們無雙富貴，是為了將來行事時能無愧於心。

可對他們，當真能做到無愧於心嗎？

靜王一出生，他就決定了他的未來，不動聲色養大他的野心，僅為對付他的外家。

這世間，怕只有他這個父親會如此狠心絕情吧？

有那麼一瞬間，他衝動地想成全戚貴妃，讓他們母子去封地過活；可身為皇帝的理智卻及時制止他，布局到現在，已經沒有退路了。

他沒有，戚貴妃沒有，靜王沒有；鎮北侯，也沒有！

武德帝倏地用力握拳，渾濁卻精光四射的眼睛緊緊盯著自己的拳頭。

在他有生之年，一定要收回西北，收回西北的兵權！

先帝做不到的事情，他來做！

「貴妃娘娘未入宮時，便有巾幗英雄之稱。」蕭瑾修很贊同武德帝的話。「聽聞貴妃娘娘滿十歲後，便隨鎮北侯上陣殺敵，還被鎮北侯編進先鋒隊伍，倘若鎮北侯膝下無子，貴妃娘娘定是下一代的鎮北侯。」

武德帝聽得直點頭，頗為遺憾地說：「鎮北侯真要無子，也就好辦多了。」

沒有兒子的鎮北侯，就算是隻大老虎，也比有兒子的大老虎好打得多。

戚家父子將西北經營得猶如鐵桶，這麼多年，武德帝不是沒想過要伸手，只是伸不進去而已。

西北重地，早已成了鎮北侯所有！

他的臣民只認鎮北侯，不知皇帝，這叫武德帝如何不忌憚，作夢都想除去鎮北侯，將西北兵權牢牢握在手裡。

蕭瑾修聽了武德帝這話，並沒有露出惶恐之色，他想了想，道：「今日您剪除了靜王安插在吏部的大半人手，已經逼得靜王坐不住，如果太子殿下步步緊逼，靜王分寸大亂，到時候定會求助於鎮北侯，如今的鎮北侯，已不值得您頭疼。」

這些年，蕭瑾修日日琢磨，才漸漸明白武德帝對西北的想法，以及藉由靜王對西北下的那盤棋。武德帝就是要逼靜王起了反心，繼而求助於鎮北侯，不管到時候鎮北侯幫不幫靜王，只要靜王的書信落在武德帝手裡，自然可以變成他樂意看到的局面。

武德帝哈哈大笑。「是極、是極！」起身走到蕭瑾修身邊。「蕭六郎，朕的心思，你一向猜得極準，那麼再猜猜，西北一旦群龍無首，朕打算派誰去鎮守？」

蕭瑾修想也不想地說：「能擔當此重任的，唯有東平侯。」

武德帝睨著他。「這一、兩年你跟東平侯府走得很近，不怕朕因此猜忌你？」

「舉賢不避親。」蕭瑾修回道。

武德帝一愣，隨即大笑起來，笑得眼淚都流出來了。「蕭六郎，你算人家什麼親？侯府認你這個親了嗎？」

蕭瑾修甚是憋屈地低下頭。「沒有。」

這一年來，蕭瑾修致力於打動侯府諸人，沒少下工夫，可惜收效甚微。

武德帝見狀，越發笑得直不起腰，用顫抖的手指著他，一時連話都說不出來。「你這個……嗐，聽說侯府不許你進門了？」

蕭瑾修微微紅了臉，有些尷尬。「好歹給微臣留了牆。」

武德帝剛直起的腰又笑彎下去。「下回朕見到唐侯爺，必要提醒他，將自家的牆再砌高一點。」

「陛下，您可不能這樣。」蕭瑾修朝他拱手。「再高，微臣便翻不過去了。」

「朕的御前侍衛，沒事就去翻人家的牆，要是告到朕面前來，朕的臉面都被你丟光了。」

「陛下放心，微臣一定不讓人告到您面前，給您惹麻煩。」蕭瑾修義正詞嚴道。

武德帝。「……你這臉皮倒是越來越厚了。」

蕭瑾修低下頭，耳尖越發紅起來。「微臣臉皮不厚點，這輩子娶不到媳婦了。」

武德帝無話可說，搖搖頭，伸手指了指。「你啊，京城裡這麼多閨秀，怎麼偏瞧上了唐侯爺家的姑娘？」

蕭瑾修心頭一緊，從武德帝的語氣中聽出了淡淡的失望。

他明白自己在武德帝心目中的位置，身後是爛泥潭般的定國公府，定國公府遲早會被削爵貶黜，他無親族、無家人可依靠；武德帝一心想要他做個純臣、孤臣，才會將他從暗轉明，才會讓他掌握京城泰半官員的隱私，才會下令要他對犯事的吏部官員抄家滅口。

可他偏偏對東平侯府收下的義女動了心思，如此牽扯上侯府，武德帝並不樂見其成。

好在，東平侯府也是純臣，且武德帝對主動交出兵權、安分守己的唐仲坦十分放心，雖不喜他跟東平侯府走得近，卻未出言阻止。

「前兩日，定國公派人傳話給微臣，說是給微臣尋了一樁好親事，乃太子詹事李大人家的掌珠，還許諾，倘若微臣應下，回定國公府後，他便會上摺子求陛下廢了蕭瑾焱，請封微臣為定國公府世子，日後承襲定國公府。」蕭瑾修沈聲稟告。

武德帝顯然不知情，微微挑眉。「竟有這事？」目光微動，似漫不經心地掃了蕭瑾修一眼，隨手拿起几案上的摺子翻看。「你是怎麼想的？」

「微臣拒絕了。」蕭瑾修回道：「當初微臣及微臣的父母被除族，蕭氏族譜上已經沒有我們的名字，微臣早已算不得蕭家族人，更不是定國公府的子孫。」

對他的回答，武德帝很是滿意。「如果你想回定國公府，朕倒能幫幫你，讓你風風光光地回去。」

蕭瑾修面容冷酷，語氣不帶半點感情道：「微臣多謝陛下的好意，只是，一來，微臣想憑自己的能力振興我父親這支血脈；二來，如今定國公府已經是大廈將傾，何來風光一說？微臣憑什麼要回去為他們做牛做馬地賣命？微臣不上去踩兩腳，已是看在父親血脈的情分，他們怎麼還敢指望用親事來挽回微臣？」

武德帝滿意地點頭。「有志氣。」話鋒一轉，譏誚地笑。「這哪是定國公府要挽回你，分明是東宮起了招攬你的心，這才與定國公府通氣，妄想讓你動心。」

只要蕭瑾修應下這門親事，便妥妥地成為東宮太子的人了。

蕭瑾修沈默。

武德帝心頭一動，原本陰鷙的神色忽地鬆緩，指著蕭瑾修臭罵。「好你個蕭六郎，竟把心機全用到了朕頭上！」

「微臣只是據實以告。」蕭瑾修滿臉正氣，半點也不心虛的樣子。

「罷了，你的親事，隨你做主，朕懶得理會。」終於，武德帝說了一句準話。

蕭瑾修大喜，忙跪地叩謝。「微臣多謝陛下。」

武德帝不樂見他和東平侯府親近，但更不樂見太子抑或別的親王、皇子與他過從甚密；可這京城裡，各家關係盤根錯節，姻親更是拉近、綁牢蕭瑾修的籌碼，蕭瑾修能拒絕太子詹事這門親事，那別家呢？

只要蕭瑾修的親事一日沒有訂下，那些人就不會死心。

「你也別謝得太早，等侯府答應你，再謝朕不遲。」武德帝將手裡的奏摺扔到蕭瑾修身上。「起來吧！」

蕭瑾修起身，撿起奏摺，一臉喜氣洋洋地雙手呈給武德帝。「所謂精誠所至，金石為開，唐侯爺定會看到微臣的誠心和誠意。」

見蕭瑾修沒看手裡的東西，恭恭敬敬遞還給他，武德帝心情更好。「行了，你的事先放一邊，看看這份奏摺。」

蕭瑾修恭敬應是，打開奏摺讀起來，越看，眉頭皺得越緊。

「你有什麼看法？」

這是遠在嶺南任縣令的謝斂千里加急送回京來的密摺。

謝斂在去年科考中考了個二甲第七名，如今京城爭鬥不止，遂求取外放，遠赴很多官員都不敢去的嶺南。

奏摺裡痛陳嶺南官場專權不法、貪污腐敗、上行下效、烏煙瘴氣，人民苦不堪言；匪寇猖狂，甚至官匪勾結，百姓求告無門，生不如死。

謝斂一到嶺南，了解當地的情形後，五內如焚，一憂官場這些貪污成風、尸位素餐的官員，二憂匪寇作亂，三憂百姓之苦，故而秘密修書回京，請武德帝示下。

蕭瑾修咬牙道：「當官為民，又有為官一方，造福一方之說，可這些官員都做了什麼？官匪勾結？聽著都讓人不寒而慄。陛下，這股風氣不殺不行！」

武德帝表情肅殺，點頭道：「六郎這席話說到了朕的心坎上，可嘆朕的兒子，一個個鬥得跟烏眼雞似的，眼睛裡只看到朕屁股底下這把椅子，百姓疾苦，他們哪會關心？」

武德帝說著，啪地砸掉几案上的茶盞，氣道：「朕不敢指望他們去嶺南整肅官場，剿殺匪寇。」

蕭瑾修連忙跪下。「陛下息怒。」

武德帝氣了一回，很快便收起怒色。「六郎心裡可有合適的人選？」

「陛下以為寧王如何？」

武德帝愣了下，這才想起那個自己從未放在眼裡的兒子，最近風評還不錯，沈吟一會兒，道：「寧王性子軟和，即便有心想肅清嶺南官場，憑他的手段，怕也不行。朕想讓你走一趟，你意下如何？」

蕭瑾修深深拜倒在地。「微臣領命，定不負陛下所望！」

蕭瑾修被任命欽差，即將奔赴嶺南的消息傳到顧桐月耳中時，她正跟端和公主及徐氏頭碰頭地研究，怎麼樣塗指甲能讓顏色看起來更粉嫩、更不易褪色。

消息是隨郭氏一道過來的唐承赫說的，他說完後，就盯緊著顧桐月的臉。

顧桐月愣住，徐氏先開了口。「蕭六郎不是陛下的御前侍衛？怎麼突然任命他為欽差大臣？」

顧桐月也想不明白，不解地看向唐承赫。

「這就是要重用他的意思了。」唐承赫也不賣關子。「聽說，如果這次他的差事辦得好，陛下滿意了，等他回京後，就會為他賜婚，卻不知陛下看中了哪一家的姑娘。」

顧桐月又是一怔，原還帶著笑的小臉頓時垮下來。

武德帝要為蕭瑾修賜婚？

也是，蕭瑾修已經及冠，尋常男子像他這樣的年紀，早成親了。

可是，為什麼想到他可能跟別的女人成親，她的心裡竟有些不舒服呢？不是應該為他高興才對嗎？

當然不舒服了，他喜歡的明明是她啊！

顧桐月咬咬唇，勉強擠出笑容，佯裝好奇地問：「依小哥看，陛下可能看上哪家姑娘？」

唐承赫將她的表情滴水不漏地收進眼裡，覺得心涼了半截，自家小妹果然對蕭瑾修那混帳東西動心了。

「我哪裡知道？」唐承赫撇嘴。「不過先前倒是聽說，定國公給蕭六郎訂了太子詹事的嫡長女，且還說了，只要蕭六郎應下這門親事，立刻請旨封他為定國公世子。這麼大的餡餅落在蕭六郎頭上，想來他是不會拒絕的。」

「那可不一定。」顧桐月想也不想地說道。

「為何？」唐承赫追問。

顧桐月瞧著他似笑非笑的神色，這才驚覺自己失態，心裡微微一慌，隨即鎮定下來，故作不經意道：「之前聽你們說了，定國公早有意讓蕭大人回定國公府，他不是都拒絕了嗎？這一次，他肯定也會拒絕的。」

「這次可不一樣。」唐承赫故意跟她唱反調。「這回可是世子之位，下一任的定國公，妳告訴我，誰能拒絕得了這樣的誘惑？」

顧桐月張了張嘴，聽唐承赫笑盈盈地繼續說：「更何況，當年他們一家三口被蕭家除族，趕出京城，如今有這樣風風光光回到定國公府的機會，他為什麼要放棄？便是為了他泉下的父母，他也會回去。阿娘，您覺得呢？」

郭氏一直含笑聽著他們的說話，聞言亦點頭。「若六郎因此回到定國公府，也是好事，憑著他的本事，要將如今風雨飄搖的定國公府撐起來，並不困難。這李光仁倒是好眼光，不似那些個狗眼看人低的。」

連母親都這樣說！顧桐月緊緊咬唇，蕭瑾修會不會也是這樣想的？一著急，便道：「我覺得不太可能，李光仁身為太子詹事，乃太子的心腹大臣，蕭大人明知太子已經失了聖心，又怎麼會因定國公世子這塊餡餅便跳進太子的陣營？他又不是傻子！」

唐承赫輕輕一笑，眉眼微挑，瞧著她微蹙眉頭、不悅噘嘴的模樣。「妳說得沒錯，蕭六郎拒絕了定國公的提議。」

顧桐月驀地鬆了口氣。

孰料，唐承赫下一句話又讓她將心提起來。

「連阿娘都覺得蕭六郎會同意那門親事，妳倒是很了解蕭六郎嘛。」

「那、那是因為，我、我胡亂猜的罷了。」顧桐月忙將寫滿心虛的小臉低下來。

可是，為什麼要臉紅，為什麼要心虛？

這一年多，蕭瑾修似乎十分忙碌，她與他見面的機會並不多，有些場合甚至連話都說不上一句，但時常有別致的小東西，或出現在她的床頭，或哄了街上的小孩送到她手裡。雖從未留下隻言片語，但她就是知道，那是他送的。

沒有女孩子會不喜歡收禮物，雖然每次她都收得跟作賊似的。

但無法否認的，是她三不五時收到禮物時的驚喜，以及，對下一次無法抑制的期盼。

難道，她……她也瞧上了蕭瑾修？

突如其來的醒悟讓顧桐月驟然睜圓了眼睛。

聽聞蕭瑾修要議親，她為什麼不高興，原來是因為她也對他有了無法言說的心思？

郭氏、端和公主和徐氏亦察覺了顧桐月的不對勁。

但此時，郭氏不打算當著唐承赫與徐氏的面問女兒這種事，臉面還是要幫她留著的。

「公主，含珠，剛才門房傳信，說莊子上送來新鮮的蔬果野味，妳們去看看，若有新奇的，也給宮裡還有徐府送些過去。」
這就是要支走端和公主與徐氏的意思了。
妯娌倆相視一笑，有默契地看顧桐月一眼，攜手而去。
對著唐承赫，郭氏便沒那麼客氣了。「你也快去忙你的吧，別杵在這兒礙我們的眼。」
唐承赫不肯走。「阿娘跟小妹說話，我也想聽聽。」
「那好。」郭氏不再攆他。「我這就替你將翰林院學士甘大人家的姑娘訂下來，聽說甘姑娘為人甚是規矩嚴謹，有她嫁過來管著你，我跟你父親倒也放心……」
話語未完，唐承赫早已跑得不見人影了。
顧桐月自然知曉郭氏支開眾人的用意，舉手遮住小臉，閉上眼睛，搶先開口。「阿娘別問我，我還沒有理清楚，且亂著呢！」
郭氏失笑，拉開她的手，款語溫言笑道：「我不逼妳，妳只管好好想、慢慢想，不著急。」
顧桐月悄悄睜開一隻眼，怯怯地問：「您不怪我嗎？」
郭氏微驚。「我為何要怪妳？」
「前一次謝斂的事，便是我自作主張，不肯聽你們的話，非要……」顧桐月不好意思地說：「這次萬一再落得相同下場，那……」
「傻孩子。」郭氏笑得直彎腰。「當初我跟妳父兄反對，是因知道謝家不是好去處，內宅混亂，謝夫人也不是明理的人，這才不願讓妳嫁去那樣的人家。

「可是六郎不一樣，他是妳父親看著長大的，跟自家子姪沒有差別，若非他自尊心強，又怕皇帝忌憚他與咱們家往來過密，妳父親是當真想認他做義子的。」

說到這裡，郭氏恍然大悟。「怪道那一回他百般推託，不肯認妳父親當義父，是存了這番心思的緣故？」

顧桐月臉色更紅，垂下眼睫，囁嚅道：「這我可不知道……」

「你們兩個，沒做出遭人詬病的事吧？」這下郭氏笑不出來了，滿臉緊張地追問。

顧桐月臉紅得幾乎要滴出血。「哎呀阿娘，您說什麼呢？我、我才多大，能做出什麼嘛……」一把將手帕子蓋在自己臉上，支支吾吾地說：「您別亂猜，我……我們清白著呢！」

郭氏這才鬆口氣。「好了，阿娘知道了，我會跟妳父親好好商量，且不著急，還得多觀察蕭六郎。」

以後，她可得用丈母娘的挑剔眼光去看蕭瑾修了，能不能配得上她的女兒，現在下定論，為時過早。

不過，想到此事，郭氏也不由擔心起來。

顧桐月快及笄了呢！

母女倆正親親熱熱說著話，香櫞掀起珠簾走進來。

「夫人，姑娘，顧府送帖子來，是顧大姑娘給姑娘的。」

「大姊？」顧桐月驚訝地坐起身，接過香櫞遞上的帖子，飛快地看完。「大姊邀我明日去京郊的莊子玩，說是莊子裡的櫻桃熟了。」

她滿臉興奮地瞧向郭氏。「阿娘，我可以去嗎？」

「妳想去就去。」郭氏絕不會把她困在府裡，手一揮，道：「去跟妳大嫂說一聲，讓她幫妳準備。」

「謝謝阿娘！」顧桐月捧著郭氏的臉狠狠親了一口，拿起帖子，跑去端和公主的院子。

瞧著女兒快活的身影，聽著她清脆歡快的笑聲，郭氏滿足地輕嘆。

郭氏身邊的嬤嬤看在眼裡，雖然她不知顧桐月的秘密，但顧桐月住進來的這些日子，暗暗觀察，越看越是驚心，發現她跟離世的小主子除了容貌不像，性情不似從前那般陰鬱之外，旁的動作或習慣，竟像了七、八分。

於是，她突然明白了自家夫人這般疼她的原因，連她也忍不住真將顧桐月當成唐靜好來對待。

「妳也看出來了？」郭氏面上笑意淡下去。「府裡還有為難姑娘的奴才嗎？」

全府的主子們這般疼愛顧桐月，底下的人沒幾句閒話，是不可能的。

郭氏嘆口氣。「那些個私下嚼舌根的，都敲打過了？」

「是。」嬤嬤忙道：「依照奴婢的意思，那些嘴上混說的，應該攆出去才是，不能讓她們的胡言亂語鬧得姑娘不喜。」

郭氏點頭，放手讓嬤嬤去辦了。

子。

第二日，顧桐月高高興興地乘坐馬車，在丫鬟、僕婦的簇擁下，順利到達顧家京郊的莊

這座莊子是尤氏的陪嫁，主產各式各樣的瓜果，顧桐月還是第一次來。

顧蘭月與顧華月已經到了，正在門外引頸盼著。

顧蘭月與尤二少爺的親事沒成，尤二少爺已經另娶，但顧蘭月的親事卻一直蹉跎至今，未能相看到好的人家；顧蘭月倒是不急，尤氏卻要急瘋，畢竟女兒就要滿十九歲了。

顧華月婚期將至，不過因為親姊的親事未能議定，對自己的婚事竟也沒什麼期待，從這時不在家裡繡嫁妝就能看出一二。

見到侯府的馬車到了，兩個姑娘忙迎上前去。

眾人相見，自是好一番歡喜。

等顧桐月進去早已安排妥當的廂房換衣服稍事歇息時，顧蘭月走了進來。

「大姊。」顧桐月忙起身。

顧蘭月擺手。「妳們先下去吧，我跟八姑娘說兩句話。」

她帶來的丫鬟、婆子聽令下去了，服侍顧桐月的人卻不肯動。

顧桐月忙道：「妳們也下去歇歇，等會兒才有力氣摘櫻桃。」

香扣、香櫞這才應是，領著人退出去。

待人都走了，顧桐月便搖著顧蘭月的手，撒嬌道：「大姊特地約我出來，原來不是為了

摘櫻桃？」

顧蘭月沒好氣地哼了聲。「可不是我要邀妳來，是有人逼著我！」

「啊？」顧桐月睜大眼。「是誰？」

「是我。」一道低沈的男聲驟然響起。

顧桐月愕然抬眼望去，就見一道挺拔頎長的身影自四季如意屏風後走出來。

「蕭、蕭大哥？」

顧桐月傻眼，忽地反應過來，竟是面紅過耳得無法抑制，之前與郭氏說過的話，突然浮上腦海，讓她幾乎不敢直視朝她走來的蕭瑾修。

「蕭大人，有什麼話趕緊說。」顧蘭月見了他就有氣，冷著臉，不客氣地說道：「莊子上人多，若被瞧見，你是無所謂，八妹日後要如何見人？」

說罷，她轉身背對兩人坐下來。

蕭瑾修見顧蘭月並沒有迴避的意思，長眉微挑，淡淡道：「還請顧大姑娘迴避一下。」

顧蘭月紋絲不動，冷笑道：「要麼我在這裡，要麼我帶她出去！」態度強硬，毫無商量的餘地。

顧桐月還沒從見到蕭瑾修的震驚中回過神來，故而指望不上她向顧蘭月解釋，蕭瑾修只好妥協，伸手拉著她，往四季屏風後走。

顧蘭月聽見腳步聲，轉身想攔，見他們只是走到屏風後，皺了皺眉，沒再說話。

這個距離，不管他們說什麼、做什麼，她都能聽得見，要是蕭瑾修敢亂來，她就立刻衝過去！

顧蘭月咬緊銀牙，暗暗後悔得不得了。

早知今日，當初她就不該帶著小妹去找他幫忙。

果然欠別人的都是要還的。

第五十三章　何以慰別離

顧桐月腳下虛軟地跟著蕭瑾修轉到屏風後，臉紅心跳地抬眼盯著他。

蕭瑾修被她一雙美目這樣直勾勾地瞧著，似也有些不好意思，腦中空白一瞬，連原本準備好的說詞都忘了。

顧桐月被他那漆黑火熱的眼神看得受不了，先低下頭，極力想表現得落落大方些，偏偏無論如何也做不到，只能用她自己都瞧不上的扭扭捏捏姿態，細聲細氣地問：「是你……你找我來的？」

她低頭，才發現蕭瑾修仍然握著她的手臂，隔著薄薄夾襖，似能感覺到他掌心的灼熱，令她不由輕顫了下，彷彿燎原的火種，一下將她的全身燒得滾燙。

「是。」蕭瑾修嗓音越發低沈。

察覺到顧桐月的手臂掙扎了下，他微微猶豫，慢慢鬆開手，便聽見她鬆了口氣。

顧桐月聽著他低啞的聲音，心都要跳了出來，兩隻耳朵亦是一片酥麻。「那……那你去侯府就好了，為什麼要、要逼著大姊？她都生氣了。」

蕭瑾修苦笑一聲。「我要是能進侯府，就不用逼著顧大姑娘幫忙了。」

顧桐月聞言，詫異地抬頭看他。「你不能進侯府？這是為何？」

只要報上名號，哪個侯府下人會攔著他？

「妳小哥防我防得緊。」蕭瑾修點到為止，卻告了唐承赫一狀。

顧桐月頓時明白過來，從那回女兒節的相遇就看得出，唐承赫的確防著他，連讓他們單獨說話的機會都不給。

那時唐承赫已經知道他對她的心思？

顧桐月又紅著臉低下頭，現在，他連她的心思也知曉了，想必更加不高興了吧！

「小哥是擔心我的緣故。」顧桐月小聲為唐承赫辯解，不覺掐著小手，吶吶問道：「那你找我，有什麼事嗎？」

她不敢抬頭多看蕭瑾修一眼，一看就氣血上湧、腦袋暈眩，莫名其妙緊張得手心都要出汗。

明明之前她還能很坦然地與他相處，怎麼現在就不行了？

且她不算是第一次喜歡人了，以前面對謝斂時，也沒有這種手足無措、彷彿空氣都變得稀薄的感覺啊！

難道她喜歡他，喜歡得都要生病了？

「明日我就要去嶺南了。」蕭瑾修輕聲對她說道。

頭暈目眩的顧桐月立刻清醒過來。「是了，陛下命你為欽差，趕赴嶺南剿殺匪寇，明天就要走啦？」

「京城離嶺南路遠，早些去了，也能早點回來。」

「那倒是。」顧桐月似驀然失了興致般，有氣無力地附和道。

他就要走了啊！

之前蕭瑾修在京城，即便不能時時見面，也不覺得有什麼，大概是因那時候她還沒有發現自己的心意，眼下聽說他要走了，竟莫名覺得不捨起來。

「那、那你一路小心。」顧桐月隨口叮囑道：「早去早回。」

蕭瑾修卻鄭重其事地回應。「好，妳放心。」

顧桐月的臉又紅了起來，吶吶道：「我、我沒什麼不放心的啊！再說，我……我也沒有擔心……」

「聽說嶺南匪寇橫行，不知道我去了，有沒有命活著回來。」

「真的那麼厲害嗎？」顧桐月立刻皺眉，緊張兮兮地望著蕭瑾修。

她眼裡毫不掩飾的擔憂與焦急，讓蕭瑾修再也把持不住，一把將她抱進懷裡。

顧桐月呀地驚呼一聲。

外頭立刻響起顧蘭月緊張的聲音。「八妹，妳怎麼了？」

「沒……沒事。」顧桐月連忙小聲喊道：「大姊妳別進來！」

正要衝上前的顧蘭月抽了抽嘴角，天人交戰一番，還是坐回去，緊張地扯著手帕子道：「有事就叫我！」

屏風後，顧桐月渾身僵硬，一動也不敢動，眼前除了蕭瑾修衣裳上那如意紋，什麼都看不到了。

「蕭、蕭大哥？」她的聲音發著顫，又細又輕，像隻被嚇壞了的小貓，卻沒有掙扎著推開他。

蕭瑾修有些僵硬地收緊手臂，把她的頭壓在自己懷裡。「等我回來，陛下就會給咱們賜婚。」

顧桐月頭腦發暈，聽到賜婚兩字，稍微清醒過來。「賜婚？」

「妳願意嗎？」蕭瑾修幾乎是屏息凝氣地問道。

顧桐月懵懵懂懂地開口。「可是我還沒及笄……」

蕭瑾修的身子微微一僵，神色也有些黯然。「三月，我怕是趕不回來。」

現已是二月中旬，嶺南路遠，顧桐月及笄之時，他恐怕還在趕往嶺南的路上。

「這、這也沒什麼。」顧桐月小聲說道。

原本真的沒什麼，可此時卻像是感染了他的失落一樣，她的心情竟變得有些低落。

「妳在京裡乖乖等我回來。」蕭瑾修輕輕撫了撫她的頭髮。

這下，顧桐月的低落頓時不見蹤影，胸口不斷生出甜蜜與快樂，從他懷裡抬起頭，對他甜蜜一笑，極燦爛，花兒似的。

「我可不會等太久，要是你回來晚了，別怪我不等你。」

顧桐月羞澀又坦白的話，瓷白如玉的肌膚泛著誘人的紅，就像外頭櫻桃樹上掛著的早熟紅櫻桃般，誘得人直想一親芳澤。

可是，會嚇到她吧？

蕭瑾修盯著她泛著水氣、黑白分明的大眼睛，這樣漂亮的小人兒，真恨不能直接將她揉進的自己骨血裡才好。

顧桐月被他這般肆無忌憚的目光看得很不好意思，想要移開眼，又有些捨不得，就聽他沈沈嘆息一聲。

「反正我已經等得夠久了，再久一點也沒關係。」

蕭瑾修說著，抬手親暱地揉揉她的頭頂。

她永遠也不會知道，能等待也是一種幸福。

他終於有了等的權利，也有了能擁有她的資格。

不像以前，他只能遠遠地看著她，連走近她的資格都沒有。

這是多大的恩賜，唯有他自己知道。

顧桐月卻不解地睜大眼。「什麼呀？你我相識滿打滿算也才兩年多一點，哪裡就……就讓你等了很久？」

蕭瑾修笑而不語，只用寵溺又火熱的眼神專注地凝視她。

顧桐月的臉頓時又發燙起來，猛地將腦袋重新撲進他懷裡，哪裡還記得剛才問過他什麼問題。

顧蘭月喝乾了一壺茶，吃完桌上備著的幾碟子堅果、糕點，耐心幾乎要用盡了，才終於等到她漂亮的小八妹紅著臉從屏風後頭轉出來。

顧桐月站在窗櫺灑進來的陽光下，紅著臉頰，手足無措的樣子看來羞澀又無辜。

都如流波。

「大姊。」她軟軟地喊了一聲。

顧蘭月面無表情地往她身後看去。「他人呢？」

顧桐月輕咬嘴唇。「走了。」抬眼悄悄覷著顧蘭月，彷彿極怕她生氣一樣。

那雙過於漂亮的眼，即便是這樣鬼鬼祟祟的模樣，目光也絲毫不顯輕浮，每一次輕轉，都如流波。

別說蕭瑾修那樣的男子，她身為女子，也有些承受不住她那不經意帶出來的風情。

這一年多，顧桐月出落得越發水靈迷人了。

可想到蕭瑾修，顧蘭月就頭疼得不行，抬手揉著額角，自暴自棄地皺眉道：「這到底算什麼啊？兩情相悅，偷期暗會？」

「大姊！」顧桐月紅著臉跺腳。「什麼偷期暗會嘛，真難聽！」

「未得家中長輩同意，便私訂終身，這還不叫偷期暗會？」顧蘭月火冒三丈。「蕭瑾修這個人，原還當他是君子，沒想到卻是逼迫他人的小人！」

顧桐月不高興聽顧蘭月詆毀蕭瑾修，不滿地噘起嘴問：「他怎麼逼迫妳了？」

「他威脅我，倘若我不將妳約出來，便要把我整治俞世子的事說出去！」顧蘭月怒拍桌子。「這樣的人，還不是卑鄙無恥的小人？」

顧桐月忍不住為蕭瑾修開脫。「他沒有別的辦法了嘛，一開始，他肯定是好聲好氣地拜託大姊，大姊肯定不願意，他才會拿那件事來威脅妳。」

顧蘭月眼眸圓睜，不肯承認顧桐月竟然猜對了，氣呼呼地說：「妳胳膊往哪裡撇的？」

「好姊姊，我錯了。」顧桐月連忙求饒。「好了，別生氣，咱們好不容易出來玩一趟，要高高興興的，不然等會兒四姊她們問起來，該怎麼說才好？」

顧蘭月被她磨得沒了脾氣。「這件事，妳要如何告訴母親？」頓了頓，壓低聲音道：「如今我父親還打著主意要將妳嫁給皇長孫以圖拉攏太子，要不是最近朝堂震盪得太過厲害，只怕他早就坐不住了。」

顧桐月點頭。「我會先跟母親說一聲，侯府那邊，差不多都是知情的，他們……他們應該不會反對。」

才怪！光小哥定然就要氣得掀翻天。

不管了，有阿娘鎮著他，等賜婚旨意下來，他還能抗旨不成？

蕭瑾修離京後，顧桐月來不及惆悵失落，就迎來了她的及笄禮。

依郭氏的意思，及笄禮要大辦，顧桐月卻不願意，一來京中情勢複雜，請誰、不請誰都不妥，二來，東平侯府本是純臣，這時候更該低調謹慎，不要做出任何引起武德帝不滿的事來才好。

雖然唐仲坦也想為女兒大辦及笄禮，聽了顧桐月的分析，沈默半晌，終是站在她這邊。

郭氏不太高興，卻也知道顧桐月的顧慮不是沒有道理，不過還是不願委屈女兒，於是便親自操持整場及笄禮，不肯假手他人。

三月初一，東平侯府還是熱鬧了一整天。

顧府的尤氏等人帶著未出嫁的幾位姑娘過來，已出嫁的顧葭月、顧雪月也一大早就上門道喜。

尤府的吳氏也到了，尤景慧因養胎不能親自前來，卻送了豐厚的賀禮。

這一日，郭氏為顧桐月請來的贊禮是綏遠侯府的夏老夫人，正賓更是驚得眾人幾乎掉了下巴，竟是鳳曦長公主。鳳曦長公主是武德帝唯一還在世的姊姊，雖非一母同胞，但鳳曦長公主在武德帝登基上位時，出了不少力，因此她與其所出子孫，在聖駕前極有臉面。

但鳳曦長公主極會做人，對武德帝不但不挾恩圖報，反而更嚴厲地約束子孫言行，領了差事的盡心盡力辦差，沒領差事的也毫無怨言；她則長年隱居庵堂吃齋唸佛，不問世事，是除了太后外，武德帝唯二尊敬的人物。

贊者也是鳳曦長公主帶來的，是她的大兒媳婦。

消息傳出後，俱都譁然。

東平侯府謹慎慣了，且顧桐月並非侯府真正的姑娘，瞧熱鬧的人都等著看這場及笄禮要怎麼辦，哪能料到，侯府竟然一反常態，如此張揚地請來鳳曦長公主。

這下，眾人不免又重新看待顧桐月在侯府中的地位了。

今日，顧桐月雖然累，卻十分高興。

及笄禮結束後，她回房休息一會兒，便高高興興地拆起堆了大半間屋子的禮物。

「姑娘。」香扣腳步匆匆走進房，將一只精緻描花錦盒遞到顧桐月面前。「這是朱雀街那邊送過來的。」

朱雀街，正是蕭瑾修自己置的宅子。

顧桐月雙眼一亮，丟下手中的禮物，迫不及待地接過香扣手中的錦盒。她捧著錦盒，卻不急著打開，手指描畫上頭的蓮花紋，抿起小嘴，壓不住滿臉的笑意。

他說她及笄之日時趕不回來，她心裡原有些失落，卻沒想到他早就備好了給她的禮物，等著及笄這日命人送到她手上。

香扣在旁邊瞧著，忍不住搖頭失笑，這點小心機就讓主子高興成這樣，那蕭大人看來是未來姑爺無疑了。

把玩大半天後，顧桐月才心滿意足地打開錦盒，看清盒中之物，連她這樣見慣好物的姑娘，也忍不住發出一聲小小的驚嘆。

盒子裡靜靜躺著半支古樸卻大器的玳瑁釵，髮鈿是珠翠與金銀合製成靜靜綻放的蓮花造型，連綴著固定髮髻的多股長針。

何以慰別離？耳後玳瑁釵。

顧桐月微紅了臉，手指卻越發愛惜地撫著這只有一半的玳瑁釵。

時下夫妻之間贈別時，便有將玳瑁釵一分為二，一半贈給對方，一半自留，待到他日重見，再合在一起的習俗。

想也知道，另一半玳瑁釵是在誰的手中。

顧桐月抬眼，見香扣正笑嘻嘻地瞧著她，忙將盒子合上，言不由衷地「呸」了聲，極小聲地嘀咕。

「不要臉，誰跟他是夫妻來著？」

香扣只當這時的自己眼盲耳聾，什麼都沒看見，什麼也沒聽見。

顧桐月罵完了，又將被丟開的盒子寶貝似地撿起來，起身轉圈，在八寶閣博古架前轉來轉去，將那盒子放下又拿起，最終還是鎖進了她床頭的暗格裡。

轉眼到了五月初夏。

這大半年裡，朝堂與後宮極不平靜。

先說後宮，妃嬪爭鬥極為厲害，最讓人膽戰心驚的一件事，便是俞賢妃所出的皇子竟遭了毒手，一命嗚呼。

俞賢妃為替愛子報仇，掀起血雨腥風，數名妃嬪被波及，不管是清白無辜還是確有嫌疑，一個都沒放過。結果因其太過心狠手辣，原還憐惜她承受喪子之痛的武德帝下令封宮，將俞賢妃幽禁起來。

於是，忠勇伯府的天一下子塌了。

再說朝堂，太子黨對靜王一黨苦苦相逼，靜王不甘挨打，自然奮起反擊，雙方你來我往，各有輸贏。

靜王因囤兵一事惹武德帝猜忌不喜，雖不肯將囤兵全散了，明面上卻做足了懺悔的樣子，遣散一批兵士以求諒解。武德帝看似相信他，幫忙出手壓了壓太子，讓他得以喘息，找到太子犯事的把柄。
很快地，太子插手鹽運之事被靜王一黨揭發出來，武德帝大怒，命人徹查，又牽扯出不少貪污受賄的官員，太子一黨因此大傷元氣。
因靜王與太子鬥得太過厲害，朝堂上幾乎天天都有人被拖出去問斬，一下子空出了許多官職，武德帝砍人砍得沒得用了，著急得不得了，下令加開恩科。
隨著各地趕考學子的到來，京城變得格外熱鬧。
顧桐月對這些無甚興趣，最關心嶺南剿寇的進展，但在各種熱鬧之下，遠在天邊的嶺南，消息自然是少之又少。
顧桐月很是失落，便收拾東西，跟郭氏一道去萬象山避暑了。
因此，她錯過了蕭瑾修寫給她的第一封信。
信竟落在唐承赫手裡。
眼下，唐承赫正雙眼冒火地盯著那封信，恨不能用眼神將其燒成灰燼。
「蕭六郎你這龜孫子、王八蛋！」書房裡傳出唐承赫暴怒的咒罵聲。
「青天白日你沒事做，鬼吼鬼叫幹什麼？」房門被推開，唐仲坦負手走進來。
唐承赫沒料到父親會來，急忙撲到几案旁，將丟在桌上的信箋一股腦兒地掃進懷裡，兩三下塞進袖袋。
唐仲坦看得直皺眉。「誰來的信？」
唐承赫睜眼說瞎話。「一個經年不往來的人寫來問候我的書信，您也知道我結交的那些人，都是愛說渾話的，未免污您的眼，我先收起來，等會兒就處理掉。」

唐仲坦怎會這樣輕易相信，眼一瞪，威嚴喝道：「胡說！方才我明明聽你在罵六郎，六郎哪裡招惹你了？」

如今侯府上下，只有唐仲坦還不知道蕭瑾修暗地裡勾走他可愛女兒的事。

唐承赫眼珠一轉，隨即惱怒地拍桌道：「那個蕭瑾修，真是氣死我了！爹聽說了吧，陛下封他當欽差，是為了去嶺南剿殺匪寇，可他倒好，拿著尚方寶劍，沒有剿匪，卻先斬殺朝廷命官。這一路上，砍了多少官員的腦袋，如今人家說起他，喊的可是活閻王！聽聞在嶺南一帶，蕭瑾修的凶名都到能止小兒夜啼的地步了！」

唐承赫越說越氣，這個蕭瑾修，一邊砍人、一邊竟還給顧桐月寫那些情意綿綿的信，真是……也不怕嚇著了他家嬌嬌的小妹！

至於顧桐月是不是那麼容易就被嚇著的，他拒絕去想！

以前他就瞧不上蕭瑾修，如今有了個「活閻王」的名聲，他更不能將他家單純可愛的小妹嫁給他了，無論如何，這件事他都要阻止到底！

他倒想將蕭瑾修拐走顧桐月的事對唐仲坦和盤托出，拉來這個盟友一起對付蕭瑾修，可惜一想到郭氏跟顧桐月不會放過他，也只敢想一想罷了。

唐仲坦聞言，似有些無奈地嘆口氣。「陛下終於要用上六郎這把刀了。」

「這是何意？」唐承赫愣了愣，才反應過來。「難道蕭六郎去嶺南，根本不是為了剿匪？」

「嶺南官場向來烏煙瘴氣，只是陛下一直沒能騰出手清理。這回謝斂去了嶺南，怕是發現嶺南官場已沈痾日久，難以整頓，故而陛下才命六郎過去，明著剿滅匪寇，暗地裡，卻是要整肅嶺南官場。」唐仲坦捋著短鬚猜道。

「可是怎麼偏偏派蕭六郎？他一個御前侍衛──」唐承赫說著，忽然想起方才唐仲坦說的那句話。「難道陛下早就打算重用他？」

「六郎是那樣的出身，身後沒有親族拖累，又不結黨營私，唯一走得近些的，就是咱們侯府。」唐仲坦揣度武德帝的心思。「這樣的人，陛下用起來放心，等六郎從嶺南回來，只怕就不再是陛下身邊的侍衛，要涉足朝堂了。」

唐承赫心裡頗不是滋味。「您的意思是，日後蕭六郎前途無量了？」

「怎麼？」唐仲坦瞪他一眼。「嫉妒六郎了？有那嫉妒的工夫，不如用來好好長進，將來才不會被越甩越遠！」

唐承赫不服氣地頂嘴。「哼，那也要他有命從嶺南回來再說。」

此時，顧桐月正快活地在萬象山上山下河地淘氣。

「阿娘，中午我們吃魚。」她手裡拎著兩條被草繩串起來、還不時擺尾掙扎的大魚，得意洋洋地跑到站在桃樹下吩咐丫鬟們摘桃子的郭氏跟前。「您瞧，我親手捉的。」

郭氏見她小臉上沾著污泥，裙襬塞在腰間，活脫脫鄉下丫頭的模樣，一雙眼睛卻是熠熠生輝，像是裝滿了星辰般，快活得不得了。

她並不責怪女兒淘氣，還很給臉面地看了眼她帶回來的魚，點頭道：「不錯，送到廚房去，一尾紅燒，一尾清蒸，也算靜靜給阿娘加菜了。」

顧桐月哈哈大笑。「阿娘要是喜歡，下午我再去捉。」

「當心點，那池塘可不淺，掉下去不是好玩的。」郭氏叮囑她，轉頭又吩咐香扣、香櫞，務必看好顧桐月。

「掉下去也沒什麼，現在是夏天了，還怕著涼不成？」顧桐月笑嘻嘻的，一點也不放在心上，順手把魚交給香扣。「去廚房說一聲，定要清蒸一條，阿娘喜歡清蒸的，別忘記了。」

香扣拎著魚，應聲去了。

郭氏這才嗔怪地瞪顧桐月一眼。「這時節雖不會著涼，可妳一個姑娘家，掉進池塘裡難道很好看？這山上多的是果農、佃農，妳可得給我仔細著點，別變成了野猴子。」

但她心裡是高興的，看著女兒用健康的雙腿爬樹、下河，看到她如同小時候跟在小兒子身後那般淘氣模樣，她喜得幾欲流淚。

見女兒這般健康快樂，郭氏哪裡還捨得拿規矩禮數來約束她？

且由著她吧，反正在這莊子裡，旁人也看不到。

顧桐月在郭氏的放縱下，自由自在地玩到了六月中旬。

這日，唐承赫一大早便趕到了萬象山。

他匆匆灌下一口茶，隨即道：「阿娘，小妹，妳們快回府吧，大嫂跟二嫂都有身孕啦！」

郭氏與顧桐月大吃一驚，立刻收拾東西下山。

這大概是風雲變幻中唯一的好消息了。

回府後，顧桐月圍著端和公主與徐氏轉了半天，一雙眼睛緊緊黏在她們還未顯懷的小腹上，嘖嘖稱奇。

見端和公主要伸手端水喝，她連忙心急地阻止。

「公主嫂嫂別動！要喝水？我端來給妳，妳可千萬別亂動，晃著了我的小姪子。」

端和公主與唐承宗成親好幾年，一直沒有消息，如今懷上了，府裡上下激動得不得了。

「哪就這般嬌弱了。」端和公主失笑望著顧桐月，瞧她不但給她端了水來，還要親自餵她喝，不由心頭一暖。「太醫說了，胎象很穩，尋常動作不會有事。」

「還是要小心為上。」顧桐月比郭氏還緊張。「大哥呢？府裡有這樣的大喜事，他不陪著嫂嫂，跑去哪裡了？」

「妳大哥還要當差呢！」端和公主忙替唐承宗說話。天長日久地相處下來，這個義妹當真懂事體貼得讓府裡上下的人都喜歡。

「二嫂！」見徐氏要起身，顧桐月忙又驚慌地叫了一聲。「妳坐著就好，要做什麼吩咐我，千萬別亂動，府裡這麼多人，哪用得著妳們親自動手。對了，孩子多大了？請太醫來瞧過沒有？怎麼不早早往萬象山遞信呢？還有小哥，也不先知會我們一聲，害我們一點準備都沒有……」

徐氏看著轉不停的顧桐月，笑道：「妳別再轉圈了，我都要被妳轉暈了。」

顧桐月立刻停下來，越發緊張地問：「二嫂覺得頭暈？要不要叫太醫過來？肚子裡的小姪兒會不會也覺得暈？真是對不住，小姑姑不是故意的，你可千萬別生小姑姑的氣，等你出來了，小姑姑好好疼你。」

郭氏聽得哭笑不得，上前拉開直往徐氏肚子上湊的顧桐月。「孩子月分尚小，哪裡就能被妳轉得頭暈？」

她也高興得紅光滿面。「不過，妳們小妹說得沒錯，這初初有孕，定然要小心仔細些才行，太醫怎麼說的？」

不怪顧桐月與郭氏這般激動，端和公主與徐氏嫁入侯府的時日都不短了，可兩人的肚皮一直都沒動靜。郭氏是個好婆母，雖然心裡急得要命，面上卻從不顯露，反還款語溫言安撫兩個兒媳婦，叫她們不要著急，也別在意外面的流言，說有些人進門十年、八年才懷上呢！

郭氏的心情，顧桐月自然十分清楚，這下子，外頭的人再不會偷偷議論他們唐家殺戮太重，因此老天要絕他們子嗣這樣的話了！

郭氏想想，還是放心不下，催促下人去請太醫。

太醫趕來，當著郭氏的面幫端和公主與徐氏診脈。「唐夫人請放心，公主和二少夫人脈象極穩，若妳們不放心，我留個方子，可以煎來服用。」

顧桐月迫不及待地追問：「那飲食上頭可有什麼忌諱？」

因顧桐月面生，太醫便多看了兩眼，猜測她是侯府認下的義女，不但在座，且還能越過府裡其他主子隨意插話，便知她在侯府的地位如何。

因此，他不敢怠慢，答道：「飲食上的禁忌，下官也會寫成單子，留給侯府。」

徐氏見狀，笑得眼淚都要流出來了，拉住顧桐月的手臂道：「瞧妳，便是妳二哥，也沒這般緊張。大嫂說得沒錯，我們倆身體原就好，眼下順當，一點不適的感覺也沒有。」

雖然顧桐月緊張兮兮又絮絮叨叨不停，但她真心的歡喜與激動，卻是任誰都能感覺到。

如此一來，端和公主與徐氏也越發喜歡她了。

因京城局勢依然不明，郭氏與唐仲坦擔心太子與靜王等人還盯著顧桐月不放，全家聚了幾天後，決定還是帶顧桐月回萬象山最為安全。

不想，尤府的帖子卻送上門來，尤嘉樹與顧荷月終於要成親了。

顧荷月早已及笄，兩家原本商議早些成親，成親之後就將兩人遠遠送走，誰知顧荷月卻病了，一病就是大半年，連顧桐月及笄都沒能來。

雖然顧桐月對這件事犯疑，但顧府有尤氏與顧蘭月鎮著，不怕顧荷月耍出什麼花招，拖到現在，顧荷月應該死心了。

第五十四章　雲安郡主

顧荷月成親那日，郭氏恰巧要進宮陪太后說話，不能陪顧桐月，便交代唐承赫護送顧桐月去尤府。

唐承赫高高興興地領差，卻見顧桐月心事重重地蹙著黛眉，正要翻身上馬的動作便頓住了，索性將馬鞭扔給小廝，跟著顧桐月上車。

剛坐定的顧桐月見唐承赫上來，沒有多想，隨口問道：「你不是最厭煩坐車乘轎，說那是弱不禁風的表現？」

唐承赫瞪她一眼。「在擔心什麼？」

顧桐月輕嘆。「不知道今日順不順利。」顧荷月會不會鬧事？

唐承赫卻是一派輕鬆。「有妳那位顧府母親在，諒她翻不出什麼浪來，別胡亂擔心。」

「也是。」顧桐月想到尤氏的能耐，放下心來。

兄妹兩個說說笑笑，沒多久就到了尤府。

不管怎麼不情願迎娶顧荷月過門，今日尤府仍是張燈結綵，熱鬧非凡。

因尤老太爺地位超然，還有管著武德帝錢袋子的尤大老爺，前來慶賀的客人非常多。尤府大門外排起長龍，連顧桐月他們到了，也沒因為他們是東平侯府的人而被另眼相待，一樣要乖乖排隊前行。

馬車好不容易到了尤府門口，唐承赫率先跳下馬車，毫不在意周圍眾人看過來的目光，站定後，便將手伸向顧桐月，要扶她下來。

顧桐月沒有多想，直接把手遞給他。

只是才站定，她就察覺氣氛有些不對，一抬眸，那些看她的女眷們竟齊齊別開了眼。

顧桐月心頭頓時暗驚，惱得直想揪頭髮，不過隨即鎮定下來，被唐承赫扶一下，又怎麼了？她是東平侯府的義女，也是他名義上的義妹，誰敢亂傳，就叫他拔了她們的舌頭！

「顧八姑娘，妳也來了。」前頭傳來一個聲音，甚是親熱地招呼著顧桐月。

顧桐月抬眼看去，見打扮得嬌豔動人的雲安郡主站在臺階上，笑盈盈地看著她。

顧桐月微微蹙眉，那回女兒節發生的事，她記得很清楚，對雲安郡主的印象不太好。這兩年來，她鮮少出門應酬，見到雲安郡主的機會少之又少，沒想到今日會遇上。

眼下雲安郡主主動示好，又是眾目睽睽之下，顧桐月自然不能拂了她的面子，於是上前見禮。

「尤家是我外祖家，這樣的喜事，我少不得要來湊熱鬧，沒想到郡主也來了。」

這話聽著極為乖巧溫順，可雲安郡主卻聽出了不對勁。

尤家是顧桐月嫡母的娘家，自然也算是顧桐月的外祖家，尤家娶親這樣的大事，顧桐月來得合情合理；反倒是她，與尤家無甚來往，跟尤家姑娘們也不熟悉，為何也來了？

雲安郡主依然笑意盈盈，只是眼角餘光飛快自唐承赫臉上掃過。「我慣愛湊熱鬧，今兒尤府熱鬧，我就來了，也不知會不會惹得主人家不喜。」

「自然不會。」顧桐月沒想到她竟如此坦然，只得笑道：「尤府向來熱情好客，郡主真心前來賀喜，尤府又怎麼會不喜？」真心賀喜這幾個字，略微咬得重了些。

雲安郡主彷彿沒聽出來，親熱地朝她招手。「這就好，咱們一塊兒進去吧！」說罷，又去看唐承赫。「唐四公子，我頭一回來尤府，請你妹妹多照顧我，你不會不同意吧？」

唐承赫皺緊眉頭，看看她又看看顧桐月，見顧桐月朝他安撫地點點頭，才沒好氣道：「我妹妹比郡主小，應該郡主多照顧她才是，她那麼個小小人兒，如何照顧得了郡主？再說，妳身邊的丫鬟、婆子都是白吃飯的不成？」

這是在警告雲安郡主，不要拿顧桐月當奴才使的意思。

雲安郡主聽了也不生氣，道：「好，你信得過我，今兒我定會幫你好好照顧妹妹。」轉身去牽顧桐月的手。「顧八妹妹，我們進去吧！」

兩人便進了尤府宴客之處。

與此同時，跟在東平侯府後面的馬車，有人掀起車簾看過來，見雲安郡主牽著顧桐月，有說有笑、親親熱熱地進門。

「祖母，您可瞧見了？」蕭寶珠一把甩下簾子。「雲安郡主瞧上唐四爺了呢！」咬牙切齒、嫉恨萬分。

唐承赫是蕭老太君幫她挑的夫君，雲安郡主則是替蕭瑾焱相的媳婦，不想，雲安郡主沒瞧中蕭瑾焱，反倒看上她心儀的唐承赫！

蕭寶珠在其他事情或許粗心莽撞，但自見了唐承赫後，一顆心便撲在唐承赫身上，那種對唐承赫有意的眼神，就跟她在鏡子裡看到自己的眼神一樣，自是明白雲安郡主的心思。

如今她已經十六歲，從見到唐承赫那時起，就再也看不上任何人，一心一意想嫁給他，只要聽說唐承赫會出現的場合，她便想方設法地出現。

可惜，媚眼全抛給了瞎子看！

一直閉目靜坐的老婦人微微睜開眼，瞥了沈不住氣的孫女一眼，笑著道：「傻丫頭，她瞧上又如何？」

「她瞧上，豈不就要跟我搶了？」蕭寶珠急道，又撲進蕭老太君懷裡撒嬌。「祖母，我不管，您老人家一定要幫我想想辦法，我一定要嫁進唐家，嫁給唐四爺！」

原本尤府並沒有給定國公府下帖子，女兒節時，蕭寶珠當眾嘲弄顧家跟尤家的姑娘，最後被顧蘭月罵走後，蕭老太君倒是抛得下臉面，藉著這事上尤家的門賠禮道歉，誠意很足，模樣做得也很足，尤家只好原諒了蕭寶珠。

因此，蕭老太君抓住機會與尤家往來，平日大節小日的，總會遣人送禮。

所謂禮尚往來，尤府少不得要回禮，雖走動得少，但一來二去的，兩家也算混熟了。

因此，今日尤府才給定國公府下了帖子。

「急什麼？」蕭老太君瞪她一眼。「多大的人了，還這樣沈不住氣，現在在外頭，當心有人把妳的話聽了去，還不臊死妳？」

見孫女噘起嘴，一副委屈的可憐樣子，蕭老太君嘆口氣。「小孽障，有些話，我且與妳說說，妳只記在心上，任何人都不能說。」

「祖母要跟我說什麼？」

「不管雲安郡主如何心儀唐四爺，唐家都不會娶她的。」蕭老太君放低聲音，輕聲說道：「雲安郡主的父親是豫老王爺，雖說是閒散的老親王，可他所出的幾個郡王，卻個個都不是無能之輩，陛下對豫親王府看似親厚，實則防備著呢！」

「您跟我說這些做什麼，我又聽不懂。」蕭寶珠有些不耐煩地插嘴道。

蕭老太君忍不住打她一下，板著臉教訓。「如今妳已經不小，該知道的，都該知道了，不然日後走出去，豈不替家裡惹禍？」

「那您繼續說吧！」

蕭老太君這才道：「東平侯府世代武將，當年唐侯爺打退南蠻人後，回朝即交還兵權，不貪功、不戀權，因此陛下對東平侯府信任有加，東平侯府也從不與任何親王、郡王私下往來，令陛下更加放心，才將端和公主下嫁到唐家。東平侯府這樣小心謹慎，怎麼可能求娶豫老王爺所出的雲安郡主？這不是無端惹陛下猜疑嗎？這樣蠢的事，東平侯府不會做。」

「所以您才說，不管雲安郡主如何喜歡唐四爺，唐家都不會選她。」蕭寶珠拍著手笑起來。「太好了！」復又遲疑。「那咱們呢？東平侯府忌憚豫親王府，就不會忌憚定國公府？」

蕭老太君的臉色一下子變得十分難看，面對著孫女緊張的神情，還是咬著牙，沒好氣地說：「如今定國公府已走下坡，陛下怎會忌憚？」

承認自己家快成為破落戶，且是在孫女面前，饒是蕭老太君，也不由脹紅了臉，羞愧難當。

蕭寶珠自然聽懂了，見自家祖母惱羞成怒的模樣，連忙哄道：「您別擔心，等我嫁入侯府，有東平侯府的提攜，定國公府定能重回往日風光。還有哥哥，他是定國公府的世子爺，等他娶雲安郡主過門，豫親王府難道不提攜他嗎？咱們蕭家一定能好起來的。」

蕭老太君聞言，很是欣慰。「你們父親是個不成器的，定國公府交到他手上，不過短短幾年，就敗落成這個模樣，日後得指望妳跟妳哥哥，可千萬別讓祖母失望。」

「祖母放心，我不會讓您失望。」蕭寶珠保證完，又擔憂道：「可是祖母，父親不是一直想將那個賤種接回來嗎？那賤種如今已是欽差大臣，如果這回差事辦得好，回來後，陛下豈不要重重賞他？若父親真將他接回蕭家，咱們不連容身之地都沒了？」

蕭老太君眉心劇烈一跳，這件事正是她的心病。她自以為完全控制了定國公府，沒想到兒子竟然背著她屢次求陛下，要將那賤種接回來。

「哼，也要他有那個命回來！」

語畢，蕭老太君目光凶狠，眼底深處浮現壓也壓不住的冰涼殺意……

此時，尤府後院的水閣裡，顧桐月與雲安郡主正捧著魚食，往池塘裡丟去。

一大群魚浮出水面，爭先恐後地搶食。

「前些日子顧八妹妹不在京城？」雲安郡主與顧桐月閒聊。

顧桐月含笑問道：「郡主如何得知的？」

「前幾天，我府裡辦了詩會，原想邀妹妹過府玩，送帖子去，才聽侯府的人說起，好像是去萬象山了？」

顧桐月笑得客氣。「是，最近天氣熱起來，聽阿娘說萬象山很涼快，去住了些日子。」

雲安郡主很好奇。「萬象山當真很涼快嗎？京城各處的山莊別院，我都去過了，唯獨萬象山沒有。」說著，露出嚮往神色。「以前唐姑娘還在時，我也想與她交好，圓了去萬象山看一看的心願，可惜唐姑娘從不出門，更別提與人交際了。」表情又變成遺憾。

顧桐月瞧著雲安郡主神色變化萬端的樣子，心裡很驚嘆，卻不開口接她的話。

雲安郡主覷著神色迷茫的顧桐月，眼底飛快閃過一抹惱色，她都把話說到這個地步，她居然還要裝傻！這到底是真傻還是扮戲？

「好在如今妹妹做了侯府的義女，為了我那未了的心願，就覥顏湊上來與妹妹結交，還望妹妹不要笑話我才好。」雲安郡主到底能屈能伸，玩笑似地將有些丟臉的話說出來。

顧桐月無可奈何，只得露出戰戰兢兢、小心翼翼的神色。

「郡主想去萬象山？可這個……我也做不了主。郡主想必知道，萬象山葬著唐家列代祖先，從不邀外人前往，故而……若郡主實在想去，我回去跟阿娘說說，看能不能通融一下，讓郡主去萬象山看看好了。」

這又是外人、又是通融的話，聽在雲安郡主耳中，自然刺耳至極；可她不但不能發作，還得咬著牙，強顏歡笑地道謝。

「那就煩勞妹妹了。」

顧桐月朝她笑笑，算是承了她的謝意。

雲安郡主說罷，眼底的陰鬱更深了。「對了，今日唐夫人怎麼沒來？」

「太后娘娘傳阿娘進宮說話。」顧桐月並不隱瞞，這事瞞不住，也沒有隱瞞的必要。

「唐夫人與太后的感情還是一如既往地好。」雲安郡主感嘆，又問：「聽說端和公主有了身孕？」

顧桐月停下餵魚的手，轉頭看倚著欄杆、笑盈盈的雲安郡主。「郡主很喜歡唐家吧？」

雲安郡主的眼皮跳了跳。

顧桐月這個微挑嘴角、似笑非笑的眼神，令她想起女兒節那日，唐承赫當眾問馬家姑娘是不是喜歡他的邪氣模樣。

眼下顧桐月雖然問的不是相同的話，可那笑容、那語氣，還有那彷彿洞悉一切的神色，都令她不由心跳加快。

「妳是什麼意思？」雲安郡主收起笑，目光沈沈瞪著顧桐月，身為郡主的威嚴瞬間表露。「顧桐月，妳想侮辱本郡主？」

顧桐月挑眉。「這話，我卻是不懂，我怎麼侮辱郡主了？郡主拉著我不停說著與唐家有關的事，我不過好奇，問郡主是不是很喜歡唐家，不知這話哪裡不對勁，還望郡主指教。」

雲安郡主無言反駁，見顧桐月根本不怕她沈下臉的模樣，復又笑起來。

「妹妹快人快語，真是讓我越看越喜歡。妳說得沒錯，我很喜歡唐家，放眼京城，有誰不喜歡？我也是個大俗人，妹妹聽了這話，可別笑話我才好。」

顧桐月啞然半晌，原以為話說到這個分上，雲安郡主必然要惱羞成怒，拂袖而去，沒想到，她竟然還是忍下了。

如果她真喜歡唐承赫，憑她這樣的城府、心志，就算嫁不進唐家，也定然不會輕易算了。

顧桐月不由頭疼起來。

此時，挺著大肚子回娘家幫忙的尤景慧過來了。

她的氣色很不錯，不用問也知道婚後日子過得十分如意，與雲安郡主見過禮後，便歉疚地說：「郡主且先自便，顧家表姊妹們來了，正四處找顧八妹妹，我領她過去吧！」

雲安郡主不好不放人，微笑道：「無妨，待顧八妹妹得空了，咱們再好好說話。」

顧桐月點點頭，隨尤景慧離開水閣。

「郡主，這顧八姑娘太不識趣，可要好好教訓她一頓？」雲安郡主身邊的丫鬟憤然道。

雲安郡主面上早已沒了笑意，瞧著顧桐月的背影，冷冷開口。「我才答應唐四公子要好好照顧他的妹妹，倘若轉眼她就出事，帳豈不是算在我頭上？」

「這裡是尤府，郡主人生地不熟，且又是尤家小姐把她叫走的，便是出了事，也賴不到您頭上。」

雲安郡主微微思索，露出笑容。「說得不錯。」

「奴婢有一計，既可以讓您擺脫定國公府的蕭世子，又能除了礙眼的顧八姑娘……」

丫鬟湊過去，得意地將自己的計謀小聲說了。

雲安郡主雙眼一亮，隨即點頭。「好，去辦吧！只是務必小心，定要將咱們撇乾淨。」

丫鬟自然曉得她忌憚什麼，保證道：「絕不會讓唐四爺疑心上您。」

顧桐月被尤景慧領到她未出嫁前住的閨房，顧不上打量，先問起來。

「好些日子沒見五表姊了，看妳的氣色，表姊夫肯定很疼妳吧！」再看她那圓滾滾的肚子，不由咋舌。「這才多久，妳的肚子怎麼就大成這樣？」

尤景慧命丫鬟退下，親手給顧桐月倒茶，難掩羞澀地瞪她一眼。「他待我自然好，敢不好，不說我父母，便是公爹和婆母也不會輕饒了他。」這就是門第稍低一些的好處了。

顧桐月抿著嘴笑，一時想到自己的將來——蕭瑾修拒絕回定國公府，以後他們成親，關起院門過自己的日子，沒有公婆壓頂，沒有小叔、小姑子，日子不知是怎樣地愜意。

尤景慧說著，又甜蜜地低頭撫了撫肚子。「大夫道我懷的乃是雙胞胎，自然要比尋常肚子更大些。」

顧桐月又驚又喜，原想伸出手摸摸她的肚子，聽完便不敢了，忙把手縮回來。「五表姊，妳可真厲害。」

尤景慧失笑。「這在他們家算不得什麼，親戚族人生雙胞胎的不少。」又問顧桐月。「剛才妳想什麼呢？可是在想自個兒的親事？妳已經及笄，該議親了，侯府是怎麼說的？」

「不急。」顧桐月擺擺手。「且慢慢尋吧！」

尤景慧聞言，笑嘆一聲。「誰不知唐夫人疼妳快疼到骨子裡，妳的夫婿，她定是要千挑萬選的。」

顧桐月害羞，岔開了話。「剛才不是說姊姊們到了？她們去哪裡了？」

「多半是在祖母那邊，走，我們過去找她們。」

尤景慧起身，帶著顧桐月出去。

尤府前院亦是熱鬧得不得了，且不提尤老太爺與尤大老爺在武德帝心中的地位，京中暗暗傳出消息，不久後加開的恩科考試，武德帝似有意點尤大人做同考官。

這同考官雖比不上主考官，卻是最先閱卷的人。同考官閱卷後，再加批注給主考官，可說是士子們榜上有名要通過的第一道門；被同考官刷下的卷子，自然到不了主考官面前，更別說聖駕前了。

因此，今天尤府大喜，來賀喜的人中，不僅名門勛貴多，學子、士子也很多。

賓客太多，尤大老爺雖也待客，卻無法面面俱到，遂將前來的賓客分開安排，年輕的男賓由尤府的公子們作陪。

幾個華服公子哥兒圍在一起，有些無聊地瞧著園子裡或吟詩、或作文，抑或聚在一起談論時事的少年們。

「真無趣。」其中一個年輕公子撇撇嘴，壓低聲音對同伴們道：「尤府不安排些好玩的遊戲供咱們戲耍，難不成也要咱們幾個跟那些酸腐一樣吟詩作對？」

「吟詩作對？」另一人嗤笑一聲。「蕭世子，你會吟詩作對？平日裡倒是小瞧了你。」

蕭瑾焱聞言，絲毫不覺得羞惱，反而笑嘻嘻地說：「爺會什麼，你們幾個不知道？說起來，醉紅樓新進了個清倌，說是能唱會跳，極有些本事，要不是今兒祖母非要我來這裡，這會兒我已經見到那清倌了。」

會跟蕭瑾焱混在一起的，自然是些喜愛眠花宿柳、鬥雞走狗的紈袴子弟，聞言立刻來了興致，你一言、我一語地說起來。

「我也聽說了，不過那清倌身價頗高，沒有百千兩銀子，根本別想見到她。」

「這麼貴？也不知長得什麼樣。蕭世子，要不改天你請我們上醉紅樓見識見識？」有人慫恿道。

蕭瑾焱紈袴歸紈袴，卻不蠢，聞言擺擺手。「別找我，我哪有銀子請你們去醉紅樓？」

「你就別跟我們哭窮了，定國公府還能少了世子的銀子？」

「就是！以後定國公府都是你的，府裡的銀子，還不是由著國公爺花嗎？請咱們去醉紅樓喝個小酒什麼的，不過九牛一毛罷了，誰不知道定國公府家底厚實。」

蕭瑾焱被吹捧得輕飄飄，不由挺直了脊梁，彷彿立刻要做國公爺一樣。

「什麼國公爺。」這時，素日與蕭瑾焱不合的公子負手走過來，正好聽見這群人吹捧的話，立時嗤笑。「我可是聽說，定國公隔三差五便進宮一趟，求陛下下旨令蕭瑾修回定國公府，更要以世子之位相待。」

蕭瑾焱脹紅臉色，牙齒咬得咯咯作響。「你胡說八道！」

「是不是胡說八道，你心裡清楚得很。」那公子不屑地看他一眼。「蕭六郎也是厲害，靠著真本事做到御前四品侍衛，更因此得到陛下青眼，任命他為欽差大臣，前往嶺南剿匪，這一趟回來，你說陛下會賞他什麼？」

蕭瑾焱氣急敗壞，卻說不出一句反駁的話來。

那公子越發得意地笑起來。「我瞧著，蕭六郎回京之時，就是你這定國公世子做到頭的日子了。」

「你給我閉嘴！」蕭瑾焱握著拳頭就要衝上去。

「蕭世子。」那公子依然笑嘻嘻的，絲毫不怵。「趁著眼下還能叫你蕭世子，可得多叫幾聲，不然，以後只能稱呼你為蕭大公子了。哎，也不對，待蕭六郎回來，定國公府的世子位也好，大公子之稱也好，都要落在蕭六郎頭上，這可真是，聞者傷心，見者流淚啊！」

蕭瑾焱再忍不住，不管不顧地撲了過去。

但那位公子只是哈哈大笑三聲，施施地走開了。

「蕭世子，別衝動。」蕭瑾焱的同伴們有眼色地攔住他。「他背後的真定侯府不是咱們惹得起的！」

蕭瑾焱氣得口不擇言。「真定侯府有什麼了不起，我還是定國公府的呢！」

便有人訕訕道：「但如今真定侯府得到陛下的重用嘛。」

言下之意，是暗指日薄西山的定國公府對上正得武德帝重用的真定侯府，毫無勝算。

更何況，誰不知道定國公府傳到蕭瑾焱這裡，已是第五代了，若蕭瑾焱有出息，定國公府或許還能撐下去，可蕭瑾焱是個什麼樣的人，他們比誰都清楚。攔著他，是怕他惹惱真定侯府的公子，到時候連累了他們。

蕭瑾焱氣得雙眼發紅，渾身顫抖，咬牙握拳，瞪著趙三公子的背影，不知在想些什麼。而與他一起的紈袴子弟們深怕他衝動之下惹出麻煩，竟紛紛避開，不過片刻，就只剩下他一人。

「呸，一群趨炎附勢的小人！」蕭瑾焱惡狠狠啐了一口，心裡怒火越發高漲。

此時，一個捧著糕點的小丫鬟低頭走來，在蕭瑾焱面前略停頓一下，便急步走開了。

蕭瑾焱目光閃閃，手裡已緊緊握住一張小紙條，心中有了算計……

顧桐月在尤老夫人的正院見到了顧家的姊姊們，只是今日賓客太多，尤家的主子們忙不過來，便抓她們一塊兒招待客人。

顧桐月也沒能清閒，要與尤十一姑娘幾個招待跟她們差不多年紀的小姑娘。

「妳就是東平侯府認下的義女啊？」對顧桐月感興趣的人實在不少，私下的打量就不說了，更有人當眾問出來。

顧桐月笑笑道：「我就是。」

「妳真的跟唐姑娘長得很像嗎？」

「可妳姓顧，一直住在東平侯府，不太妥吧？」

「妳的名字真上了唐家族譜？」

「唐家其他人對妳好不好？他們也接受妳住在東平侯府嗎？」

「對了，前些日子妳不在京城，是去了哪裡？不會是因為侯府有人對妳不喜，所以才避到外面去吧？」

這些十四、五歲的小姑娘，還沒有學會圓滑地遮掩自己的心情，字字句句透露出或好奇、或羨慕、或嫉妒的情緒來。

顧桐月被她們圍著，一個接一個的問題拋過來，令她有些招架不住。

尤十一姑娘機靈，見狀忙岔開話，笑道：「各位姊妹，大家許久沒來找我玩了，上一回投壺，讓妳們贏了，我在家裡可是日日練、時時練，今兒非贏回來不可！」一邊說著、一邊領她們玩遊戲去了。

顧桐月這才鬆了口氣，拿著手帕子使勁搧了搧，應付這群貴女，也不是容易的事呢！

顧桐月起身，打算找個人少的地方待一會兒。

雖然郭氏跟唐承赫都希望她能多結交些小姊妹，但她實在懶得應酬，反正顧家跟尤家的姊姊、妹妹多的是，哪裡還用得著去認識那些不熟悉的人。

香扣與香櫞也看出她的意興闌珊，兩人對視一眼，香扣便道：「姑娘，奴婢聽人說東邊池塘裡的荷花開得怪好的，那邊安靜，還有小舟，咱們可以去躲躲清靜。」

顧桐月立刻點頭，主僕三人便順著一條幽僻小徑往東邊的池塘走去。

剛要轉過假山，冷不防，顧桐月與人迎面撞上。

顧桐月個子嬌小，被那股力量撞得差點摔倒，幸好香扣與香櫞眼疾手快扶住她，才沒讓她太狼狽。

「妳是怎麼走路的?!」香扣皺眉質問摔倒在地、穿著尤府丫鬟衣裳的姑娘。

「姑娘饒命，姑娘饒命！」小丫鬟把頭埋在地上，瑟瑟發抖地拚命磕頭。「奴婢不是有意衝撞姑娘，求姑娘饒了奴婢，求姑娘饒命啊！」

「罷了。」顧桐月揉揉被撞得隱隱作疼的胸口，低頭見那小丫鬟嚇得魂不附體的模樣，不願與她計較。「雖說今日府裡忙，可妳也要小心些，衝撞到別的貴人，就不好了。」

小丫鬟如蒙大赦，又砰砰砰磕了好幾個頭，這才爬起身，低頭拎著裙襬飛快跑走了。

「姑娘，可有傷著？」香櫞擔憂地問。

「無礙。」顧桐月不願讓她們擔心，淡笑著安撫一句。

此時，香扣蹲下身幫顧桐月整理微微凌亂的衣裙，最後將她腰間的荷包正了正，但瞧見荷包的繫結時，即有些疑惑地蹙眉。

顧桐月發現了，便問：「怎麼？」

「今早奴婢給您繫荷包，彷彿不是打這種結。」

香櫞湊過去看了兩眼，卻沒放在心上。「或許是妳記錯了也不一定，這種結，妳不是也會打嗎？」

香扣一想也是，便不再糾結，笑著道：「或許是奴婢記錯了。」

因只是小小細節，顧桐月聽了，沒有放在心上，帶著兩個丫鬟走了。

「姑娘，咱們真要這麼做嗎？」蕭寶珠身邊的丫鬟黛眉臉色慘白，忐忑不安道：「這可是在尤府，萬一被人發現……」

「咱們安排得穩妥些，誰會發現？」蕭寶珠不耐煩地瞪她一眼。「正因為是在尤府，人越多越方便行事不說，看到的人多了，她就脫不了身、賴不了帳，到時只能嫁給哥哥！」

到時候，她也沒臉來跟她搶唐承赫了！

蕭寶珠快意地想著，彷彿此時已經成事一般。

如今定國公府早已比不上往昔，蕭寶珠的性情又野蠻跋扈，與她相交的姑娘並沒有幾個。

她無聊地滿場轉圈，誰知竟讓她聽到了一則豪門秘事。

有位家族逐漸敗落的公子，想攀高枝，娶高門貴女為妻，貴女家中自然不肯同意將女兒下嫁；可那個貴女卻是瞧上了他，無奈家中不答應，只得含淚依從家人，和別家公子訂親。

誰知那位公子並沒有放棄，趁著去別人家赴宴時，勾引貴女，竟做出被翻紅浪這等不要臉的羞恥事，還讓人鬧出來。眾目睽睽下，貴女要是不嫁給那公子，就只能自我了斷，或削髮為尼了。

蕭寶珠無意間聽到這樣的秘事，當即興奮得幾乎控制不住自己的表情，將故事裡的貴女換成雲安郡主，將落魄公子換成她哥哥，若成了這好事，雲安郡主就只能嫁給哥哥了！

「可、可她是雲安郡主！」黛眉努力勸道：「到時候咱們定國公府如何承受得住豫親王府的怒火？姑娘，不如先與老夫人通個氣再行事……」

「瞧妳那膽小如鼠的樣子，用得著通什麼氣，這件事做成了，祖母只有高興；有了豫親王府給咱們國公府撐腰，還怕蕭瑾修那賤種？」蕭寶珠惡狠狠地剜她一眼。「快去看看，我哥哥混進來沒有？」

黛眉只得領命去了。

待蕭寶珠主僕先後離開鬱鬱蔥蔥的翠竹林，不一會兒，一陣細碎的腳步聲從翠竹林裡傳出來，竟是雲安郡主。

雲安郡主嘴角微微勾起嘲弄的弧度，冷笑一聲，方才看向身邊的丫鬟，丫鬟將手裡的荷包遞到她眼前。

「郡主放心，奴婢手快，顧八姑娘絕不會發現她的荷包被調包。」

雲安郡主滿意地點頭，又問：「蕭瑾焱可進了那小樓？」

「已經偷偷摸摸地進去，香也點上，只等顧八姑娘過來，這事便成了。」

「蕭寶珠那蠢貨正到處找我，要把我往小樓引，咱們也該現身，不然戲沒法往下唱。」

「郡主說得是，奴婢都安排好了，您就放心地看戲吧！」丫鬟得意洋洋地說道。

「顧桐月那邊……」

「她們要去東邊池塘泛舟，那舟已被奴婢鑿了個洞。」

雲安郡主聞言，這才徹底放心。「事成之後，少不了妳的賞。」

「奴婢多謝郡主。」丫鬟歡天喜地地謝恩。

第五十五章　巧破局

顧桐月主僕到了池邊，準備登舟賞荷。

小舟太小，只容得下兩個人，香扣小時溺水過，因此陪顧桐月上舟的，便是香櫞。

香櫞操起船槳，動作熟練地將小舟划進荷葉田的水中央。

這片池塘打理得很不錯，此處偏僻，與今日宴客的園子離得有些遠，故而十分清幽。

顧桐月愜意地賞著荷花，嗅著荷香，心下很是喜歡。

香櫞忽然驚叫了一聲。「不好，這舟漏水了！」

舒服躺在小舟上的顧桐月猛地坐起身，在香櫞的指引下，果然瞧見小舟尾端竟有個雞蛋大小的破洞。因破洞不起眼，又不大，故而滲水不快，她們才沒有察覺。

此時，小舟裡的水已經淹到腳面了。

「快回岸上。」顧桐月忙吩咐道。

香櫞應聲，操起船槳就要往岸邊划，小舟卻突地往下一沈，原只到腳面的水，竟一下子沒過腳踝。

「不好！」顧桐月沈聲道：「這舟怕不止一個洞。」

香櫞臉色一白，驚恐地看著顧桐月身後。「姑娘，您身後——」

顧桐月回頭，果見方才還好好的地方，竟莫名出現一個碗口大的破洞，水嘩嘩直往舟裡灌，當機立斷道：「先往岸邊划，能划多遠是多遠！」

香櫞回神，拚命揮動船槳，可還是沒能划到岸邊，小舟眼見就要沈了。

「沒事，這裡離岸邊不遠了。」顧桐月放下心，安撫快要哭出來的香櫞。「反正咱們衣裳都濕了，跟掉進水裡沒什麼兩樣，且是在內宅，即便是被人看去，也不打緊。」

香櫞這才將眼淚憋回去。「雖是在後院，可讓人看見了，對姑娘的閨譽還是不好。剛才咱們過來時，瞧見有座小樓，姑娘不如先去那裡避一避？」

顧桐月點頭，見舟已近岸邊，便讓香櫞停手，主僕倆互相扶持著下船，朝岸上行去。

顧桐月從池塘裡爬上來時，裙子已經濕透了。

還好這是夏天，不怕著涼，只是這般狼狽模樣，還是得小心不要被人看去。

因不好驚動別人，守在岸邊的香扣便去取備用衣裙，同樣濕透的香櫞扶著顧桐月遮遮掩掩往來時瞧見的那座隱在蒼鬱大樹下的小樓走去。

香櫞太過心慌，只顧著四下張望。

顧桐月卻忍不住回想這一路發生的事情，總覺得看起來毫無異常的平靜下，似乎有些不對勁。

可是哪裡不對勁，她又說不上來。

手指無意觸到腰間的荷包，顧桐月心下一驚，連忙停下腳步，手忙腳亂地解下荷包，果見荷包已經濕了小半截。

「姑娘，怎麼了？」香櫞不解地問道。

顧桐月顧不上回答，急吼吼地解開荷包察看。

自蕭瑾修送她那枚平安符後，她便放在荷包裡隨身攜帶，從未離身，方才快到岸上時，小舟沈沒，她也落水，雖然水不深，她也伸手護住，但荷包還是濕了。

她急著將平安符拿出來，也不理會香櫞催促她先進小樓的話。

剛才跌進水裡時，她胸口瞬間傳來的一陣窒悶與心慌，讓她十分不安！

那一刻，腦海裡竟浮現了蕭瑾修的臉。

她不敢深想，怕想多了自己嚇自己，強行將那不安按捺下去。

顧桐月的手有些發抖，香櫞低頭一看，小聲驚呼。「姑娘，這、這不是妳的平安符！」

顧桐月驚訝地睜大眼，伸出兩根手指將那張泡濕一半的紙取出來，打開一看，主僕倆臉色遽變。

那薄薄的紙箋上，只寫著短短幾行字——

入我相思門，知我相思苦。長相思兮長相憶，短相思兮無窮極。

「姑娘，這、這……」香櫞嚇得臉色慘白，連句完整的話都說不出來。

「噤聲！」顧桐月看她一眼，原想兩三下將這見不得人的紙張毀屍滅跡，不知想到什麼，又將它原樣摺好，塞到香櫞手中。「妳收好，回去後拿給小哥，讓他認認這上頭的字，看能不能看出端倪。」

她的平安符竟莫名其妙變成情意綿綿的詩句，真是越想越有意思。

原被嚇得魂飛魄散的香櫞見顧桐月雖臉色難看，卻十分鎮定，也慢慢穩下來，緊緊捏著那如同燙手山芋的紙箋。

「姑娘，那荷包……」

顧桐月正翻看那只荷包，與她原本掛在腰間的，真是像足了七、八分。

顧桐月喜歡蓮花，因此她的荷包與手帕子多是繡著蓮花圖樣，雖然她不常在外頭走動，但細心之人稍稍留意，也能發現她喜愛蓮花。

「剛才那個撞我的小丫鬟，妳還記得她的樣子嗎？」顧桐月翻看完荷包，又打量不遠處矗立的小樓，心裡一動，眉頭漸漸皺了起來。

香櫞不笨，立刻明白過來。「那丫鬟調換了姑娘的荷包？可惡，奴婢只當她是無意衝撞姑娘，她不住磕頭，實則是為了不讓咱們看清她的臉！」

可她的動作也太快，就那麼撞過來的工夫，便將兩個荷包給調換了！

「姑娘，這是早有預謀！可那丫鬟分明穿著尤府丫鬟的衣裳，為何要害姑娘？」

「是不是尤府的丫鬟，還不一定。」顧桐月把荷包一併遞給香櫞。「收好，回府後，去針線房查一查，看這荷包是不是出自她們的手。」

等香櫞收拾好，顧桐月四處張望了下，便拉著她往小樓快步走去。

「姑娘。」香櫞呼吸急促。「如果真是有人要害姑娘，這一步一步的，早已經算好。先是換了您的荷包，再讓您落水濕了衣裳，湊巧這裡有座幽靜的小樓，裡面說不定藏著什麼，您千萬不能進去，否則……」

雖然東平侯府的後院並沒有那些齷齪骯髒的事，但香櫞時常聽府裡的婆子們湊在一起說別人家的閒話，這些齷齪的秘辛或手段，她雖沒親眼見識，卻聽過不少。

萬一小樓裡真藏了個男子，就算他不對顧桐月做什麼，只強行將她留下，等別人闖進來，再瞧見荷包裡那首詩，到時便是渾身長嘴也說不清了。

香櫞急著阻止顧桐月進去，顧不上尊卑有別，死死拉著顧桐月的胳膊，不讓她涉險。

顧桐月哭笑不得。「好丫頭，我可說過要進去了？咱們尋個隱蔽的好地方，看看等會兒誰會過來，定然就是設局之人。」

在尤府這樣算計她，是衝著尤府來，還是衝著她來的？

顧桐月知道，如今尤府水漲船高十分風光，便是刻意不張揚，也架不住武德帝的力捧，嫉妒甚至嫉恨尤府的人定然不在少數。挑今兒這個日子，又挑上她這個頗得東平侯府看重的義女下手，是要抹黑尤府，惹怒侯府嗎？

還是沒那麼複雜，僅僅是衝著她來的？

顧桐月想不明白，遂不再想，拉著香櫞暗中觀察小樓一圈，最後看向小樓前那棵高大鬱鬱蔥蔥的大樟樹，有了想法……

前院裡，唐承赫實在有些厭煩層出不窮想攀關係的人，溜出來後，想找個地方避一避。

「小四爺。」有人叫住他。

唐承赫回頭，見謝望笑盈盈地走向他，不由皺眉，露出毫不掩飾的厭惡之色。

自從知道謝斂與姚嫣然的事後，唐承赫簡直恨死了謝家所有人。

此時見了謝望，焉能有好臉色？

他懶得搭理，轉頭就要走。

「小四爺且慢，我有事請教。」謝望緊走兩步，追上唐承赫。

唐承赫冷笑。「你是不是覺得侯府沒有同謝府清算，就以為侯府的人很好說話？謝望，憑你兄長謝斂做的那些噁心事，你還好意思出現在我面前？」

謝望聞言，清俊面上難掩難堪之色，不過轉瞬即逝，甚是誠懇地道歉。「兄長行為確實欠妥，只是兄長是兄長，我是我，兄長犯過的錯，我定然不會再犯。」

唐承赫一頭霧水地盯著他。「你犯不犯錯，關我屁事？別跟著我，要是在外頭，當心我揍扁你！」示威般晃了晃拳頭。

謝望仍是厚著臉皮跟在他身後。「小四爺，撇開咱們兩家那些事，咱們也是不打不相識的交情，算一塊兒長大的不是？如今咱們大了，交情淡了些，但在我心裡，一直是拿小四爺當摯友的。」

「不敢當。」唐承赫打斷他，冷笑著睨他一眼。「早知道謝家是爛泥坑，我死也不會跟你有什麼交情！」

謝望聽了，臉上有些不好看了，微蹙眉頭。「那畢竟是兄長與唐姑娘的事，其中到底如何，不是你我能夠置喙的；況且人死為大，我覺得再討論唐姑娘與我兄長如何，也不大好，你說是不是？」

「小爺有點弄不明白了，你找上我，既不是要談論你兄長與我小妹，那你我之間還有什麼可說的？」

謝望似有些不自在，輕咳一聲，道：「前兩日我收到顧五少爺寫的信，提及他親姊姊，道曾給顧八姑娘去信，只是一直沒收到回信，有些擔心顧八姑娘，便詢問我。因此，我想問問小四爺，顧八姑娘在侯府可好？什麼時候回顧府去？」

在謝望佯裝無意般提及顧桐月時，唐承赫就警戒起來。

「為何和哥兒會寫信給你？」

「我與和哥兒交情匪淺。」

謝望理直氣壯地回答，卻換來唐承赫一聲冷笑。

「你與和哥兒交情再不淺，和哥兒也不可能寫信給你關心他的親姊姊！顧府姑娘多的是，想知道小妹的近況，還需要問你這個外人？再來，和哥兒守規矩、懂禮數，豈不知此舉會招來什麼非議？謝望，你要說謊，也編得像樣一點，真當唐家人都是傻子，專讓謝家人哄騙不成？」

謝望被當面拆穿，饒是他再厚臉皮，也有些臉紅了。

「是，我是說謊了，但我並沒有惡意，就想知道顧八姑娘在侯府過得好不好而已，畢竟，我跟她算是患難與共，關心也是人之常情。」

「哼。」唐承赫嘿然冷笑，忽地湊近謝望眼前，用唯有兩人才能聽到的聲音咬牙道：「收起你那些見不得人的心思來！唐家讓謝家禍害了一個姑娘，你以為還有機會再來禍害我家小妹？作夢！」

謝望聽不得這話，立時急了。「我心儀顧八姑娘，想娶她為妻，真心誠意，絕無虛假，怎麼就是禍害了？」

唐承赫聞言，氣得揮拳就開揍。

謝望不是挨揍不還手的人，但面對的是顧桐月的義兄，起初時先選擇險險避開，只是，唐承赫心裡有氣，一下一下照著實處打，又朝臉面來，一來一去，謝望便開始還手了。

兩人悶不吭聲，你來我往，拳腳相向。

他們待在角落，這下真動起手了，自然引起他人的注意。

尤家二老爺雖然官職不高，卻是八面玲瓏，這邊一打起來，便有人將他請過來。

尤二老爺見狀，趕緊命人拉開他們，好一番哄勸，又請他們看在今日尤府大喜的面上，不要再動手云云，好歹勸住了。

唐承赫還好，瞧上去只是衣衫亂了點，身上的灰多了點；謝望就狼狽不少，連嘴角都被唐承赫打破。

看熱鬧的眾人倒想繼續看下去，但謝府就罷了，東平侯府的熱鬧，他們再好奇，也不敢上前去問。

此時，一個丫鬟急急忙忙地跑到唐承赫面前。

已經散去的人群並未留意，謝望卻瞇了瞇眼，認出了她，分明是顧桐月身邊的香扣。看香扣那般著急的模樣，再看唐承赫遽然變色的臉，他不由皺緊眉頭。

顧桐月出事了？

唐承赫聽完香扣的話，氣得腦門上的青筋都快爆裂開來。

「現在姑娘情況如何？」他壓低聲音問道。

香扣急道：「姑娘無礙，只是不知背後弄鬼的人到底是誰，因此想要四爺幫忙，先將背後弄鬼之人捉出來再說。」

唐承赫當仁不讓。「走！」

因憂心顧桐月的安危，唐承赫並未留意身後偷偷跟著的「尾巴」，與香扣趕去找人了。

憑唐承赫的本事，混進內院容易得很，只是路上聽了香扣的話，俊臉頓時黑如鍋底。

此時，他被香扣引到一座假山後頭，香櫞正神色焦急地等在這裡。

「四爺，快換上這套衣裳。」香櫞把衣裙遞給唐承赫。「姑娘吩咐了，務必要快。」

唐承赫瞠目結舌瞪著香櫞手裡的衣裙。

「妳……妳叫小爺穿這個?!」他連說話的聲調都變了，手發顫指著那套女子衣裙。

「這是姑娘的意思。」香櫞連忙說道。

唐承赫努力吸氣又吐氣，反覆好幾次，才冷著臉問道：「妳們覺得，爺能穿得下妳們姑娘的衣裳？」

「當然沒辦法，這套衣裳並非姑娘的。」顧桐月身量嬌小，唐承赫比她高了不只一個半頭，自然穿不了顧桐月的衣裳，這是特意去找身量最高的顧蘭月的衣裳來。

「四爺，您別再浪費時間了。」香扣擔心顧桐月的處境。「再不快點過去，說不定就要打草驚蛇，姑娘豈不白爬了樹？」

「是啊，四爺，奴婢們還得幫您弄頭髮。」香櫞也催促道。

唐承赫緊緊閉了閉眼，視死如歸地說：「來吧！」

一番拾掇後，假山後頭轉出來三個「姑娘」，遮遮掩掩直奔小樓而去。

遠遠地，還能聽見香扣與香櫞小聲提醒唐承赫的聲音。

「四爺，您別邁大步，當心摔跤。」

「四爺，您身量太高了，曲著膝蓋走路，會好一點。」

「還有，這手帕子定要遮著您的臉，別讓人看了去。」

「等會兒進了小樓，我們就會鬧出動靜，暗處的人知道您進了小樓，會立刻過來。」

「您千萬當心些……」

尾隨在後面的謝望越聽越疑惑，這到底是發生什麼事了？

白爬了樹？嘿，顧桐月這丫頭還會爬樹呢！

謝望兩眼晶亮，毫無聲息地跟上去。

另一邊，黛眉躲躲藏藏地回到滿臉期待的蕭寶珠身邊。

「姑、姑娘，彷彿有人進了小樓。」

「看清楚了？是雲安郡主嗎？」因為心情太過激動，蕭寶珠不得不緊緊掐著手，讓痛意來提醒自己，不可得意忘形。

黛眉心裡發虛。剛才她只是遠遠望了一眼，見有人推開小樓的門進去，便匆匆跑回來稟報，至於是不是雲安郡主……

「應該是的。」

「再等一下，只等他們……咱們就領著人過去！」蕭寶珠目光閃閃，興奮得呼吸都變得急促，還不倫不類地雙手合十，朝著天邊拜了拜。「老天保佑，哥哥定要成功才好！」

坐立不安地等了一盞茶工夫，蕭寶珠坐不住了，起身走向那群正撲蝴蝶玩的小貴女們，其中幾個是與她有些交情的。

「姊妹們，聽說東邊有個池塘，荷花開得很不錯，還可以泛舟，咱們去那邊玩玩吧！」

聽說能泛舟，便有人動心。「遠不遠？」

「不遠，咱們說話的工夫就到了。」蕭寶珠笑盈盈地說：「方才雲安郡主也過去了，可見那處風景的確不錯，連雲安郡主都流連忘返呢！」

聽聞雲安郡主也去了，原本就有攀附之心的小貴女們再不嫌遠，紛紛附和蕭寶珠，隨著她往目的地走去。

蕭寶珠一邊笑著與眾人說話、一邊不經意地對黛眉使眼色。

黛眉明白她的意思，連忙悄悄點頭。

小樓那邊，她已經安排好人手，只等她們過去，就立刻鬧開來。

與此同時，高大茂密的大樟樹上，謝望沒事人般地站在枝椏上，舉目一望，便將漸漸走近的一群人收進眼裡。

「來了。」

顧桐月白他一眼，沒好氣道：「我長了眼睛，不需要你特意知會我！」

剛才，她正緊張兮兮地坐在樹上緊盯小樓的動靜，見唐承赫穿著那可笑的女裝，拿手帕子扭扭捏捏遮住臉進了小樓，香櫞與香扣也找地方躲藏好，將要鬆口氣，一轉眼，謝望這廝就出現在她眼前，嚇得她差點摔下樹去！

「還生氣呢？」謝望笑嘻嘻看著顧桐月氣呼呼的模樣。「不是解釋了嗎，我又不是故意要嚇唬妳的。」

「是不是故意，你都嚇了！」顧桐月實在不想理他，見他笑著笑著忽然嘶了一聲，似是扯到嘴角的傷口，忍不住幸災樂禍地笑道：「被人揍了吧？活該，讓你嚇我！」

「想不想知道揍我的人是誰？」謝望摸摸嘴角的傷口，唐承赫絕對下了狠手，要不是他躲得快，就不僅是傷了嘴角，說不定連牙齒都會被打掉兩顆。

他只是說出想娶顧桐月的心意，唐承赫就氣成那個樣子，謝望的心情頓時低落，看來想娶她回去，真是千難萬難啊！

「我認識？」顧桐月指指自己的鼻尖，瞧著盤腿坐在旁邊樹枝上的謝望，驚訝地問。

「唐四爺。」

「小哥？」顧桐月睜大眼。「無緣無故的，他揍你幹麼？」

難不成因為謝斂負了她，所以他遷怒到謝望身上？

謝望瞧著她黑白分明的大眼睛，目光裡滿是驚訝與不解，他小小的縮影映在她的黑瞳中，看得清清楚楚。她輕輕眨動濃密長睫，彷彿展翅欲飛的蝴蝶，一眨一眨地撩動他的心弦。

好些日子沒見到她，她已經出落成大姑娘，少女穠纖合度的身形、絕美的容色，便是不耐地翻白眼，在他看來，都是那麼賞心悅目。

謝望不由看癡了。

這時，黛眉安排的丫鬟發現蕭寶珠一行人，連忙按照事先說好的，慌慌張張跑過去。

她這般慌張神態，自然有人好奇地攔住她。

「妳是哪家的丫鬟，這麼慌慌張張做什麼？莫不是做了什麼見不得人的事！」

小丫鬟伏在地上，指著小樓的方向，結結巴巴地開口。「那裡面……裡面有人在、在……姑娘們還是趕緊離開吧，奴婢這就去請我家夫人來。」

她越是這樣語焉不詳，這些貴女們越是好奇。

蕭寶珠也一副好奇難耐的模樣。「那小樓裡有什麼？咱們這麼多人，有什麼好怕的？」

有人害怕了。「會不會是歹人在裡面？」

蕭寶珠聞言，立刻擔憂道：「剛才雲安郡主也來了這邊，萬一有歹人，會不會……咱們要不要過去幫忙？」

「真有歹人的話，咱們過去，又能幫得上什麼忙？」有人打起退堂鼓。

蕭寶珠接話。「罷了，姊妹們害怕的就先回去喊人，不害怕的，咱們一起過去看看，如果真是郡主，看到咱們去救她，也會心安一些。」

貴女們神色不定，倘若雲安郡主當真遇到歹人，她們衝進小樓救人，憑著這份心意，也能攀上豫親王府吧？

有人退縮，就有人動心。

「走，我跟蕭三姑娘一起去。」

「我們也去，人多了，說不定還能將歹人嚇走呢！」

於是，一群姑娘妳拉我、我拽妳地來到了小樓前。

蕭寶珠揮手，對丫鬟道：「快把門打開，看看雲安郡主是不是真的在裡面！」

她心裡有點慌，黛眉看著人進去，但此刻怎麼半點動靜也沒有？

難道雲安郡主發現不對，又出來了？

不可能啊，若真如此，黛眉安排在這裡看守的小丫鬟該暗示她才是。

難道，蕭瑾焱堵住她的嘴，才沒有動靜？

不管怎麼樣，先進去看看再說！

「妳們在找本郡主？」一道清脆聲音在眾人身後響起來。

蕭寶珠難以置信地回頭，見雲安郡主好端端地站在那裡，臉色大變，又看向緊閉的房門，一時間心驚膽跳。

進去的不是雲安郡主？那會是誰？

蕭寶珠以目光狠狠剜著黛眉，黛眉抖得彷彿落葉般，面無人色，不敢迎視蕭寶珠那能吃人的目光。

「妳們可是在找我？」雲安郡主走近眾人，又笑盈盈地問了一句。

「郡主，妳沒在小樓裡啊？」有個姑娘看看她，又望向小樓。「剛剛有小丫鬟慌慌張張地說小樓裡有異狀，跑去叫人。我們聽聞郡主來賞荷，擔心妳遇到歹人，便趕緊來瞧瞧。」

「是啊，郡主沒事就好了。」其他人附和。「既然郡主在這裡，那小樓中到底有什麼？我們還要進去看嗎？」

雲安郡主美目微閃，似笑非笑地看面色慘白卻強撐著的蕭寶珠一眼。「既然都來了，那便進去瞧瞧吧！」

這回，領頭的人成了雲安郡主，眾女跟在她身後，安心不少。

雲安郡主吩咐一聲，立刻有丫鬟跑上前，用力推開小樓的門，裡面立刻傳出嗚嗚咽咽的奇怪聲響。

眾位貴女雖然還小，可聽著那彷彿十分難耐的聲音，還是有人紅了臉。

「這是……」有人停下腳步，不肯再往裡面走。

但也有人並未會意，又有雲安郡主領頭，遂順著聲音過去，然後，一聲高過一聲的尖叫幾乎要衝入雲霄——

「不要臉！不要臉的登徒子！」

「快來人打死這登徒子！」

「好噁心！尤府怎麼會讓這麼噁心的人進門！」

「這到底是誰?!」

「姊妹們，咱們快點出去吧！」蕭寶珠顫抖的聲音夾雜其中。「沒得……沒得污了妳們的眼！走，快走啊！」

「啊！這不是定國公府的蕭世子嗎？」

「真的是他！蕭世子怎麼會在這裡？他……太不要臉了！」

眾貴女面紅耳赤又惱羞非常，基於教養，她們不是直勾勾地盯著眼前這一幕，而是拿著手帕子掩面，不時偷看一眼。

靠近窗戶的小榻上，脫得精光的蕭瑾焱臉色赤紅，目光迷濛地抱著枕頭，身體使勁壓在枕上磨蹭著，口中發出嗯嗯啊啊的聲音。

房間裡，除了他，空無一人！

這下，臉色難看的不只蕭寶珠，還有緊緊捏著扇子的雲安郡主！

小樓裡頓時亂成一團。

第五十六章 為難與維護

小樓外的大樟樹上，鬥雞眼似地互瞪的兩人，差點又打起來。

「你這狗崽子，為什麼會在這裡？」

唐承赫一進小樓就聞到那味道奇異的香，當即掩住口鼻，隨即瞧見雙腿夾著枕頭磨蹭的蕭瑾焱，當下心裡就有了猜測——莫非定國公府想要算計顧桐月，用這一招迫使顧桐月嫁過去，繼而達到與侯府聯姻的目的？

一想到這個，唐承赫便火冒三丈。

這時，慾火難耐的蕭瑾焱發現唐承赫，他已經被體內那把火燒得迷了眼，看不清站在面前的是誰，迷迷糊糊瞧見個女子的身影，便迫不及待撲上來。

唐承赫豈會讓他抱住？不過兩三下就制伏他，心中惱恨，索性將他扒得精光丟在榻上，又把原先他抱著的枕頭塞給他，任由他繼續嗯嗯啊啊磨蹭。

又等了一會兒，聽見外頭有動靜，唐承赫才從小樓的窗戶翻出去，趁著小貴女們都進來了，飛身躍上顧桐月藏身的大樟樹。

只是一上來，他嘴邊那抹因為瞧見顧桐月而想綻放的笑，就因看到謝望那廝，正跟顧桐月肩並肩地說話時，徹底地黑了。

聽見唐承赫不客氣地質問，謝望沒有生氣，道：「這裡是尤府，小四爺能來，我怎麼就不能來了？」

「給爺滾下去！」唐承赫站在樹杈上，挽起袖子就要動手，陰沈沈地警告他。「離我小妹遠一點！」

唐承赫穿著女裝磨刀霍霍的樣子，實在有些好笑，謝望忍了又忍，還是沒忍住，低低笑出了聲。

「今日我才發現，原來小四爺穿上女裝，居然這樣嫵媚動人，若讓外頭的人知道小四爺喜歡穿女裝，哈哈……」

唐承赫的臉一陣紅、一陣白，又看到顧桐月也捂著嘴、肩膀不停抖動的樣子，又是氣怒、又是委屈難過。

「我這都是為了誰？沒良心的，妳還敢笑？」

顧桐月強行忍耐，招手讓他過來。「我不笑了，你別生氣啦！」可亮晶晶的眼睛裡分明滿是笑意。

唐承赫又惱怒地冷哼一聲。

顧桐月急忙安撫他，抬手使勁在謝望手臂上擰了一把，痛得他鼻子、眉毛快皺成一團。

「還敢不敢嘲笑我小哥了？」顧桐月故作凶惡地瞪著他。

謝望只能配合，哎喲叫疼。「不敢了，不敢了。」

「我幫你教訓他了。」顧桐月討好地對唐承赫笑。「你看，他再也不敢笑話你了。好小哥，我知道委屈你了，這不都是為了我嗎？你瞧你妹妹多可憐，好不容易出個門，還有人惦記著要害我，我差點嚇死，幸好小哥來了。」

雖然唐承赫還是氣呼呼的，但臉色好看不少。

顧桐月再接再厲。「若非小哥來得及時，就算知道誰要害我，也不知該怎麼辦才好。小哥是我的靠山，你來了，我什麼都不怕。」說罷，親暱地湊過去蹭唐承赫的手臂。「好小哥，不要再氣了好不好？等會兒換了衣裳，我親自幫你束髮？」

唐承赫勉為其難地看她一眼。「這還差不多！」又咳一聲。「下不為例！」

謝望看著他們的互動，原本還帶笑的臉，漸漸笑不出來了。

他驚疑的目光落在顧桐月臉上，又落在唐承赫身上，總覺得眼前這一幕，有些眼熟，又有些怪異。

眼熟的是，以前唐靜好還在時，她跟唐承赫可不就是這般相處的？

怪異的是，顧桐月分明不是唐靜好，難不成唐家刻意要把她養成第二個唐靜好？

謝望忍不住皺眉，顧桐月就是顧桐月，唐家這樣對她，她真的會開心嗎？

一個人被迫模仿另一個人，硬生生將自己變成別人的樣子，又怎麼能夠開心？

於是，謝望看向顧桐月的眼神，多了幾分疼惜與不忍。

「大舅母她們要過來了，我該下去露個面。」

此時，貴女們爭先恐後地跑出小樓，但沒有要離開的意思，等吳氏她們到了，她趁著混亂鑽進去，誰也發現不了。

唐承赫瞪著她。「妳說過親自幫我束髮的！」

「你先去換衣裳的假山那邊等著我，小心點，別讓人發現。」遠遠瞧見一群人匆匆忙忙走來，顧桐月便準備滑下樹去。「等確定要害我的到底是誰，就過去找你。」

謝望捨不得她走，佯裝不解地問：「還用確認嗎，一看就是蕭家那對兄妹啊！」

顧桐月白他一眼。「凡事不要只看表面。」

「不是他們的話，還能是誰？」

「用得著告訴你嗎？」唐承赫不耐煩了。「小妹，別理他了，趕緊下去！」

顧桐月應聲，等吳氏領著一群夫人走來，雲安郡主等人哭叫著衝過去各找各娘時，俐落地滑下樹去。

香扣、香櫞極有眼色，趁亂擠到了顧桐月身邊。

小樓前，隨著吳氏一道來的，還有尤氏與顧蘭月。

方才香櫞去找顧蘭月要衣裳時，簡單說了幾句，顧蘭月便心急如焚，又不好當即對尤氏說起這事，怕壞了顧桐月的計。

等到小樓這邊鬧開了，顧蘭月再也坐不住，跟著尤氏一塊兒趕過來。

顧桐月瞧見她們，連忙跑到正緊張地四下張望的顧蘭月身邊，笑嘻嘻地伸手拉她。

「大姊。」

顧蘭月的一顆心這才放下，沒好氣地瞪她一眼。「這麼一會兒工夫，妳又惹事了？」

「惹事的可不是我。」顧桐月抱著她的手臂，委屈辯解。「我是被人算計，且險些中計的可憐人啊，大姊也不憐惜我幾分。」

她一邊說出原委、一邊隔著人群去看蕭寶珠與雲安郡主。

此時，蕭寶珠臉色慘白，又是心虛害怕、又是擔憂緊張地往小樓裡張望，神色變幻不停，目光卻始終在雲安郡主與小樓打轉，並沒有留心或尋找旁人的意思。

雲安郡主神色沈著，也抬眸在人群中尋著，彷彿是在找什麼。

顧桐月微微一笑，拉著正要訓斥她的顧蘭月朝雲安郡主走過去。

「郡主沒事吧？」顧桐月關切地問道。

雲安郡主見她關心地看著自己，神色絲毫看不出有不對之處，眉頭幾不可見地蹙了蹙。

「郡主怎麼了？莫不是嚇壞了？」顧桐月越發擔心。「怎麼這般看著我？」

雲安郡主的目光落在顧桐月的衣裙上。

顧桐月在她的注視下，有些不安地撫了撫裙子，手指似無意般滑過腰間的荷包。

雲安郡主的目光跟著她移到荷包上頭，目光忽地一亮，隨即轉暗。

她身上的衣裙乾乾淨淨、清清爽爽，連腳上那雙金絲繡蓮花繡鞋也完好如初。

如果雲安郡主並非早已知情，又怎麼會這樣仔細地打量她的妝飾？

顧桐月將了然的冷笑抿進嘴裡。這個局，應該是雲安郡主針對她設下的，她的荷包怕也在她手中，但她應該不會留著，就是不知蕭家兄妹那邊又是怎麼回事。

此時，雲安郡主已經恢復鎮定，拍著胸口，一副後怕不已的模樣。「方才我的確是嚇壞了，沒想到進去後會看到那樣噁心的畫面……剛剛顧八妹妹好像也在，驚著了吧？」

顧蘭月代顧桐月回答。「八妹一直跟我在一起，我們什麼都沒瞧見，真是抱歉，讓郡主受驚了。」

今日顧蘭月也負責招呼客人，雖非主家，但替主家向雲安郡主道聲歉，還是不逾矩的。

雲安郡主目光一閃。「方才顧八妹妹跟顧大姑娘在一起？」

「是。」顧蘭月微笑，似瞋責地瞪顧桐月。「這丫頭向來愛胡鬧，沒惹郡主不快吧？」

「怎麼會，顧八妹妹很懂事。」雲安郡主道，又望了小樓一眼。「這樣說來，顧八妹妹不知道裡面發生什麼事了？」

「剛才聽丫鬟提過，不知在裡面的是誰？」顧蘭月不疾不徐地應對。「郡主瞧見了？」

雲安郡主的眉頭飛快皺了下，終於正眼看向顧蘭月，嘴角微翹，說的話卻是毫不客氣。「顧大姑娘，我在跟顧八妹妹說話。」這已是非常嚴厲地指責顧蘭月無禮了。

旁邊有人看過來，因雲安郡主這話而對顧蘭月露出鄙夷之色，顧華月更為此脹紅了臉。

顧蘭月不動聲色攔住她和顧桐月，不卑不亢地笑著說：「小妹年紀還小，有些話，唯有我這個做姊姊的來說，如有得罪之處，還望郡主諒解。」

她這樣溫和地笑著，不見半點惶恐與害怕，落落大方又不失禮數。

不少夫人不禁暗暗點頭，顧蘭月有做姊姊的風範，面對身為皇親國戚的雲安郡主，不見半點卑躬屈膝之態，能擔事，負責任，就是年紀有些大了，如今尚未訂親，難不成有隱情？

但她表現得實在太好，這般行事，正是當家主母必須具備的。

一時間，家中有未婚子孫的夫人們顧不上打聽小樓裡的情形了，兀自在心裡盤算起來。

雲安郡主沒想到顧蘭月讓她碰了個不軟不硬的釘子，且態度誠懇，又說出請她諒解的話，她要是不依不饒地發作，便太難看了些。

她想著，慢慢平復了心情，微笑道：「我真羨慕顧八妹妹的福氣，遇到事情，不是有兄長撐腰，便有姊姊護著。」

接著，她看向顧蘭月，身子前傾，湊到顧蘭月的耳旁，輕聲笑道：「顧大姑娘真是好姊姊，不知當妳遇到困難時，妳的好妹妹會不會像妳維護她一樣，不顧一切地護著妳？」

雲安郡主說完，瞧著顧蘭月唇邊微凝的笑容，也不等她接話，便道：「這邊的事，還是讓尤大夫人她們解決，咱們別在這裡添亂了。」

說罷，她側頭看向急得滿臉汗水的蕭寶珠，目光閃著惡意地喚她。「蕭三姑娘，妳這是怎麼了？沒事的話，咱們先走吧！」

蕭寶珠聞言，慌亂地抬眸，自然沒漏看雲安郡主眼中的憎惡，一直繃著的弦「啪」的一聲斷了，腦中來來回回浮現兩個字——

完了！

雲安郡主全知道了！

「不不不。」這時候她哪敢跟雲安郡主一起走，結結巴巴地胡亂拒絕。「郡主先走吧，我我我……我在這裡等祖母。」

倒沒有人對她起疑，畢竟裡面那人是她的親兄長，她慌亂害怕也是正常的。

「也好。」雲安郡主不勉強她。「過幾天我辦花會，蕭三姑娘可要早些來，本郡主在王府等著妳。」

蕭寶珠聽了這話，雙腿軟得幾乎站不住，目光不住閃爍，不敢答應，卻又不得不應承下來，硬著頭皮，顫聲道：「承蒙郡主不棄，到時候我一定……一定登門打擾。」

雲安郡主這才滿意地點點頭，率先離開。

各家夫人也回過神來，雖然她們很好奇，但一來這是尤府，她們不好留下來看熱鬧，二來，要顧及身邊的女兒，遂急急忙忙帶著自家姑娘走了。

尤氏也吩咐顧蘭月領著顧桐月等人去別處玩。

離開小樓，顧桐月想起還在假山等著她束髮的唐承赫，對顧蘭月說：「大姊，妳們先走一步，我還有點事，等會兒便去找妳們。」

顧蘭月一把抓住她。「妳要去哪裡，我陪妳。」

「不好吧！」要是讓除了她以外的人看見唐承赫那個模樣，他一定會氣得殺人滅口。

但顧蘭月由不得她拒絕，讓尤薰風領著顧華月她們先走，眼見妹妹們都離開了，才似笑非笑地看著愁眉苦臉的顧桐月。

「要去哪？走吧！」

「大姊，我真的不會再闖禍了，妳不用跟著我。」顧桐月雙手合十哀求道。

顧蘭月好整以暇地問：「妳不提闖禍，我倒還忘了，妳把我的衣裳拿給誰穿了？」

顧桐月小臉一僵。「那個……哈哈哈，我覺得大姊的衣裳太好看了，要香櫞借了帶回侯府，讓針線房的人照著樣式做兩套給我穿……」

她的聲音在顧蘭月並不嚴厲甚至還算得上溫和的注視下，漸漸低了下去，最後只得道：

「大姊，我對妳絕對沒有任何惡意，我可以對天發誓。」

「我自是信妳的。」顧蘭月淡淡笑道。

顧桐月心中一鬆。「那就好，我先走了。」

說罷，她一溜煙跑了，香扣與香櫞緊跟在她身後。

被撇下的顧蘭月微微一頓，不疾不徐地跟了上去。

第五十七章　東髮風波

心虛的顧桐月沒有回頭，因此並不知道顧蘭月跟在她身後。

她氣喘吁吁跑到唐承赫換衣裳的假山時，就見唐承赫依然穿著顧蘭月的衣裳，猶如困獸一樣走來走去。

見到顧桐月，他眉毛一掀，便要發作。「怎麼這麼慢?!」

「我錯了、我錯了，你別生氣，我這就來幫你。」顧桐月顧不得喘口氣，一邊認錯、一邊急步跑上前。

「慢死了！」唐承赫猶自不滿地瞪她，扯著他根本脫不下來的繁複衣裙，越發煩躁。「妳乾脆不要來算了！」

「我也是一脫身就趕緊過來了，不敢耽擱，你瞧我跑得滿頭大汗呢！」顧桐月可憐兮兮地指著自己的臉頰，踮起腳尖，要唐承赫看她有多辛苦。

唐承赫卻猛地一凜，目光灼灼地盯著不遠處的花叢。「既然來了，就別鬼鬼祟祟！」

顧桐月一愣。「誰來了？」

顧蘭月從花叢後頭施施走了出來。

唐承赫與顧桐月雙雙變了臉色。

唐承赫原以為又是謝望那不識趣的傢伙，才叫他滾出來受死。

顧桐月沒料到顧蘭月竟跟著她過來，一時吶吶無言，不知該說什麼才好。

顧蘭月滿臉肅穆，面無表情地走過來，將顧桐月拉到身後，微微仰頭對上唐承赫。

「唐四公子，若我八妹做錯了什麼，我在這裡代她向你認錯。八妹膽子小，還望唐四公子多包容。她是我們顧家的孩子，做錯事情，是我們沒有教好她，唐四公子有氣就衝著我來，這是我做姊姊該擔的。」

顧桐月跟唐承赫傻住，目瞪口呆地看著老母雞護崽似地護著顧桐月的顧蘭月。

「大姊，妳誤會了。」顧桐月忙要解釋。「其實……」

她跟唐承赫一直是這樣相處的，他真不是在欺負她啊！

不過顧蘭月能這般護著她，讓顧桐月很感動。

她正要解釋，不想唐承赫卻開口打斷她。「顧大姑娘要代妹受罰？」

顧蘭月蹙眉。「倘若小妹當真做錯了事，該罰的話，我自然絕無二話。」

唐承赫指著自己身上的衣裳跟頭髮。「她把我弄成這模樣，妳這做姊姊的該怎麼說？」

顧蘭月漆黑的眼睛微微一瞇，打量眼前穿著她衣裙的高大少年，因不合身，衣裳緊緊綁在他身上，看起來怪異又好笑，更別提那頭被他抓得亂七八糟的頭髮。

人前俊偉的唐四公子，人後卻是這般模樣，明知這個時候不該笑，但她還是沒能忍住，眼裡閃過一絲笑意，隨即收斂，紅潤的唇瓣輕輕一抿。

「不知唐四公子想要如何？」

「幫我將這身可笑的裙子換下來，梳好我的頭髮，這次的事便算了。」唐承赫擺出一副

「大人大量」的模樣，居高臨下地覷著眉心緊蹙的顧蘭月。「顧大姑娘可是不願？既然不願，剛才便不該將話說得那麼滿。」

說著，他又傲慢地掃了猶自摸不著頭腦的顧桐月一眼，不耐煩地冷聲命令。「杵在那裡好看啊？還不快過來幫我換衣裳！今晚不想吃飯了嗎？」

顧桐月眨巴著眼睛，看看一臉寒意的唐承赫，又看看緊抿唇瓣、強忍怒氣的顧蘭月。唐承赫到底在演哪一齣？顧蘭月是清清白白的大姑娘，怎麼好給一個外男更衣束髮？這不但為難她，簡直是故意羞辱她了！

難不成就因為顧蘭月看到他這副丟人的樣子，所以不由分說便要折磨她？

不過，不管唐承赫演哪齣戲，剛才他那警告的眼神，分明是要她配合他。

顧桐月有些糾結地眨眼，顧蘭月一心維護她，她卻要配合小哥為難她，也太沒義氣了。

唐承赫見她不動，眼睛危險地瞇起來。「顧桐月！」

顧蘭月氣得渾身輕顫，卻還是堅定地將顧桐月護在身後，小臉不知是氣得還是羞得，紅得幾乎要滴出血來，一雙美目似有火在燒。

「唐四公子何必這樣為難人？我帶了丫鬟來，讓她幫唐四爺更衣束髮吧！」

唐承赫森然冷笑。「顧大姑娘才說了，有事衝著妳去，一轉眼卻要丫鬟來替妳，難怪顧大姑娘的臉這般紅，想必心裡也是羞愧得很。」

顧桐月急得直跺腳，不住以眼神示意唐承赫，叫他別太過分；又去看顧蘭月，見她氣得眼淚在眼眶中打轉，忍不住就要開口斥責唐承赫，卻聽顧蘭月磨著牙，啞聲說道——

「好！我這就幫唐四公子更衣束髮！如此，唐四公子是不是可以原諒我家八妹，讓她先離開？」

唐承赫似沒料到顧蘭月竟會一口應下，瞧著她的目光瞬間變得極為複雜，但很快就收斂了，瞪著顧桐月，沒好氣道：「還杵在這裡做什麼？快滾吧！」

顧桐月哪裡肯滾。「唐承赫，你到底想幹什麼？」

唐承赫冷笑兩聲。「敢直呼我名字？我看妳是不想待在侯府了！很好，本公子這就讓人送妳回顧府……」

「八妹！」顧蘭月急了，轉身嚴厲喝道：「妳先走，去妳五表姊那邊等我！」她那好大伯正絞盡腦汁想把顧桐月賣給別人，此時她怎敢讓她回顧家。

顧桐月在兩重目光的瞪視下，只得不甘不願地走了。

她想藏在暗處偷看唐承赫到底要做什麼，還沒等她藏好，就聽見唐承赫悠悠的說話聲。「滾遠一點。」

顧蘭月也知道自家八妹是什麼德行，忍著氣吩咐百合。「妳送八姑娘去五表姊那裡。」

這下顧桐月沒轍，只能乖乖去尤景慧那邊等顧蘭月了。

小樓那邊，不相干的人都先離開了。

蕭寶珠不肯走，見蕭老太君匆匆趕來，連忙迎上去，含著淚，委屈叫道：「祖母……」

蕭老太君來之前，已經聽身邊的婆子講了小樓裡的事，氣得兩眼發黑，險些暈厥過去。

此時見到惹出這件事的罪魁禍首，抬手就要朝蕭寶珠嬌嫩的小臉搧過去。

蕭寶珠的眼淚立時落下來，悲悲戚戚地喊。「祖母，我錯了……您別打我，我再也不敢了。」

到底是自己一手帶大的孫女，蕭老太君看她哭得可憐，那巴掌到底沒落下去，只氣急敗壞地低聲罵道：「妳真是成事不足、敗事有餘，怎麼就敢動手？知不知道妳幹的這件蠢事得罪了多少人！」

定國公府已經不行了，她捨下老臉才換來帖子上尤府赴宴，一是為了交際，二來，是聽聞尤大老爺將被武德帝點為同考官，她娘家那邊好不容易出了個書讀得好的後生，如今上京趕考，暫住在定國公府。如果他能考中，蕭家再大力栽培，日後他得了好前程，自然也要幫扶定國公府。

為了這個，定國公拉不下來的臉，她拉下來了，卻沒想到，這一切都被她嬌慣著長大的蕭寶珠徹底毀了——

大喜的日子，在人家府裡弄出這樣的事，不是觸人霉頭是什麼？

還有她的乖孫子，被人看見那樣的醜態，傳了出去，誰還會將閨女嫁進定國公府？

原本他們兄妹的婚事並不艱難，只是蕭老太君眼界高，總想著攀上豫親王府或東平侯府那樣的好親事，如今，怕是想都不敢再想了。

尤氏迎視臉色發白的蕭老太君，平靜說道：「蕭老夫人莫要著急，大嫂已經讓人進去安頓蕭世子，只是今日之事，少不得要老夫人給尤府一個交代。」

蕭老太君臉色十分難看，她一輩子順遂慣了，也強橫慣了，即便定國公府已大不如前，但在外面走動，還沒人真敢當面向她要什麼交代。

蕭寶珠小心翼翼觀察她的神色，見她不悅地垂下眼簾，立刻尖聲叫道：「交代？是我們對尤府要交代才是。我哥哥前來做客，卻遭遇這樣令人痛心的事，不知被多少人看了去，清譽全毀了。可憐我哥哥尚未成親，讓他日後怎麼見人、怎麼議親？」

她一邊吵鬧、一邊偷覷蕭老太君的神色，見她嘴角飛快地勾了勾，心頭大定，越發胡攪蠻纏。

「如今沒奈何，我兄長的親事，還要煩請顧三夫人與尤大夫人多費心了！」

饒是尤氏自詡見識不淺，此時也被蕭寶珠祖孫這樣倒打一耙的架勢弄得發懵。把她們當成傻子不成？不但不懇求原諒，竟還想訛一門親事？還挑明要顧家三房或尤家長房的姑娘。

尤氏冷笑不止，蕭家祖孫不要臉，她自然也不怕撕破臉。

「蕭三姑娘好口才，只是這顛倒黑白的說法，我可不敢認！今天到底是怎麼回事，不是由著蕭三姑娘說了算！」

尤氏一甩袖，冷聲吩咐。「來人，去給我查，蕭世子是如何到了後院小樓，趁著今兒太醫院的太醫也在，請他過來驗驗，屋裡的香是怎麼回事？還有，跟大老爺說一聲，讓他請刑部的大人來，刑部專司問案，只要他們經手，斷沒有錯漏，定會給咱們滿意的結果。」

蕭老太君與蕭寶珠本還穩得住，但尤氏一搬出刑部，兩人立時變了臉色。

誰都知道刑部是幹什麼的，且刑部侍郎更是刑訊的一把好手，只要到他手裡的人，不論嘴巴多緊，他都能撬開，問到滿意的答案，連意志最堅定的汪洋大盜都受不住他的手段，何況蕭瑾焱？

蕭寶珠聞言，色厲內荏地叫道：「憑什麼叫他們來審我哥哥，我哥哥又不是犯人，你們不能這麼做！祖母，現在我們就帶哥哥走，絕不能讓他們往哥哥身上潑髒水！」

「蕭三姑娘少安勿躁。」一見蕭老太君仍是不肯低頭服軟，尤氏心裡越發惱怒，冷冷道：「蕭世子的確不是犯人，可誰叫他犯事犯到尤府來？今日府裡眾多女客，驚嚇到她們，尤府無論如何也要給個交代，否則，日後誰還敢來尤府？」

這時，安置好蕭瑾焱的吳氏也冷著臉走出來。「姑奶奶說得沒錯。來人，給蕭老太君與蕭三姑娘看座，既然放心不下，等會兒便當著兩位的面來審，蕭老太君意下如何？」

此時，蕭老太君看出來了，尤家這樣不依不饒，根本不可能受她們威脅，真要鬧起來，丟的還是定國公府的臉。

她神色頹喪，連腰桿都彎了幾分，彷彿瞬間蒼老了十幾歲。

「不用審了，都是老婆子我管教無方，讓那孽障在尤府做出這等丟人的事來。我沒臉懇求原諒，只求尤大夫人看在老婆子年邁的分上，放過此事，饒了那孽障。」

今日最要緊的，還是家裡的喜事，尤家人再生氣，也不好死咬著不放，只好讓蕭老太君帶走了蕭瑾焱與蕭寶珠。

祖孫三人悄然離去，卻被有心之人看在眼中。

在場的賓客，哪個是蠢的？

從自家姑娘口中得知是蕭寶珠慫恿她們去小樓，又提到雲安郡主，再聯想蕭瑾焱那副醜態，便足以讓她們拼湊出事情的真相來。

況且，蕭老太君要為蕭瑾焱求娶雲安郡主的事，好些人是聽到風聲的。

她們曾私下嘲笑蕭老太君可真敢想，一個落魄的國公府，竟敢妄想與皇親國戚結親。

不想，蕭家不但敢想，還敢做。

今日定國公府得罪的，可不單單只是雲安郡主，他們竟敢膽大妄為地在尤府生事，豈不是連累了尤府的名聲？想必尤府不會這樣輕輕放過。

一下子得罪了當朝權貴與清貴世家的定國公府，不知未來會面臨什麼險境呢……

喜宴過後，賓客散得差不多，吳氏滿臉的喜色稍稍褪了些。

她將其他事務交給底下兩個妯娌及姑娘們打理，帶著尤氏去前院書房。

尤老太爺跟尤大老爺已經在房裡等著了。

方才，尤大老爺在前院待客，雖然聽到風聲，卻不很清楚到底發生了什麼事，聽吳氏含恨說完來龍去脈，一張臉已經黑如鍋底了。

官至正二品大員，且只要不出差錯，以後就要進內閣的尤大老爺，向來平易近人，行事八面玲瓏、圓滑周到，幾乎沒人看過他動怒的樣子，但此事實在非同小可——

「蕭家小兒欺人太甚！」尤大老爺恨恨說道。

尤老太爺捋著花白的鬍鬚，睜開微閉的雙眼，淡淡瞥向盛怒的兒子。「你欲如何？」

「此事絕不能這麼算了。」尤大老爺氣道：「且不說他們敢在尤府算計別人，事發後還膽大包天地訛我們家的姑娘，定國公府是沒將咱們尤府放在眼裡了。」

雖是這樣說著，但要怎麼辦，他著實有些不知所措。

「定國公府無人出仕，蕭瑾焱只領了個無關緊要的虛職，便是將那職位拔了，對他而言，也無關痛癢。」

尤老太爺撫鬚點頭。「此事待我親自上定國公府，見了定國公後，看他們家如何，咱們再做打算不遲。」

「蕭瑾焱到底是定國公府的世子，倘若定國公要維護，咱們該如何應對？」吳氏忍不住問道。

尤老太爺搖搖頭。「蕭瑾焱闖了多少禍事，定國公怎會不知？只不過以前那些事可大可小，旁人瞧在定國公與蕭老太君面上，也就輕輕放過，並不計較；倘若這次定國公還打算像以前一樣糊弄過去，我拚著這張老臉不要，也要求陛下為咱們家做主。」

尤大老爺這才覺得解氣了。「是該如此，總要讓定國公府知道，咱們尤家可不是軟柿子，想挑事，別在尤家的地盤上鬧，否則，以後誰都要在咱們家頭上動土，那還得了？」

他說著，又對尤大夫人道：「蕭家小兒能輕易在尤府後院走動，定是收買了府裡的下人。妳管著中饋，那些下人該清理的清理，該整頓的整頓，不說讓尤府像鐵桶一般，也不能輕易叫人鑽了空子。」

吳氏滿面羞慚，起身道：「老爺說得是，是我治家不嚴，才出了今日這亂子。」

尤老太爺卻擺擺手。「今日前來的賓客，遠遠超出我們當初所想，人多了，難免兼顧不到，這不是妳的錯。」

吳氏感激得眼圈都紅了，哽咽著說：「多謝父親體諒。」

尤大老爺見狀，有些不好意思。「今日夫人辛苦了。」

吳氏聞言，想說點什麼，又顧忌尤老太爺與尤氏在場，便默默地坐了下來。

一直沒說話的尤氏看看尤老太爺，又看看尤大老爺，猶豫一下，還是開口道：「阿爹，大哥，此事只怕沒那麼簡單。」

她將顧桐月的荷包被調包、小舟鑿洞沈沒，以及向顧蘭月借衣裳的事簡單說了一遍，因她實在抽不出空與顧桐月說話，這些都是顧蘭月告訴她的。

吳氏最沈不住氣，聽完驚呼一聲。「那這件事豈不是衝著桐姐兒來的？」

「這就是奇怪的地方。論理說，定國公府想求娶的明明是雲安郡主，今日小樓的事，算計的分明也是她；可雲安郡主卻沒有進去，之後更是由她領頭帶姑娘們衝進去，揭發蕭瑾焱的醜態。」

尤氏皺眉，一邊說、一邊在腦子裡思索這些怪異之處。

「若只是雲安郡主識破蕭家祖孫的計策，這般打蕭家的臉，還說得過去；可桐姐兒的荷包，以及被故意鑿破的小舟——」尤大夫人臉色微白，她是內宅婦人，哪怕自己府裡沒有那些骯髒齷齪之事，也聽聞過別人家那些見不得人的陰私。「桐姐兒濕了衣裙，定然害怕被人瞧見，那小樓就在荷塘不遠處，如果她躲進去，豈不就要碰見蕭世子？」

尤氏臉色沈沈，點頭道：「大嫂所想，與我一樣，只是不知背後算計桐姐兒的，到底是不是她？」

這個她，指的自然是雲安郡主了。

尤大老爺聞言，也皺起眉頭。「這事牽扯到豫親王府，咱們又沒有確實證據，只怕不好追究。」

「大哥思慮得是，我眼下為難的，卻是要不要將此事告訴東平侯府。桐姐兒住在侯府，雖然唐侯爺與夫人對她很好，但牽扯到這樣的麻煩事，不知侯府會怎麼想。」

尤氏分外為難，說起來，顧桐月還是顧府的姑娘，出了這樣的事，該由顧府來決定追不追究；可顧府跟豫親王府，就像是胳膊跟大腿的區別，即便她有心為顧桐月討個公道，也無計可施。

郭氏對顧桐月的喜愛，她自然看在眼裡，有心想告訴侯府，又擔憂侯府其他人會因此對顧桐月生出不滿，誰會喜歡給家裡招事的人呢？

可不說吧，又擔心侯府那邊沒有防備，不知雲安郡主會不會繼續對顧桐月下黑手，往後萬一再出事，如何是好？

尤大老爺與吳氏面面相覷，也不知該怎麼辦。

尤老太爺略一沈吟，道：「和盤托出。」

尤氏愣住，隨即會意，點頭應下了。

原本，顧桐月打算瞞下在尤府發生的事，也說服唐承赫，不讓他告訴郭氏，免得惹她氣怒擔心。

誰知道，人算不如天算，唐承赫沒說，尤氏卻在翌日一大早登門了。

得知尤府發生的事，郭氏當即驚出一身冷汗，送走尤氏後，連忙喊顧桐月與唐承赫來她屋裡說話。

「發生了那樣的事，你們竟然絕口不提！」郭氏很生氣。「到底有沒有將我這個母親放在眼裡？」

顧桐月跟唐承赫雙雙跪下，請她息怒。

「阿娘，是我不許小哥告訴您。」顧桐月老老實實地坦承。「您知道了，肯定要擔心。」

「瞞著我，等我從別人口中知道，就不擔心了？」郭氏氣急地戳著她的額角。「妳不告訴我，是打算自己討回公道？」

顧桐月抱住郭氏的雙腿，笑嘻嘻地道：「雲安郡主這樣算計我，當然要討回來才行，不然她真以為我好欺負，以後就盡欺負我了。」

見女兒並未打算忍氣吞聲，郭氏的臉色略微好看了些。「妳打算怎麼做？」

顧桐月雖打定主意不放過雲安郡主，可一時半刻也沒有好法子報仇。「暫時還沒有。」

「雲安郡主在想些什麼？妳與她無冤無仇，為何要針對妳？」郭氏真是怎麼也想不通。

顧桐月瞥唐承赫一眼。「她多半瞧上了小哥，想進咱們侯府，又疑心我跟小哥……」

郭氏乍聽之下，還沒明白，見女兒睨著小兒子，福至心靈，瞬間懂了顧桐月的暗示。

「都怪你這孽障，倘若你肯訂下親事，又怎麼會惹來這些麻煩？」

唐承赫聞言，竟不似以往一樣鬧騰，目光微閃，好像想到了什麼。

「訂親也不是不可以，不過……算了，反正三哥還沒訂親，我也不著急。」

他這模樣，頓時引起顧桐月的注意。「小哥，你看上哪家的姑娘了？」

「沒有。」唐承赫岔開了話。「我突然想起顧從明那事，眼下他被太子那群人逼得快沒立足之地，聽說在打小妹的主意，咱們可得當心點。」

郭氏聞言，立即殷殷叮囑起顧桐月，暫時沒心思去管唐承赫的親事了。

第五十八章 謝大人來了

嶺南。

泥濘難行的懸崖小道無盡延伸著，頭頂上是不時滾落的巨石或泥塊，腳下則是怒吼奔騰的渾濁河水。

巨石落下，砸進洶湧的河中，連水花都未激起，便消失不見。

暴雨傾盆而下，巨大閃電破空而過，使得這條小道越發難行。

此時卻有人在這條艱險狹窄的小道上奔逃。

「蕭大人，他們追上來了！」幾名侍衛護著一名身中利箭的男子，一群殺氣騰騰的黑衣人從後面追上來。

「你們護著大人先走，我來斷後！」一名身受重傷、已經跑不動的侍衛抹去臉上不知是血還是雨的水，停下奔逃的腳步。

「不要無謂送死！」滿身血水、衣衫濕透的蕭瑾修回頭厲聲喝道：「走！」

那侍衛卻瀟灑一笑。「大人，卑職走不動了，卻還能幫您擋一擋！若卑職犧牲，家中老母、妻兒，就交給大人了！」

而後便是一聲暴喝，伴隨刀劍相接的聲音。

一手捂著胸口長箭的蕭瑾修停下腳步，目眥盡裂地看著三名侍衛拚盡全力阻擋追來的黑衣人。

「大人，不能再耽擱了！」另一名侍衛眼看長劍深深刺進同伴的腹部，他卻強撐著不肯倒下，眼眶通紅，拚命忍住眼淚，催促蕭瑾修。「不然他們的死就沒有半點意義了！您還要照看他們的家人，不能讓他們死不瞑目啊！」

蕭瑾修再看大雨中揮劍揮得越來越慢的下屬們一眼，喉頭一陣收縮，啞聲道：「走！」

然而，身後追兵無數，保護蕭瑾修的人越來越少，最後，只剩下一名侍衛。

「蕭大人還是不要再做無謂的掙扎了。」黑衣刺客已經追上來。

蕭瑾修停下腳步，緩緩轉身，以手中的劍柄拄地，支撐著越發沈重的身體。

他清楚，自己撐不了多久了。

一到嶺南，他便祭出尚方寶劍，斬殺一個又一個貪官污吏，其後，刺殺他的刺客就沒完沒了。

這種情況，他當然早有預料，卻沒料到，這些買他性命的刺客一批比一批厲害，一批比一批不要命。

恐怕連武德帝都沒想到，嶺南的官有這樣大的膽子。

眼下這群刺客，已經是今天的第五批了；更可恨的是，護送他的侍衛隊裡，竟然出了叛徒，沿途留下記號，才會讓他們無論逃到哪裡都被刺客追上。

方才他被刺客暗算，當胸中了一箭，奔逃至此，已是筋疲力竭。

可就這樣死了，他實在不甘！

京城裡，那個聰慧狡黠的小姑娘還在等著他。
他們說好了，等他回去，就求陛下賜婚。
她已經及笄，等他回去，就能用八抬大轎娶她過門。
這世上那麼多人，他唯一不想失信的，就是她！
暴雨下得越來越急，潑天雨霧中，對面的刺客衝了過來。
蕭瑾修咬牙，朝著洶湧河水，一躍而下……

蒙山縣位於嶺南東部大瑤山之東，四面環山，境內群山起伏，溝壑縱橫，地形複雜。
「謝大人，蒙山縣內大小河流，共計一百五十九條。」
蒙山縣丞撫著稀稀疏疏幾根鬍鬚，手指點在面前攤開的輿圖上，甚是不滿地對身旁長身玉立的蒙山縣令謝斂說道。
「咱們衙門就這些人手，就算大人全派出去，可蒙山縣這麼多條河，要找欽差大人無異於大海撈針；況且欽差大人已經失蹤好幾日，又正值山洪爆發，只怕是凶多吉少。」
謝斂修長的手指在循江那處點了點，長眉微皺，淡淡道：「當日蕭大人是在此處失蹤，此處支流共一十六條。」
他一一指著那十六條支流，平靜地看向縣丞。「這些支流可安排人手找過了？」
縣丞甚是不悅地輕哼一聲。他今年已是五十有六，在蒙山縣當了二十多年的縣丞，來赴任的縣令一個換過一個，唯有他一直在這裡。

蒙山縣裡，說起縣令，人家根本不會當回事，而他這個縣令的佐官，卻是家喻戶曉，當地百姓更是畏之如虎，奉若神明。歷來的規矩，誰管你出身是不是世代書香，更沒人理會你是不是官高一級，新來的都要去拜見任上的老前輩，而蒙山縣丞恰巧就是那個「老前輩」。

可謝斂性子耿直，一來就擺上縣令的架子；不但如此，還將上門送禮的當地豪族拒於門外，更是不聲不響寫了密摺送回京城，引來欽差大人。

他這番動作，早已有人視他為眼中釘、肉中刺，欲除之而後快。

他倒要看看，這謝斂能在蒙山縣縣令這個位置上待多久。

謝斂不是沒察覺到縣丞對他的不滿與敷衍，他來此地小半年，早摸清蒙山縣的情況。這小半年來，他不貪墨，在這些腐吏眼中，儼然是不識好歹的攔路虎。

雖然他深知水至清則無魚的道理，實在不該像新來乍到時般，只做個為民謀利的清官，必要時該圓滑些，才使喚得動底下的人；可真要他跟這些貪婪之徒同流合污，他又做不到。

因此，在蕭瑾修遭人行刺落入循江後，他立刻調派人手前去搜救。但縣衙裡的捕快卻根本不聽他指揮，還是他逼著縣丞下令，那些人才懶懶散散地出來應個卯。

真正用心找人的，還是他帶過來的護院與隨從。

「找過了。」縣丞頗為不耐煩地道：「謝大人要是信不過下官，大可以自己去找！」說罷，竟是沈下臉，甩袖走了。

「大人，這縣丞也太無禮了。」謝斂身邊的長隨氣得恨不能衝上去狠揍那小老兒一頓出氣。「如此目中無人，竟是半點不將大人放在眼裡！大人何不參他一本，讓他也知道害怕兩字怎麼寫？」

謝斂勾唇，伸手將輿圖捲起來，淡淡道：「你莫要小看他，動一個縣丞不難，難的是他身後那些人，不管是官員，還是那些鄉紳豪族，都有利益的牽扯。蒙山縣本就天高皇帝遠，又有匪寇橫行，更有未馴化的剽悍山民，他的存在就是制衡這些人的，若莽撞地動了他，蒙山縣眼下看似安寧的局面立刻會被打破。」

到時，鄉紳豪強也好，匪寇或山民也罷，引得他們暴動起來，根本不是他彈壓得住的。

長隨憋屈得臉都紅了。「這麼說來，這個貪贓枉法的縣丞，咱們不但動不得，還得好好供著他了？」

「當然不。」謝斂眸中幽光一閃。「眼下時機未到，只好先留著他的狗命，無論如何，一定要找到蕭大人。」

長隨擔憂道：「蕭大人受傷落水，已失蹤七、八日，只怕真的凶多吉少，大人，還是趕緊送信給京城吧！」

「信要送，人也要找。」謝斂把輿圖放好。「今日衙內無事，我跟你們一起去。」

待謝斂主僕出了縣衙，躲在柱子後頭偷懶的衙役咬著牙籤，搖搖晃晃地站起來。

「瞧瞧，咱們謝大人這是要親自去找欽差大人呢！」

「都這麼多天了，即便讓他找到，那人也早就死得透透的了。」

「可不是？不過你們說，欽差大人到底是被誰殺害的？」

「這有什麼可猜的？」這些人言談之中，絲毫沒把武德帝欽點的欽差放在眼裡。「他一來就舉著尚方寶劍殺這個、砍那個的，咱們嶺南的官員被他砍了多少去？這不是在太歲頭上動土嗎？上頭能放過他才怪。」

「謝縣令不也一樣，你們猜，他能在這個位置上坐多久？」

「管他坐多久，別擋了兄弟們發財的路就好，不然——」那人惡狠狠地把牙籤丟在地上，抬腳踩下去。「別怪我們不給縣令大人面子。」

謝斂主僕來到循江邊。

「大人，人掉下河，不都是往下游去找？您怎麼反而往上游走？」長隨有些不解地問沿著河岸往上走的謝斂。

「照常理是這樣沒錯，但這些天他們都在下游找，卻沒有任何發現。」謝斂淡淡道：「倘若當日蕭大人落水後被人救起，下游一帶自然找不到他的蹤跡。我在輿圖上看到，下游百里內沒有人煙，但往上走，卻有聚居在山裡的山民。」

「大人覺得蕭大人是被山民所救？」長隨覺得自家大人想得太美好了。「聽說循江裡可是有吃人的魚，若蕭大人時運不濟，進了魚肚子也不一定。」

謝斂一頓。「蕭大人是因我的密摺才來嶺南，因此遇難，我總要盡心去找，日後才能問心無愧。」

長隨還想說話，謝斂掃他一眼。「行了，正事要緊。」

主僕兩人頂著烈日，沿著河岸又走了半天，才瞧見一個獵戶打扮的男子拖著獵物往河邊來，想是打算清洗獵物。

見到身著青色直綴的謝斂，敞露出古銅色肌膚的獵戶立刻丟下獵物，抽出腰間的彎刀，渾身緊繃，警戒地注視著他們。

謝斂忙停步，張口竟是一口純正的山裡話。「你別緊張，我只是想跟你打聽一下，不知這幾天此處可出現過什麼奇怪的人？」

「你是誰？」獵戶並沒有收回刀。

「我乃蒙山縣令，年初才走馬上……」

「你就是那個狗官！」不等謝斂將話說完，獵戶便粗暴地打斷他，隨即把小指含在口中，吹了聲口哨。

濃密的樹林一陣窸窣聲響，幾個與獵戶一般打扮的壯實漢子拿著彎刀躥出來。

「你們想要幹什麼？」長隨擋在謝斂身前，厲聲喝問：「我家大人乃是蒙山縣令，爾等不得放肆……」

「把這狗官抓起來，帶回去請族長處置！」

剛才那個獵戶手一揮，其他獵戶便齊齊衝過來，把謝斂跟長隨捆起來。

「各位，你們是不是誤會了？我今年年初才……」

謝斂試著要解釋，卻被猛地往嘴裡塞了塊滿是血腥味的破布，熏得他幾欲吐出來，胃裡一陣接一陣的翻江倒海，接著被推著進入林子，跌跌撞撞走著，哪還能再說出什麼來。

不知走了多久，彷彿沒有盡頭一樣，一行人在遮天蔽日的林子裡直走到太陽快要下山，才出了密林。

眼前是個不大不小的山坳，站在山上往下看，此時山坳裡炊煙陣陣，山民們已經開始做晚飯。

領頭的獵戶朝著山坳叫號兩聲，頓時便有不少青壯年從木頭搭建的房子裡走出來。

接著，幾個獵戶拎著謝斂與他的長隨，像拎小雞似地從山上衝下去。

謝斂還好，可長隨哪曾見過這種陣仗，感覺跟突然飛起來似的，嚇得他緊閉眼睛，哇哇直叫。

那幾人聽見，笑得更歡了。

等那些獵戶站定，山民們便圍上來，七嘴八舌地打聽情況。

「捉了一個大貪官，這就帶到族長那裡去，看是抽筋扒皮，還是剁成肉醬餵野豬。」

一聽是當官的，這些人眼裡皆流露出仇視憤恨之色。「狗官就該殺，還問族長做什麼，咱們這就了結他們。」

「不行。」立刻有人阻止。「以前我們不知道當官的哪個好、哪個壞，但現在族長那裡有人，他會分辨好官還是壞官，我們還是先把人帶過去，由他分辨後，再說殺還是不殺。」

顯然山民們口中的族長在這裡有著無上權勢，雖然抓住謝斂的這幾個獵戶明顯不贊成，卻也沒再堅持立刻殺死他們。

努力聽他們說話的謝斂若有所思地皺眉，族長那裡的人，會不會就是他要找的人？

沈思間，謝斂主僕被帶到一座明顯比其他木屋要好些的房子前，有人推開門走進去。

不一會兒，那門被人從裡面打開，精神矍鑠、目光銳利的老族長走在最前面，他身後，有人扶著一名面色蒼白的男子慢慢走出來。

那人一抬頭，目光落在分外狼狽的謝斂身上，似愣了愣，忽地勾唇一笑。

「謝大人，你來了。」

「蕭大人？」謝斂怔怔地看著他。「果然是你？」

「大人，您認得這位？」押著謝斂的山民忍不住出聲問道。

蕭瑾修忙解釋。「兄弟，這位謝大人並不是貪官，正是謝大人冒著生命危險送奏摺回京，陛下才會派蕭某前來料理嶺南的貪官污吏。」

眾人一聽，頓時對謝斂刮目相看，趕緊鬆綁送水，又是好一番認錯道歉。

謝斂自不會怪罪，也不居功，讓大家回去休息，因此眾人對他的印象更好了。

待熱情的山民離開後，謝斂終於能夠坐下來與蕭瑾修說話。

「蕭大人如何到了此地？」

「當日我受傷落水，被這裡的山民所救，外頭形勢不明，便留下來養傷，不想謝大人竟會找來此處。」

「我不過是想碰碰運氣，沒想到蕭大人竟真的在這裡。」謝斂頓了頓。「蕭大人傷得如何？」

蕭瑾修苦笑一聲。「傷勢頗重，怕還得在此滯留一段時日……」

正說著，剛才的山民急急忙忙跑進來。

「謝大人，衙門的人找過來了，您不能再留下，否則我們都要被發現！」

謝斂一愣，蕭瑾修當機立斷道：「你先走！」

這裡的山民都是被貪官污吏逼得無法生存、不得不逃進深山躲避的人，若被衙門發現，會即刻將他們趕出深山，賣去做苦役。

謝斂聞言，不多停留，由山民領著，匆匆離開。

另一邊，顧桐月收到顧從明的家書，決定回顧府一趟。

俗話說，躲得過初一，躲不過十五，這次她可以找藉口不回去，但總不能一直找藉口不回去。

雖然郭氏等人勸她不必理會，但這麼逃避也不是法子，且她也想聽聽，顧從明能對她說出什麼花來。

尤氏剛回到知暉院，就聽說顧桐月回來了，與顧蘭月對視一眼，彼此眼中都有著疑惑。

「母親不是剛從侯府回來，怎麼八妹也跟著回來了？」顧蘭月回過神，有些著急，忙合上手裡的帳本。「可是八妹在侯府出了事？」

「不會。」尤氏肯定地道：「我離開時，桐姐兒好好地，這麼短的工夫，能出什麼事？莫不是忘了什麼事要與我說？」

才這麼想著，又有小丫鬟跑進來稟告。「有婆子領著八姑娘去長房。」

尤氏與顧蘭月聞言，不約而同地站起來，表情有些凝重。

「是大伯父把八妹叫回來的，他想做什麼？」顧蘭月蹙眉，惱怒地咬牙說道。

尤氏也冷笑。「為了他那官位，他連臉都不打算要了。」

「我去知懷園帶八妹回來。」顧蘭月說著，就要出門。

「坐下。」尤氏阻止她。「妳八妹又不傻，我才剛從侯府出來，府裡就有人去請她，她會猜不出其中的蹊蹺？既然知情，她還是回來了，想必心裡已經有了計較，咱們在這邊等著，她應付完了，自然會過來。」

另一邊，顧從明在書房裡接見顧桐月。

他對顧桐月好一番噓寒問暖，再不復從前的高高在上。

雖然失蹤的貢品被找回來了，但武德帝並沒讓他官復原職，因為這次挫折，顧從明的精神不比從前。

「好些日子沒見到大伯父，您最近可好？」顧桐月笑得靦覥又乖巧。

顧從明甚是無奈地嘆口氣。「如今，也只有妳這個孩子會關心大伯父了。」

「怎麼會？二姊跟五姊雖然不在府裡，但她們一向十分敬重您。」顧桐月佯裝驚訝。

顧葭月嫁到蔡府，蔡府家風清白，這樣的人家，壓根兒沒法替顧從明打點。

至於顧槐月，她再受寵，也不過是個侍妾，且靜王如今與太子等人鬥得如火如荼，哪有工夫理會他？

兩個女兒都沒能成為自己的助力，顧從明鬱鬱了好些日子。

他輕咳一聲，以拳頭抵唇掩飾尷尬。「大伯父知道，妳一直是個好孩子，這兩年，妳大半時日住在侯府，唐侯爺與唐夫人對妳也很好，只是，顧府才是妳的家，妳該知道吧？」

「是。」顧桐月乖順地低頭，唇畔悄悄閃過一抹嘲弄之色。

「妳已經及笄，不好繼續住在侯府，不如搬回家裡。」顧從明見她這般溫順聽話，心裡放鬆，繼續循循善誘。「有些事，唯有家裡人才好為妳張羅，侯府到底還是隔了一層關係。」

顧桐月聞言，有些為難地咬唇。「可是，父親跟母親並沒有提起這件事，若私自搬回來，一來讓侯府不悅，二來，也怕父親與母親責怪我。」

「妳父母那裡，自有我去說。」顧從明心中越發十拿九穩。「也是妳父母不夠盡責，大伯父定會好好教訓他們；至於侯府那邊——」

他頓了頓，道：「唐夫人不是很疼妳嗎？對妳的要求，想來定是無一不應，如果她肯放妳歸家，其他人自然不會有二話。」

顧桐月聽了，更加為難，露出欲言又止的表情。

「有什麼話，妳只管說，在大伯父面前，無須遮遮掩掩。」顧從明鼓勵道。

「這些日子，義母正為我相看親事，倘若這時鬧著回府，恐會惹義母厭棄……」顧桐月紅著臉，垂了頭吶吶說道。

女孩兒家說到自己的親事，自是十分羞澀。

顧從明原還不知怎麼提，此時聽顧桐月主動開口，就如瞌睡來了，她立刻遞上枕頭一樣，不由笑道：「我讓妳回府，正是為了妳的親事。」

「啊？」顧桐月抬頭，懵懂地看著他。

「我為妳相看的，當真是富貴至極的人家。」顧從明甚是得意。「妳那義母選的，都比不上我這一家。」

顧桐月聞言，故作羞澀地扯著手帕子。「這、這種事，哪裡是我能做主的，我、我……」一跺腳，拿手帕子掩臉，羞臊至極地跑出去。

顧從明見狀，更是鬆了一口氣，愉悅地笑起來。

出了知懷園，顧桐月放下掩面的手帕子，臉上哪還有半分羞色。

她逕自回了知暉院，顧蘭月正面帶焦急地等在院門口。

見到顧蘭月，顧桐月心頭的陰鬱一掃而空，甜甜笑著走過去。

「這樣熱的天氣，大姊在屋裡等著就好，站在外頭，也不怕中了暑氣。」

「哪有這麼嬌弱？」

姊妹倆手挽手地往回走。

「大伯父找妳說話？」

「嗯，母親前腳剛走，府裡就送家書去侯府，我猜定是大伯父的意思。」

「他跟妳說了什麼？」

顧蘭月隨口一問，不等顧桐月回答，又道：「算了，妳不說，我也知道。」撇撇嘴。「只是連降三級，又不是摘了他的官職，一天到晚閒著，沒別的事可操心了？」

「大伯父是個官迷，大姊又不是不知道。」姊妹倆嘲笑起顧從明，沒有絲毫顧忌。「他想讓我回府，說是給我相了一門富貴至極的好親事。」

顧蘭月的臉頓時沈下來。「咱們的父母還沒有發話，他手倒伸得這樣長。」又對顧桐月說道：「他的話，妳一句也別聽，誰曉得他要把妳賣給誰。」

顧桐月倒是知道顧從明的打算，卻懶得說破，進了屋，連灌兩杯冰鎮酸梅湯才罷手。

因過兩日是尤家二夫人的生辰，尤氏便去庫房選賀禮。

趁尤氏不在，顧桐月拉住顧蘭月，小聲問：「大姊，那日小哥沒對妳做過分的事吧？」

這件事一直梗在她心裡，讓她面對顧蘭月時，總有些心虛氣短，可又不能當作什麼都沒發生，不聞不問，她心裡過意不去。

她也問過唐承赫，只是無論她威逼還是利誘，他都不肯告訴她，那日在尤府的假山後，他到底有沒有欺負顧蘭月。

顧蘭月沒料到顧桐月會突然問這個，一時竟有些無措，不覺迴避她的目光，佯作鎮定地摸著鐲子道：「什麼事都沒有，妳別亂想。」

「真的沒事？」分明就是很有事的樣子好不好。

「在府裡用完晚膳再回侯府吧，我讓人去廚房說一聲，做幾道妳愛吃的菜。」不等顧桐月回應，顧蘭月便起身，急急忙忙往外走了。

顧桐月若有所思地瞧著顧蘭月幾乎落荒而逃的背影，那模樣看起來……很像是心虛？原以為唐承赫那般羞辱，顧蘭月定會惱怒不已，誰知竟然沒有。

「姑娘，俞夫人來了。」她正暗自琢磨著，香扣忽然走進來，神色有些複雜地說道。

顧桐月愣了愣。「誰？」

「忠勇伯府的俞夫人，就是之前跟大姑娘訂過親的那一家。」

「她怎麼來了？」兩家還未退親時，俞夫人未曾屈尊上門，退親之後更是形同仇家，怎麼這會兒突然過來？

顧桐月心裡生疑，便隨香扣出去見客。

進入大廳，顧桐月乖巧地站在尤氏身後，打量滿臉洋溢熱情笑容的俞夫人。

俞夫人容貌甚美，四十許的年紀仍是風韻猶存，聽聞俞賢妃生得肖似其母，也就不難想像，甫近三十的她是如何美貌動人。

只可惜，自她生下的皇子夭折後，她便心性大變，據說已是瘋癲，被武德帝下令幽禁起來，並封了宮。

顧桐月心中一動，知道俞夫人此番的目的了。

幾年前，俞世子娶了前兵部尚書家的姑娘，兩人相處如何，顧桐月倒沒打聽；只是，後來前兵部尚書也捲入太子與靜王之爭，最後雖然保住性命，卻落得流放三千里的下場。

沒多久後，就傳出忠勇伯世子夫人病逝的消息。

顧桐月瞧著俞夫人拉住尤氏說話的那股親熱勁，臉上不見半點哀戚之色，不禁齒冷。做了她幾年兒媳婦的人才剛去世，轉眼就將之拋諸腦後，又打上別人的主意。以前顧家對俞家來說，是低就，但現在俞家已經失去他們的頂梁柱，族裡又沒有能幹上進的子弟，如今的顧府對他們而言，可謂是救命稻草了。

顧桐月忍不住冷笑，俞夫人來之前，俞世子到底知不知情？俞世子的老底，尤氏可是清清楚楚；不過轉而又想，俞夫人未必肯相信自己的兒子是那樣不堪的變態。

「……顧三夫人身上這裙子真好看，是在錦繡閣做的吧？改日我也去做一件，與顧三夫人一起穿著，豈不像姊妹一般？

「……我認識幾個不錯的繡娘，若是顧三夫人想要，我可以幫妳引薦。

「……不麻煩、不麻煩，不過是一句話罷了。對了，過幾日龍泉寺有法會，講法的正是雲遊在外許久的大師，顧三夫人，不如咱們結伴前去，一路上也有人說話。」

東拉西扯半天，終於說到正題。

尤氏一直面帶微笑，客氣道：「那日必定人山人海，我素來怕吵，便不去湊熱鬧了。」

俞夫人笑容微頓，隨即振作起來，又換個話頭。「顧三夫人說得也是，人一多，肯定很吵，我也不去湊那個熱鬧了，不如咱們安安靜靜地坐著賞花喝茶吧？」

「賞花喝茶的確是雅事。」尤氏不動聲色地推託。「只是如今天熱，大嫂身子骨兒弱，受不了，已經避去莊子上，她信得過我，讓我代她暫時打理中饋。瑣事繁雜，離不得人，因此，只能辜負俞夫人的好意了。」

俞夫人聞言，臉上的笑有些掛不住了。以前她從未將顧府放在眼裡，如今卻要挖空心思討好，其中的滋味，真是一言難盡。

「也沒關係，等哪日顧大夫人回府，我再給妳下帖子便是。」俞夫人忍住難堪道，眼睛往外望去。「大姑娘不在嗎？說起來，大姑娘如今這般，是我們忠勇伯府對不住她，好好的姑娘家，卻被耽誤至今，我每每想起來，都十分不安。」

說著，她竟真的眼泛淚光。「大姑娘今年也有十九了吧？」

尤氏面上的笑意淡下，端起手邊的茶杯，垂眼掀蓋吹兩下，送客之意極為明顯了。

「是，這孩子的性子也倔，不過一次遇人不淑罷了，竟就怕東怕西，不敢再相看人家，妳說可笑不可笑？」

俞夫人哪裡看不懂尤氏的暗示，耳中又聽見遇人不淑幾個字，面上的笑越發僵硬了。

「顧三夫人還是怨怪我們忠勇伯府。妳的心情，我很明白，只是當時……唉，我也不知那孽障到底發了什麼瘋，死活鬧著要退親；之後，我也聽聞些風言風語，說他在外頭鬧得不像話，不瞞夫人說，我家老爺當時便氣得暈過去了。

「後來，我兒媳婦進門，那孽障倒也收了心，兩人一心一意地過日子，但哪裡想到，才短短幾年，我可憐的兒媳婦竟就因病去了……」

俞夫人眼睛微紅，拿手帕子壓壓眼角，哽咽著道：「你們府裡的大姑娘，我原就十分喜歡，卻因那孽障誤了親事。今日厚顏過來，便是想同夫人商量，既然那孽障改過了，請夫人跟大姑娘再給他一次機會，咱們兩家兜兜轉轉，最後還是做了親家，豈不是天大的緣分？」

尤氏早已冷下臉，砰的一聲，重重擱下茶杯。「俞夫人慎言，忠勇伯府門第高貴，顧府實在高攀不上，俞夫人請回吧！」

俞夫人賠了半天小心，見尤氏冥頑不靈，此時也有些繃不住了，霍地站起身，似乎想說點難聽的話，不過目光落在顧桐月身上，想著如今顧府算是靠上東平侯府這棵大樹，得罪了顧府，很可能就是得罪東平侯府，遂忍下了這口氣。

「夫人也別說什麼高攀不高攀的，妳我心裡都明白，如今大姑娘這般——」

顧蘭月年紀老大不小，底下的妹妹都出嫁了，偏她還無人問津，這樣的尷尬，怕也只有顧府不當一回事，殊不知，別人暗地裡早看作笑話了。

「我們家不計前嫌，是真心誠意想與顧府結兩姓之好。日後大姑娘進了忠勇伯府，我立時將中饋交與她打理……」

「多謝俞夫人這般看得起我。」不知何時過來的顧蘭月面帶微笑站在門邊。「不過誠如我母親所言，我福薄，就不妄想做忠勇伯府的世子夫人了。」

俞夫人臉上一陣紅、一陣白，想要放狠話，思及如今忠勇伯府的處境，到底說不出口，只得咬了咬牙，表情悻悻地走了。

第五十九章　謝斂失態

俞夫人強忍著怒氣出顧府，上車後，再憋不住，美豔的臉龐因怒氣而扭曲猙獰。

「快走！」

馬車得得跑起來，算著離顧府遠了，俞夫人便將小几上的茶壺、茶杯一把掃落。

「氣死我了！」

身邊的婆子想勸又不敢，只能縮在一旁，看她摔打咒罵。

俞夫人發洩一通，這才覺得好過些，斜睨婆子一眼，她連忙爬過來，從暗格中翻出梳子，心驚膽戰地為俞夫人整理妝容。

馬車卻在這時忽然停下來，婆子險些摔倒，要命的是，她手裡還握著俞夫人的頭髮。

俞夫人痛叫一聲，婆子忙跪伏在地，砰砰磕著響頭。「夫人饒命、夫人饒命啊！」

下一瞬，她頭皮一緊，竟是自己的頭髮被俞夫人惡狠狠拽在手中，力道大得似要將她整張頭皮掀下來。

婆子嚇得心膽俱裂，又不敢反抗，以為自己就要死在此處，卻聽外頭傳來一聲嬌柔的問候。「馬車裡的，可是忠勇伯府俞夫人？」

婆子覺得頭皮一鬆，忙捂著頭，往馬車角落縮去。

總算撿回一條命，不管外面那人是誰，都是她的救命恩人。

俞夫人瞪她一眼，示意她繼續幫她梳頭，婆子只好小心翼翼地爬過來。待婆子將她的頭髮梳理好，俞夫人才微微掀起車簾，往外瞧去。

路旁停著一輛馬車，身著蔥綠色裙子的少女站在馬車旁，似乎正要登車而去，因為看見忠勇伯府的馬車徽記，於是禮貌地詢問一聲。

俞夫人長年在外應酬，早練就一雙火眼金睛，眼前的少女雖有些眼生，不過她很快就想起是誰，含笑點頭。

「原來是定國公府的蕭三姑娘，蕭三姑娘這是——」

「我去銀樓逛了逛，正準備回府。」蕭寶珠仰頭，衝她甜甜一笑。「看夫人來的方向，彷彿是顧府？我有些日子沒見顧八姑娘，聽聞她今日回了顧府，夫人可曾見到她？」

俞夫人心中一動。「自是見過的，原來蕭三姑娘與顧八姑娘相熟？」

蕭寶珠抿嘴一笑。「顧八妹妹為人親厚，性情也好，我是很喜歡的。」很自然地曲解了話意——俞夫人問的是她與顧桐月是否相熟，她卻只是模稜兩可地說她很喜歡顧桐月。

俞夫人並未留意這話的深意，心裡另打起算盤。

以前，俞賢妃盛寵時，她走到哪裡不是前呼後擁？已經落魄的定國公府卻鮮少出門應酬，因此，她對蕭寶珠沒什麼深刻印象。

原本，俞夫人也很看不起定國公府，可如今，失去俞賢妃庇護的忠勇伯府，竟連定國公府都不如了。

俞賢妃被幽禁後，原先來往密切的人不但不再上門，她親自去見，還吃了閉門羹，氣得她心肝肺都疼。

不想，這個時候，定國公府的蕭寶珠竟肯主動與她攀談，且蕭寶珠與顧桐月相熟，其中未必沒有可乘之機。

思及此，俞夫人坐不住了。「以前蕭老太君還喜歡四處走走，如今倒不常出門了；不知老人家近來身子骨兒可好？既有緣遇到，若蕭三姑娘不急，咱們尋個地方好好說話？」

蕭寶珠聞言，乖巧又親熱地上前去扶俞夫人。「這是寶珠的榮幸。」

小半個時辰後，俞夫人從茶樓裡出來，不同於剛才從顧府離開時的滿臉烏雲，此時竟是笑容滿面，志得意滿地上了馬車，命人直接回忠勇伯府。

蕭寶珠扶著丫鬟的手站在二樓，瞧著忠勇伯府的馬車揚塵而去，微微勾了勾唇角。

「姑娘，事情可是成了？」黛眉見她面有笑容，才斗膽問道。

自上回黛眉在尤府搞砸算計雲安郡主的事後，蕭寶珠幾乎日日拿她出氣，只是她動手之處都不是頭臉，全選了衣服能遮擋的地方下手。

「自是成了。」蕭寶珠抬手扶了扶髮髻上的金累絲簪子，不知想到什麼，笑容略淡。「郡主想必還等著，這就過去吧！」

黛眉怎麼也想不通，那次在尤府的醜事，雲安郡主明明知道是自家姑娘想算計她，原以為蕭寶珠，甚至定國公府，全要迎來雲安郡主的報復。

之後，雲安郡主卻下帖子邀蕭寶珠去豫親王府。蕭寶珠嚇得一晚沒睡，不想，雲安郡主非但沒有怪罪她，反還對她十分親厚。

蕭寶珠頭上戴的簪子，也是雲安郡主送給她，且親手為她戴上的。

黛眉覺得這應該是好事，畢竟雲安郡主不但不追究被算計的事，還頗為看重蕭寶珠；反倒是蕭寶珠，總有些勉強與不情願的樣子。

主僕兩人到了豫親王府，自有人領著她們去見雲安郡主。

雲安郡主在水閣裡彈琴，有人來領蕭寶珠過去，黛眉跟上回一樣，被阻攔在外。

「如何？」雲安郡主彈完一小段，才抬起頭，漫不經心地看正襟危坐的蕭寶珠一眼。

蕭寶珠連忙擠出笑來，賠著小心道：「郡主果然料事如神，俞夫人的確是想與顧府再續前緣，她聽了郡主的提議，很是心動，想必不久就會動手。」

雲安郡主微挑眉，似笑非笑地道：「本郡主何曾對俞夫人出過什麼提議？」

蕭寶珠臉上一僵。「是我說錯了，俞夫人聽了我的提議，非常動心。」

雲安郡主這才笑起來。「我就知道，蕭三姑娘去辦這件事，定能辦得極好。」

蕭寶珠心裡苦死了，因在尤府偷雞不成，為了不被雲安郡主報復，她只能淪為她手裡的槍，她指哪兒打哪兒。

「我願為郡主肝腦塗地，在所不惜，只怕我太過愚鈍，反而壞了郡主的事。」

雲安郡主起身，走到欄杆旁，接過丫鬟遞來的魚食，開始餵魚。

「真要壞了本郡主的好事，可別怪本郡主翻臉無情。」

她猶自言笑晏晏。

蕭寶珠卻覺得渾身發冷……

另一邊，顧桐月留在顧府用晚膳，無可避免要見到顧從安。

如今顧從安對顧桐月的態度不似從前那樣冷淡，見顧桐月已在東平侯府站穩腳跟，自然少不了勉勵她一番。

顧桐月在他面前，只一逕溫順應是，心裡卻想著，俞家會不會因為尤氏與顧蘭月的不客氣，而打消他們的念頭。

「這些日子，和哥兒可有寫信給妳？」見小女兒乖巧聽話，顧從安自然十分滿意，叮囑一陣，問起顧清和來。

顧清和在外遊學兩年，簡直樂不思蜀。顧桐月與他每月通一次信，只是這一次，已經快兩個月，還沒收到他的信。

顧桐月有些擔心，不知他現在走到哪裡。

「不曾。」顧桐月如實回答。「上次收到和哥兒的信，還是四月中的事。」

顧從安有些擔憂地皺緊眉頭。「上回他在信中說起，似是要去嶺南，不知到了沒有？這孩子，也不勤些寫信，讓家裡人這樣擔心，實在不孝。」

「嶺南？」顧桐月心頭一跳。顧清和在信中只跟她說行程未定，等安頓好再去信。

難道他真去了嶺南？想到在嶺南剿匪的那個人，顧桐月的臉忍不住紅燙起來。

這人也真是的，去了這麼久，連封信都沒寫給她，她實在心急，去問唐承赫，還挨了一頓好罵。

顧從安並未察覺顧桐月的神色，兀自說著。「如今嶺南那邊情勢複雜，連陛下欽點過去的欽差大人都受傷失蹤，雖然陛下將消息捂得很緊，但……」

顧桐月聞言，大驚失色，猛地抬起頭。「父親說什麼？蕭瑾修受傷？還失蹤了?!」

顧從安微微瞇眼，精明目光銳利盯著面前臉色蒼白、掩不住慌亂的小女兒。

顧桐月慌亂一瞬，很快鎮定下來，輕聲解釋。「義父很是看重蕭大哥，知道他要去嶺南剿匪，還特意替他餞行，因此方才聽了父親的話，女兒才會失態。」

雖說蕭瑾修是武德帝欽點的欽差，差事辦好，回來定然有賞，但目前孑然一身的他，絕不會是顧從安心中的女婿人選。

果然，聽顧桐月這般說，顧從安才釋然地點點頭。「侯府只怕也知道了，這消息雖是暗中流傳，不過十有八九是真的。聽聞陛下秘密派暗衛出京，想來也是因為此事。」

顧桐月心中大亂，這是什麼時候發生的事？現在情形如何？蕭瑾修是……死是活？

她知道嶺南一行危機重重，但始終覺得，蕭瑾修那麼厲害，定會剿滅匪寇，平安歸來！

他怎麼會出事呢？他明明跟她說好了，回來就求武德帝為他們賜婚！

她都答應他了，他說過不會讓她等太久，肯定不會死，不會對她失信！

用晚膳時，顧桐月不知自己是怎麼吃完了飯，也不知自己僵硬的神色已落在尤氏與顧蘭月眼裡。

她根本控制不住自己的表情，甚至只能不停地吃東西或說話來轉移心思，怕一停下來，腦子裡就會浮現出蕭瑾修受傷，或血肉模糊，或奄奄一息的畫面。

放下碗筷，顧桐月起身道：「母親，大姊，我該回侯府了。」

「今晚住在家裡吧！」顧蘭月擔心地看著她蒼白的臉色，她不知道剛才顧從安與顧桐月說了些什麼，但能讓她這樣失常，顯然不是小事。

「不用了，我……」顧桐月搖頭拒絕。

「夫人，大姑娘，東平侯府的唐四爺來接八姑娘。」海秋走進來稟告。

聽見是唐承赫來接人，顧蘭月一怔，暗暗絞了絞手帕子，俏臉染上一抹薄紅。

顧桐月卻是轉身就往外跑，連告辭都忘了，心裡只有一個念頭——小哥一定知道出了什麼事！

「蘭姐兒，快跟過去看看。」尤氏擔憂，又見顧蘭月兀自發怔，心中掠過一絲怪異的感覺，此時卻顧不上多想，忙催促她去看著顧桐月。

顧蘭月這才回過神來，似懊惱地拍拍頭，提起裙襬去追她。

尤氏緊走幾步，瞧著姊妹倆的背影，不由蹙眉。「這兩個孩子，怎麼都奇奇怪怪的？」

莊嬤嬤猶豫一下，低聲提醒她。「夫人，六姑娘出嫁那日，大姑娘從尤府回來，就有些不對勁了。」

尤氏一驚，略想了下，便恍然大悟。「蘭姐兒原與尤府訂親，誰知卻被不要臉皮的六丫頭毀了，蘭姐兒觸景生情，有些難過，也是難免。」

「老奴覺得，大姑娘不是因為這個不對勁。」莊嬤嬤道：「老奴聽百合和紫薇偷偷議論，說那日大姑娘彷彿私下跟哪個男子見了面……」

「什麼?!」尤氏大驚失色。「快，去把那兩個丫鬟叫過來，我親自問話！」

這下子，尤氏顧不上去想顧桐月如何不對勁了，急著找百合與紫薇來問話。

顧府前院的大書房裡，顧從明與顧從安親自接待了唐承赫。

原本唐承赫只打算在外面等顧桐月，卻被顧從明瞧見，盛情難卻，這才進門。

此時，顧從明那明晃晃的諂媚模樣，連顧從安都有些看不下去。

好在，下人稟告，說顧桐月過來了。

顧從安正要請她進來，書房的門便砰的一響——

顧桐月氣喘吁吁地站在門口，雙手按在門板上，目光直直看向唐承赫。

顧從安與顧從明嚇了一跳，唐承赫瞧見顧桐月泫然欲泣的模樣，立時皺眉，大步走向她。

顧從安看他神色不善，只當他要生氣，欲喝斥顧桐月，就聽見顧從明嚴厲地怒罵——

「桐姐兒，妳怎麼如此莽撞，禮儀都學到哪裡去了？若驚擾貴客，我看妳……」

但發現唐承赫的舉動時，他的斥責戛然而止——

唐承赫板著臉、皺著眉，一臉凶巴巴地走近顧桐月，脫口道：「怎麼了？誰欺負妳？」

顧從明。「……」

這麼溫柔、這麼著急是怎麼回事？難道不是要生顧桐月的氣？

「到底是誰欺負妳了？」唐承赫見到顧桐月的模樣，立刻皺緊眉心。

顧桐月抬手抓緊唐承赫的胳膊，緊得手指幾乎痙攣，緊得像是抓住唯一的救命稻草。她眼眶裡全是淚，淚珠不停打轉，模糊了她的目光，但還是執著而倔強地盯著他。

「不怕，小哥在這裡。」唐承赫反手握住她的手。

唐承赫回頭，瞪向顧從安與顧從明的眼裡幾乎要冒出火來。「你們欺負她了？」

顧從安與顧從明面面相覷。顧從安疑惑不解，顧從明的臉上卻閃過幾絲心虛之色。東平侯府的人看起來很疼愛顧桐月，要是讓他們知道，是他慫恿她搬回顧府，應該會遷怒於他吧？

顧桐月強忍著，不讓淚水掉下來，深深吸氣，半晌才吐出一個字。

「走！」

唐承赫聽了，二話不說帶著她就走，才剛步出書房，就見追著顧桐月而來的顧蘭月靜靜站在不遠處的梧桐樹下看著他們。

唐承赫腳步微頓，眼中似有什麼一閃而過，但只對她略略點頭，即收回目光，小心翼翼護著顧桐月走遠了。

顧蘭月笑笑，輕嘆一口氣，轉身離開。

唐承赫將顧桐月送進馬車裡，顧桐月隱忍許久的眼淚才如同斷線的珠子般滑落下來。

「小妹，妳怎麼……」

「他是不是出事了？」顧桐月顫聲打斷唐承赫，幾乎屏住呼吸，手指緊緊抓著他的胳膊。「小哥，你告訴我，他……他沒有死！」

唐承赫渾身一震，神色複雜地瞧著哀傷欲絕的顧桐月。「妳……妳知道了？」

雖然顧桐月從沒有親口說過，但身為她的兄長，其實他看得出來，她是中意蕭瑾修的，只是沒想到，是這樣地喜歡。

顧桐月聞言，心中那一絲僥倖消失了，再也坐不住，軟倒在軟墊上。

「他死了？」她顫著唇，嗓音破碎得幾乎聽不清。

「沒有！」唐承赫連忙蹲下來，雙手扶住她的肩，急急安撫道：「妳別胡思亂想，嶺南那邊傳回來的消息，只說他受傷失蹤，並沒有……並沒有找到他的屍體。」

顧桐月亮起來的眼睛又黯淡下去。「幾天了？」

「算起來，已經有十多天了。」唐承赫自知瞞不過去，只好如實回答。「沒有壞消息，不就是最好的消息嗎？蕭六郎非尋常人，定然不會有事的。」

對！他那麼厲害，而且他答應過，要平安回來娶她！

顧桐月一想，心中似又生出希望，堅定地對唐承赫點點頭。

第六十章　共謀大計

嶺南山裡，謝斂甩脫跟蹤他的人，在密林外與前來接應他的山民見面。

「謝大人，您終於來了。」一樸實憨厚的山民迎上他。

謝斂笑著道：「讓你久等了，我出門時有人跟著，好不容易把他甩掉，才敢過來。」

這次，他帶來上好的傷藥，雖然蕭瑾修有山民照顧，但這是他的心意。

聽聞謝斂身後有人跟蹤，山民立刻握著彎刀竄出去，過了片刻，放心地走回來。「的確甩掉了。」

謝斂這才安心，與他一道走進密林。

上回見到蕭瑾修，還蒼白虛弱得需要人攙扶才站得住，可不過短短幾天，他不但能下地，還能在空地上打拳。

四周圍著幾個高大壯實的山民，不住爆出叫好聲來。

蕭瑾修打完一套拳，見謝斂到了，遂笑盈盈地對山民們拱手。「謝大人來了，下回蕭某再獻醜。」

山民們知道蕭瑾修要跟謝斂商量要事，便離開了。

「謝大人隨我進來說話。」蕭瑾修扯扯身上的短打衣裳，率先往一間有些低矮的木房子走去。

來。

兩人剛要進屋，就見一個身材窈窕，膚色雖有些黝黑，卻容貌嬌俏的少女端著藥碗過

她無視謝斂，逕自走向蕭瑾修，甜甜笑道：「蕭大哥，該喝藥了。」

蕭瑾修原本溫和的表情立刻冷下來，伸手去接她遞來的碗，無視她含情脈脈的眼睛，漠然道：「多謝姑娘。」

少女絲毫不介意蕭瑾修的冷淡，紅著臉催促。「這是我親自守著藥爐為你熬的，快趁熱喝吧！」

「熬藥自有別人看著，不必煩勞姑娘。」蕭瑾修的神色越發冷漠。「我還有事要忙，若姑娘無事，我們要進去了。」

山民淳樸大膽，喜歡就是喜歡，可自己的心意被人拒絕，小姑娘還是很難過，雙眼直直盯著蕭瑾修。

「蕭大哥，我長得很難看嗎？」

她可是這個村子裡生得最漂亮、最美麗的小花，愛慕她的少年不知道有多少，但她唯一中意的男子，卻對她如此冷淡，她不明白到底是為什麼。

蕭瑾修看謝斂一眼。

謝斂很君子地轉過身，負手打量四周，佯裝看風景。

「姑娘長得不難看，不過，我已經有了心上人，她在京城，等著我回去娶她。」蕭瑾修說著，不論神色還是語氣，都柔軟得不可思議。「所以，蕭某要辜負妳的心意了。」

謝斂聞言，眼角餘光忍不住瞥向蕭瑾修，他說得坦蕩又認真，向來冷清的目光裡，因為說到那人而柔情似水，又滿懷眷戀。

能讓蕭瑾修動心的女子，會是誰呢？

他的腦海裡卻忽地浮現出一幕情景。那回，他與唐靜好在梨樹下撫琴作畫，一朵梨花正好落在她的額頭上，他便用朱砂在她額心描出一朵梨花。

唐靜好非常喜歡，頻頻詢問，是不是很好看？

當時，他覺得有人在看他們，轉過頭，果然瞧見蕭瑾修站在走廊另一端，遙遙望著他們。不對，他並沒有看他，他的雙眼，幾乎忘形地凝視著他的未婚妻唐靜好。

他看得明白，男子會在什麼情形下用那樣的目光看著女子。

他只是不敢相信，原來蕭瑾修也喜歡唐靜好。

之後，蕭瑾修一直沒有訂親，他曾旁敲側擊地問過唐仲坦，想讓唐仲坦幫他說親，畢竟誰也不喜歡自己的未婚妻被別的男子惦記。

唐仲坦答應了，只是幾年過去，蕭瑾修仍孑然一身。

後來唐靜好遇害，蕭瑾修竟在唐靜好的靈前將他揍了一頓。

那時的蕭瑾修，簡直跟著魔一般，要不是旁邊的人拉著、攔著，那天真能把他打死。

謝斂一直以為，蕭瑾修這輩子不會再喜歡，也不會娶別的女人，不想，他居然放下唐靜好，要娶妻了？

他想著，見蕭瑾修將姑娘打發走，率先入屋，便跟著進去。

蕭瑾修住的屋子十分簡陋，屋裡除了一床一桌一椅，再沒有別的東西。

桌上有只簡陋的土陶罐，裡面裝著熱水。蕭瑾修便將唯一的杯子清洗一下，倒了水，遞給謝斂。

「謝大人一路過來，很是辛苦。」

「還好。」謝斂不與他客套，也確實渴了，接過杯子，一口氣把水喝完。「山裡的水倒清甜得很，我以為蕭大人會住不慣，沒想到反而自在。」

「謝大人怕是忘記我的出身，我是貧窮人家的孩子，沒有大戶人家那些講究。」能活著就是上天恩賜了。

想到能活著回去娶顧桐月，蕭瑾修的眼睛裡又帶著柔軟的笑意。

「方才蕭大人對那位姑娘說的話，可是真的？」謝斂忍不住問道。

蕭瑾修神色微斂，但晶亮眼神依然出賣了他，微微笑道：「自然是真的。」

見蕭瑾修沒有被問及隱私的不悅，謝斂放下心。「不知是哪家的姑娘，能得蕭大人如此看重？」

「謝大人應該也認識，是顧府的顧八姑娘，後來被唐侯爺與唐夫人認為義女。」

蕭瑾修有些弄不清楚自己此刻的心情，有種隱秘的喜悅與快意。

以前她是謝斂的未婚妻，他只能遠遠看著她，從不敢走近她，甚至沒奢望過可以靠近。

可是現在，她即將屬於他，她跟謝斂再也沒有任何關係；謝斂甚至不知她到底是誰，這輩子將永遠錯過她。

光這樣想，便讓他心情好得不得了。

謝斂負了她，那正好，餘生讓他來對她好。

「原來是她。」謝斂微微蹙眉，想起顧桐月代郭氏將他送給唐靜好的禮物全數退還給他的情景，心裡忽然有些不是滋味。

「蕭大人已經忘記她，可以喜歡上別人了？」

蕭瑾修愣住，長眉一挑。「你一直知道？」

「蕭大人雖藏得好，但謝某不是瞎子。」謝斂淡淡道：「靜靜的靈堂上，為了她，蕭大人險些打死謝某，倘若謝某還不明白，豈不是眼盲耳聾的傻子？」

蕭瑾修聞言，生出些許尷尬，有種作賊被抓住的感覺，輕咳一聲。「有些人天生如此，讓人見之不忘。」

「既然忘不了，又怎麼能喜歡上別的女子？」謝斂的語氣竟有些咄咄逼人。

蕭瑾修當然不可能告訴他，他從前喜歡的人與他現在喜歡的人，根本是同一個人，只挑眉，似笑非笑道：「這話未免有些可笑，她還在時，謝大人不是已經喜歡上別的女子嗎？」

謝斂臉色瞬間變得慘白無比，矢口否認。「沒有，我沒有喜歡別人。」

蕭瑾修沒說話，只是勾唇一笑。

那笑容譏諷無比，比任何語言都叫謝斂難堪惱怒，終是忍不住，一拳捶在小桌上，震得陶土杯子跳起來。

他緊緊閉了閉眼，道：「姚嫣然？我怎麼會喜歡她那樣矯揉造作、心思狡詐的女子！她如何比得上靜靜？連一根手指都比不上！」

蕭瑾修沈默看著謝斂憤怒得幾乎扭曲的臉龐。

謝斂的臉脹得通紅，猛然睜開的眼睛布滿血絲，額角青筋暴凸，臉頰緊繃，看起來絕不是裝模作樣。

過了半晌，謝斂似才平復心緒，抬手揉揉額角，露出滿臉疲色，苦笑一聲。「謝某失態，叫蕭大人笑話了。」

「你跟姚嫣然……」蕭瑾修忽然噤口，眼神甚至有些著慌。

他不能問，不該問，萬一謝斂真是無辜的，他並沒有做對不住她的事，萬一她知道了，她會不會……

很早之前，她便心悅謝斂了！

然而謝斂沒發覺蕭瑾修的不對勁，也可能因為這些事壓在他心裡太久，一直沒有可以傾訴的對象，面對同樣心悅唐靜好的蕭瑾修，彷彿有了傾訴的慾望。

他幫自己倒了杯水，如同飲酒般一飲而盡。

「靜靜待她情同姊妹，作夢也想不到，她視若親妹的姚嫣然，竟然暗地裡覬覦她的未婚夫。我也蠢笨得很，那日喝下她遞給我的茶水，昏昏沈沈間，被她扶進了房裡……」

他說著，猛地揚起頭，捂住臉，聲音斷斷續續從掌下傳出來。

「就在靜靜的屋子裡……她膽大包天地算計了我，還留下那條被褥，逼著我不得不……

我怕靜靜再也不理我，一個字都不敢說。」

知道謝斂害怕，姚嫣然暗地裡不斷拿那條床褥要脅他，他毫無辦法，只能泥足深陷！

蕭瑾修僵硬如石，半天說不出話來。

簡陋陰暗的小房子裡是死一樣的寂靜。

蕭瑾修直直盯著神色痛苦又夾雜惱恨的謝斂，努力想從他臉上看出心虛表情，可看到最後，他不得不相信，謝斂沒有說謊。

他寧願謝斂與姚嫣然兩情相悅。

「人死不能復生，現在再說這些，也沒有意義。」最後，蕭瑾修移開目光，乾乾地說了一句。

「是啊，她都死了。」謝斂眼睛依然發紅，神色轉為頹喪。「你跟侯府不是一直在追查她的死因？到底是誰害了她？」

蕭瑾修睨他一眼。「其實你已經猜到，可能害她的人是誰吧？」

謝斂猛地抬眼，嘴唇不可抑制地顫抖。「真……真是姚嫣然？」

他不是沒有猜測過，唐靜好的死與姚嫣然脫不了關係，可只要這樣想，他就忍不住自責，為什麼姚嫣然會害唐靜好？還不是因為他！

歸根究柢，竟是他害死了她！

他沒辦法接受這個真相，不由逃避。自她死後，再不去聽、不去管關於她的事情，其實，不過是因為害怕而已。

他是個懦夫！

「那日靜靜避開眾人出門，是為了去買曾道子的畫作，當作生辰禮送給你。」蕭瑾修毫不留情地在謝斂心上捅下一刀。「她能順利出府，是身邊的丫鬟所安排，至於出府後發生了什麼，無從得知，只知道她失蹤後，丫鬟吊死在自己房中。」

蕭瑾修說著，突然有些理解謝斂的逃避；若非唐靜好還活著，今天這些話，他說不出口，也會像謝斂一樣，連回想都不敢。

謝斂以手蒙面，十指微張，遮住絕望神色。

後來，他們在懸崖底下的山洞裡找到她，他甚至不敢去見她最後一面。

「我不知道，我竟什麼都不知道……」

唐靜好經年不肯踏出侯府半步，他不敢去問，那日她為什麼會出門，可是聽了蕭瑾修的話，他卻絲毫不懷疑，她就是為了他才出門。

「什麼曾道子的畫？誰稀罕他的畫？我只要她好好活著，只要她活著就好……」

「你既如此……心悅於她，可她走後，你依然與姚嫣然私底下見面。」蕭瑾修硬起心腸道：「這是為何？」

「我只見過她兩次，一次是她送信給我，說靜靜有些東西在她那裡，問我要不要，不要就扔了……」謝斂語音顫抖。「一回就是御史遇刺那日，她說是最後一次見我，有要緊的話說，事關靜靜，我又信了她。之後，她送來好幾封信，我看也沒看便燒了……」

蕭瑾修聞言，瞇起漆黑的眼，擱在桌上的大手緊緊握起，打定主意，這輩子絕不會讓謝斂知道唐靜好還活著的事情！

不，這輩子不會再讓謝斂與她有見面的機會！

「原本我以為，她遇害與謝大人脫不了關係，才會在靈堂上對你出手，蕭某太過魯莽，還望謝大人莫要放在心上。」

謝斂捂著臉搖頭。「其實你沒有打錯，可不就是我害死了她？」猛地放下手，猶帶淚痕的俊臉上，是觸目驚心的恨意與殺意。「我要親手殺了姚嫣然！」

蕭瑾修淡淡道：「你以為憑她一個人，能做成這麼大的事？」

「還有同謀？是誰？」

「靜王。」

「什麼?!」謝斂難以置信。「姚嫣然跟靜王……是了，靜王去過侯府，她私底下攀上靜王，也不是奇怪的事。不過，你有證據？」姚嫣然能不動聲色地算計他，將主意打到靜王身上，並不難理解。

「查不到。」

蕭瑾修說的是查不到，而不是不好查，意思是，就算姚嫣然的同夥是靜王，但靜王已將所有痕跡抹得乾乾淨淨，讓人查不到他身上。

謝斂仰頭一笑。「誰有那麼大的本事能將一切痕跡抹淨？」表情悲愴。

這分明是此地無銀、欲蓋彌彰！

可有什麼辦法，查不到證據，就算知道是他，也拿他沒有法子。

蕭瑾修神色平靜，幽暗目光裡，卻有殺意一層一層翻湧而上。

「她不過是個養在深閨的小姑娘，什麼都礙不著他，他為何要置她於死地？」謝斂想不明白。

「靜王看起來光風霽月、禮賢下士，實則冷酷無情、睚眥必報。當初她拒絕靜王求親，選擇你，讓靜王很沒臉。」蕭瑾修淡淡道。其中原委，是他疑心靜王後，慢慢想明白的。

「接著，姚嫣然起了殺心，靜王暗中援手，才能將此事做得天衣無縫。」

「天衣無縫？哈哈哈……」謝斂笑出滿臉淚水。「有朝一日，我定要手刃仇人，為她報仇！」

「那麼謝大人，我們現在就要開始。」蕭瑾修冷靜地看著他。「嶺南一帶的官員，有近半是靜王的人，有靜王撐腰，自是膽大包天，貪墨得來的財物一大半都孝敬給他。京城裡有陛下與太子打壓靜王，外頭須得由我們剪除他的羽翼……」

蕭瑾修頓住，深深地看謝斂一眼。

謝斂只愣了一下，隨即會意。「逼他謀反？」

蕭瑾修點頭。「謝大人，還望你助我一臂之力，如此，也能早日為她報仇。」

謝斂起身，對著蕭瑾修鄭重一揖。「只要能為靜靜報仇，令她九泉之下得以安息，謝某但憑蕭大人吩咐！」

第六十一章 陛下仁慈

顧桐月回到東平侯府，她的異狀自然逃不過郭氏的眼睛，不由心急萬分，唯恐她在顧府受了委屈、吃了暗虧。

或許是哭累了，顧桐月頭一沾枕，便沈沈睡去。

郭氏守在床邊，目不轉睛地看了她好一會兒，才輕聲吩咐香扣與香櫞好好照顧，拉著臉色沈沈的唐承赫出門。

母子倆出去後，唐承赫自知無法隱瞞，不等郭氏追問，便將事情全說了。

郭氏聽完，長嘆口氣。「不知嶺南那邊情形如何，你父親已派人前去尋找，只希望那孩子吉人天相，千萬不要……」

如今顧桐月一顆心全在蕭瑾修身上，郭氏自然不希望他出事，惹得女兒傷心絕望。

「這些年來，蕭六郎大傷、小傷數都數不清，不都熬過來了？」唐承赫鼻音濃重。雖然不喜蕭瑾修就這麼拐走自己的小妹，可比起讓小妹傷心痛苦，他寧願成全他們。「他肯定不會就這麼死了，只是小妹乍聞此事，心裡承受不住。我想著，不如帶小妹出門散散心？」

郭氏也正有此意。「明日她醒了，我與她商量。」便打發唐承赫去休息了。

郭氏回房，卻頭疼得睡不著，好不容易等到唐仲坦回來，夫妻倆絮絮說了大半夜的話，唐仲坦這才知道蕭瑾修竟然惦記著自己的女兒。

不過他的反應倒比幾個兒子好得多，略一想，便點頭道：「六郎是我瞧著長大的，雖說性子看起來冷淡些，實則卻是面冷心熱，靜靜嫁給他，我放心。」

郭氏聞言，簡直不知道該說什麼才好，哭笑不得地擰他一把。「這個女婿，你是認定了，但眼下要緊的是，這孩子到底是死是活？」

唐仲坦顯然對蕭瑾修極有自信。「他當然得活著，否則如何娶我們的女兒？夫人不必憂心，嶺南那邊沒有壞消息傳來，就是好消息。」伸手攬住郭氏。

或許是唐仲坦的態度安撫了郭氏，她在丈夫懷中輕嘆一聲。「我們靜靜的命已經很苦了，但願老天垂憐，別對她那般殘忍。」

翌日，已是日上三竿，顧桐月還躺在床上不肯起身。

「姑娘可是身體不適，要不要請大夫來給您瞧瞧？」香扣擔憂地在帳外輕聲問道。

「不用。」顧桐月的聲音疲憊又沙啞地響起。

香櫞放心不下，忙去向郭氏稟報。

郭氏匆匆趕來，卻發現顧桐月已經起身了。

顧桐月臉色憔悴，雙眼紅腫，精神十分不好，但還是輕輕笑了笑。「阿娘來了。」

郭氏心疼得不得了，揮退丫鬟，上前抱住她。「靜靜，難過就哭出來，千萬別憋著。」

顧桐月卻笑出聲，安撫地拍拍郭氏的後背。「女兒不孝，讓阿娘擔心了，您放心，我已經沒事了。」

郭氏哪裡肯信，昨晚還一副心如死灰的模樣，怎可能一覺醒來就沒事？

「靜靜，阿娘不是外人，妳……」

「阿娘當然不是外人，我並非是為了安您的心才這麼說。」顧桐月離開她的懷中，深深吸一口氣，努力擠出笑容。「小哥說得沒錯，目前沒有消息，就是最好的消息。我相信他不會有事，他答應我要平安回來，就一定能平安回來，我信他！」

郭氏仔細看她，見她神色平靜，並無半點勉強，目光裡是不可撼動的堅定，鬆了口氣。

「妳能這樣想，我就放心了。昨晚聽妳爹說起，前年出海的船隊返京，帶回不少稀奇玩意兒，咱們過去瞧瞧如何？還是阿娘陪妳去相好姊妹的府上做客，權當解悶？」

顧桐月如何不知郭氏的用意，但還是搖頭。「阿娘，我想在京城等他的消息。」

見女兒堅持，郭氏深知勸也無用，便不再勉強她了。

這一日，唐承赫興高采烈地回府，顧不得渾身臭汗，直接進了顧桐月的清風苑。

「小妹，妳看這是什麼？」他抹掉臉上的汗，將一封信遞到顧桐月面前。

顧桐月的心劇烈一跳，彷彿猜到什麼，偏又伸不出手，口乾舌燥，竟是說不出話來。

她仰頭，迅速染上水霧的大眼怯怯看著唐承赫。

「小哥……」

「拆開看看啊！」唐承赫笑咪咪地道。

顧桐月這才顫巍巍地伸手去拿，輕飄飄的信函，竟是重若千鈞。
她抖著手，拆了半天也沒能拆開，急得眼淚差點掉下來。
唐承赫見她笨拙緊張的模樣，笑不出來了，輕嘆一聲，兩三下幫她拆開信，遞給她。
「需要我幫妳唸嗎？」
顧桐月的目光落在信箋上，哪還顧得了理會唐承赫。
短短幾行字，她很快就看完，看著看著便笑了，笑著笑著，又哭了。
唐承赫不悅地皺眉。「蕭六郎到底寫什麼，讓妳又是笑、又是哭的？」
顧桐月寶貝似地捧著那張紙，看了一遍，再看一遍，而後將信箋壓在胸口，滿臉淚水地對著唐承赫咧嘴笑了。
「太好了……小哥，他沒事，他真的沒事！」
蕭瑾修在信中簡單地說了眼下的處境，雖然有些糟糕，但他已有應對之策，最遲年前，他一定會趕回來，讓顧桐月安心等他，不要擔心。
信中沒有華麗的辭藻，全是平實的話語，顧桐月卻看得心潮澎湃。
「我就說嘛，蕭六郎那種人，什麼大風大浪沒經過，哪那麼容易就死了。」唐承赫見顧桐月露出又開心、又傻氣的笑容，心裡有些難過，暗暗嘆氣。
唉，他們養的水靈靈大白菜到底還是被豬拱走了。
不過比起前些天顧桐月的茶飯不思、魂不守舍，只要她高興，拱走就拱走吧！
顧桐月笑了一會兒，忽然皺了皺秀氣的眉頭。

「小哥，你是不是有什麼事忘了告訴我？」

唐承赫一愣，摸不著頭緒。「什麼事？」

「蕭大哥說，之前來過好幾封信，但我一封都沒看到。」顧桐月朝他伸手。「信呢？」

唐承赫摸著腦袋，哈哈一笑。「衙裡還有事，我先走了，晚上不回來吃飯……」說完就往門口跑。

去年唐承赫在五城兵馬司謀了個指揮使的職位，雖然官職有些小，不過掌的卻是實權。五個指揮使，除了他，都是武德帝從暗衛轉到明面上的人，是武德帝的親信。

「你別跑，給我站住！」顧桐月追在他身後，大叫道：「把我的東西還給我！」

唐承赫早一溜煙跑得不見人影。

收到蕭瑾修報平安的信後，顧桐月像回魂一樣，一掃大半個月來的委靡不振，心情好得誰都能看出來。

「妹妹這是遇到什麼好事了？」晚膳時，端和公主看了她好幾眼，笑著問道。

唐承宗的目光立刻望過去，見顧桐月喜不自勝又羞怯可愛的笑臉，唇角也隨之勾起。

「笑什麼笑，好好吃飯！」

顧桐月眉眼彎彎。「大哥跟公主嫂嫂也吃。二嫂多吃點，可別餓著了我的小姪子。」一邊說著、一邊忙不迭地給眾人布菜。

端和公主孕期甚是平穩，並未有什麼不適；反而是徐氏，前段時日成天地吐，如今總算熬過去，胃口大開。

見顧桐月幫她布菜，徐氏也不扭捏，笑盈盈道：「今兒這小丫鬟伺候得殷勤，我很滿意，夫君，你可得好好打賞她。」

唐承博見愛妻與小妹都高興，一家子和樂融融，便順著妻子的話，一揮手，豪爽說道：「就賞她二兩銀子吧！」

顧桐月眼珠一轉，見家人高興，郭氏更是不住拿手帕子擦拭眼角笑得流出來的淚花，索性來一齣彩衣娛親，裝模作樣地扮成小丫鬟。

「奴婢多謝二少爺賞！奴婢伺候得可好？若二少爺再打賞二兩銀子，奴婢就能去明月班看戲了！」

這一回，連唐仲坦都忍俊不禁了。

顧桐月這邊剛雨過天晴，就收到尤氏派人送來的消息——

顧蘭月失蹤了！

前來報信的紫薇哭得一把鼻涕、一把眼淚。

「昨日一早，大少奶奶與姑娘去了寶壽寺，大少奶奶為人親切大方，姑娘平日裡喜歡與她說話往來。」

紫薇口中的大少奶奶，是顧府長房顧大少爺的妻子袁氏。顧桐月見過她，的確如紫薇所言，是個親切溫柔又大方的人，讓人見了便喜歡。

「姑娘喜歡寶壽寺的素齋，原是打算和大少奶奶住一晚，今早下山回府，這樣就能多吃兩頓素齋……」紫薇不停抽噎。「沒承想，昨天半夜，大少奶奶神情倉皇地回府，說……說姑娘不見了！」

「昨天妳不曾跟著大姊嗎？」顧蘭月最信任的丫鬟就是紫薇與百合，平日寸步不離地在她身邊伺候。

「昨日奴婢肚子有些不舒服，姑娘就沒帶奴婢，只帶了百合。」紫薇哭著道：「姑娘和大少奶奶一道出門，怎麼姑娘出事了，大少奶奶卻安然無恙地回來？奴婢怎麼想也想不明白……」

紫薇懷疑對顧蘭月下手的是袁氏？

「妳先別哭。」顧桐月有些惱火打斷她。「好好跟我說，大少奶奶到底是怎麼說的？」

「大少奶奶說，她跟姑娘用完晚膳後，便各自歇下。睡到半夜，外頭雷鳴閃電，大少奶奶有些害怕，也擔心姑娘睡不好，便讓人掌燈去姑娘的房間瞧瞧。誰知一過去，就發現姑娘不見了，還道房裡似是發生過打鬥，桌椅亂七八糟……」

「百合呢？」

「百合被打暈在地上，大少奶奶不敢驚動旁人，怕事情傳出去，姑娘的名聲全毀了，等不及百合清醒，就帶著人連夜從寶壽寺趕回來。」

「府裡現在情形如何？」顧桐月掐著手心，又問道。

「夫人已經派人去尋，府裡能派出去的人手都派出去了，只是到現在仍沒有消息。夫人坐不住了，說要報官，可老爺不肯，道顧府又不是只有大姑娘一個，倘若此事鬧開，顧府出嫁或未嫁的姑娘該怎麼辦？總不能因為夫人生的都嫁完了，就不管底下的……」

紫薇把尤氏和顧從安爭吵的話學了一遍。「……後來，夫人與老爺竟打了起來，老爺被夫人用茶盞砸中眼睛，當即瘀青，氣得老爺直說要休妻……」

顧桐月有些頭疼，難怪平日甚少聽紫薇說話，一說起來，該說的、不該說的全說了。

「我知道了，妳先回去。」

顧桐月打發走紫薇，便急忙命香扣去尋唐承赫。

誰知，香扣很快就回來，稟道：「姑娘，侯爺不在府裡，四爺跟大爺進宮去了。」

顧桐月聞言，急出一手冷汗。家中領兵的人都不在，她只是侯府義女，不能直接命令護衛出去尋人，且動靜鬧大了，滿京城豈不都知道顧蘭月失蹤一夜的事？

可是，顧蘭月下落不明，她更擔心，心一橫，吩咐香扣、香櫞伺候她更衣出門。

不管了，先把人找到再說！

此時，勤政殿裡，武德帝正與唐承宗和唐承赫說話。

「……前幾天聽說你們家裡那個義妹委靡不振，天天以淚洗面，這兩天突然變得精神煥發，這其中，可是有什麼蹊蹺？」武德帝彷彿玩笑般地問道。

唐承宗神色不變，唐承赫卻是心頭一跳。

顧桐月行事並不張揚，但連她的一舉一動，武德帝都瞭若指掌，這代表什麼？

武德帝越老越不安心，越不安心，就越想掌控一切。侯府裡，不知安插了多少武德帝的眼線，好在他們忠心謹慎，不然不曉得等著唐家的是什麼。

「回陛下，之前小妹聽聞蕭六郎受傷失蹤，十分傷心。」唐承宗並不隱瞞，躬身回話。「前兩天收到蕭六郎報平安的信，因此精神煥發。」

「真巧，朕也是前兩天才收到朕的欽差用八百里加急送回京的秘信。」武德帝笑盈盈地說道：「你們看看，朕的欽差大人辦案不用心就罷了，竟還拿八百里加急做這些兒女情長的勾當！他倒膽大得很，就不怕因此洩漏行蹤，不怕別人知道他還活著是吧?!」

見武德帝震怒了，即便唐承宗是他的女婿，也只能跪下請他息怒，更別提鮮少面聖的唐承赫。

看著跪在地上的兄弟倆，武德帝怒氣難消。

「沒用的蠢東西，還指望立功回來，朕為他賜婚！朕本當他是可用之才，不想他也是見色忘義、貪花好色之徒，區區一個女子，便令他渾然忘形，這遭能不能活著回來，還未可知呢！」

唐承赫聽著武德帝貶低蕭瑾修倒是沒什麼，但貶低自家小妹，就有些按捺不住了。

「陛下容稟，私用八百里送信的是蕭大人，我家妹妹可沒讓他這麼做，還請陛下勿要責怪妹妹……」

唐承宗眉頭一跳，眼角餘光狠狠一掃，命唐承赫閉上嘴，請罪道：「小弟被家中慣壞了，不懂規矩，還望陛下恕罪。」

武德帝目光沈沈地盯著顯然不太服氣的唐承赫。「照你這麼說，你那義妹倒是個規矩守禮的好姑娘了？」

唐承赫梗著脖子道：「是。」

武德帝勾唇一笑。「可朕沒聽說過，好姑娘會與男子私訂終身，還迷得朕的欽差神魂顛倒，頻頻寫信給她，這算不算私相授受？得知噩耗，她悲傷欲絕；收到報平安的信後，立刻神采奕奕，若還不是心繫朕的欽差大人，那是什麼？」

「回陛下，妹妹並未和蕭大人私訂終身，不管陛下從哪裡聽說，反正微臣與微臣的家人都沒聽說。」唐承赫乾脆耍賴，一邊說、一邊拉著唐承宗作證。「大哥，你可有聽說過？」

唐承宗額頭青筋直跳，後悔帶這衝動的弟弟進宮，鎮定地回道：「並未聽說。」

「二來，蕭大人如何神魂顛倒，不是妹妹能控制得了的。之前寫來的信，也沒落在妹妹手中，微臣早把信攔下，一封都不曾交給妹妹，敢問陛下，這叫哪門子私相授受？」唐承赫振振有辭。「至於妹妹聽聞蕭大人受傷失蹤而難過，是因蕭大人曾救過妹妹性命，救命恩人出事，妹妹為此傷心，有何不對？微臣不忍妹妹傷心，才將報平安的信拿給她瞧。

「陛下真要生氣，該全算在蕭大人頭上才是！他居心不良，藉著救命之恩妄圖誘拐我家妹妹，我家妹妹受他拖累，才被陛下誤會，損了清名！」唐承赫越說越生氣。「還求陛下為我家妹妹正名，另外，必須嚴懲假公濟私的蕭大人。」

武德帝。「……」

唐承宗。「……」

唐承赫還沒說完呢！

「陛下，您不知道，蕭大人不但假公濟私，還假傳聖旨！」

武德帝抽抽嘴角。「哦？他如何假傳聖旨了？」

「他給妹妹寫信，竟說您已經答應他，待他剿匪歸來，就替他跟妹妹賜婚。陛下看看，他有多大的臉，竟能讓您賜婚？這不是欺騙我妹妹年幼無知嗎？說句您不愛聽的，這根本是拉大旗作虎皮嘛。」

「越發胡說了！」唐承宗沈聲打斷他。「陛下面前，不得胡言亂語，還不快閉嘴！」

武德帝哈哈大笑。「這麼說，朕就是蕭愛卿拉的那大旗了？」

「陛下恕罪，微臣口無遮攔，胡說八道的話，您別放在心上。」唐承赫心不甘、情不願地磕頭請罪。

武德帝笑著搖頭。「真不知顧八到底有何能耐，竟能讓唐家人個個維護。這是你們的家事，朕懶得管；至於朕的欽差大人，朕的確應允了他，若辦好這趟差事，就為他賜婚。」

兄弟兩人的心同時放下。

唐承赫偷覷武德帝的臉色，見他果然只是嚇唬他們，臉上分明沒有半分不悅，膽子不由大了起來。

「陛下，蕭大人確是少年才俊，但一來他年紀比妹妹大太多，二來，憑他朱雀街的那座小宅院，妹妹嫁給他，豈不是太委屈了？」

這是嫌棄到皇帝跟前來了？

武德帝想起當初蕭瑾修說及唐家人嫌棄他時那憋屈的臉，再也忍不住，放聲大笑。

「好好好！我說指揮使大人，這樁親事可是朕親自保媒，你還有不滿？」

「微臣向來心直口快，若不當心冒犯陛下，還望陛下恕罪。」唐承赫連忙躬身。

「你們所慮，是有幾分道理。」武德帝笑夠了，這才負手走到兄弟倆身前。「朕的欽差大人也可憐，年紀一大把了，還沒能娶到媳婦，朕少不得要為他操心一二。」

唐家兄弟少不得奉承道：「陛下仁慈。」

武德帝擺擺手，令他們起身。「因此，朕想著，待蕭愛卿回京後，便升他做驍騎營指揮使，再賜五進宅邸，如此，不算委屈了你們妹妹吧？」

一個手握重兵的三品大員，皇帝還親自賜婚、賜宅邸，的確很風光了。

「不過，蕭愛卿年紀太大這件事，朕就愛莫能助了。」武德帝玩笑道。

兄弟倆聞言，心裡明白，武德帝將話說到這個地步，這門親事便是訂下，不能反對，不管願不願意，他們只能磕頭謝恩。

說起來，能讓武德帝如此費心，也的確是皇恩深重了。

出了宮門，唐承宗便沈下臉教訓唐承赫。

「小四，往後聖駕面前，管好自己的嘴巴！今日陛下心情好，才由著你胡言亂語，倘若……」

「大哥，我又不是三歲小孩。」唐承赫不滿地打斷他。「我自是瞧出陛下心情好，才敢在他面前放肆，也想為小妹討個準話，方才陛下那般誤會小妹，你能忍，我可忍不了。」

唐承宗無奈地看他一眼，正要接過小廝遞來的韁繩，便瞧見家中的馬車急急駛來。

兄弟兩人相視一眼，同時一凜，莫非家裡出了什麼事？

此時馬車已到兩人跟前，車簾被人掀開，露出顧桐月焦急的小臉。

「大哥，小哥，快上車，我有要緊事需要你們幫忙！」

唐承宗與唐承赫急忙上車，馬車匆匆忙忙駛離皇宮。

聽顧桐月三言兩語說了事情經過，不等唐承宗開口，唐承赫便霍地站起身，俊臉烏雲密布，陰沈得幾乎要滴下水來。

「我即刻去五城兵馬司召集人手尋人！」說罷，跳下馬車，疾奔而去。

「小哥……」顧桐月還想交代他兩句，卻只能眼睜睜看著他如旋風般消失在眼前。

她並未多想，倒是唐承宗多看了他匆匆而去的背影兩眼。

見顧桐月擔心得不住扯手帕子、掐手，唐承宗安撫道：「別太擔心，大哥也會派人不遺餘力地找，定能找到人。」

「怕只怕事情鬧得太大，即便把大姊找回來，日後她沒辦法在京城立足。」失蹤一夜，誰知道這一夜到底發生了什麼事？就算什麼都沒發生，可別人信嗎？

顧蘭月本就說親不易，再加上這件事，只怕……

唐承宗拍拍她的肩頭。「不管如何，性命才是最要緊的。」

顧桐月深吸口氣，附和道：「大哥說得沒錯，清譽、名節，哪有性命要緊。」

可自古束縛女子的禮教卻說「餓死事小，失節事大」，尤其像顧從安這樣的儒生，只怕他不逼顧蘭月遠嫁他鄉，也會讓她落髮出家，如此才能保住顧府的名聲。

不過，有尤氏在，到時她定護得了顧蘭月。

第六十二章　妳不髒

寶壽寺位於京城西邊，臨山而建，後山是懸崖，懸崖上有一片密林，雖不及龍泉寺香火旺盛，卻因藏經閣中那尊珍奇的四尺高銅玉佛而聞名遐邇。

寺裡早晨敲響銅鐘，聲傳數里，許多人來寶壽寺住上一晚，便是為了聽「經閣晨鐘」，此乃其一；其二，寺中的素齋與銅鐘一樣聞名，信眾來此，既可以聽晨鐘，又能享口福。

此時，寂靜的密林中，忽地傳出一聲響，驚飛了停歇在樹上的小鳥。

有人接二連三自林裡鑽出來，全是黑衣打扮，俱筋疲力盡的模樣。

林邊站著一名神色焦灼又不耐煩的年輕男子，容貌堪稱俊美，然而滿臉的狠戾之氣卻讓他的俊美失色。

此時，男子沈著臉，看著一個個自林子裡鑽出來的黑衣人，冷冷一笑。「一群飯桶！竟連個手無縛雞之力的弱女子都找不到，本世子要你們何用？」

原來大發雷霆的男子，赫然就是忠勇伯府俞世子。

昨晚，忠勇伯府傾盡全力，只為謀算一個弱女子。起初倒順利，他們找人扮成土匪，半夜劫走顧蘭月，抓到後山，伺機讓俞世子來個英雄救美，再大張旗鼓地把人送回顧府。

如此，既讓全京城的人都知道顧蘭月被土匪劫走，又為他所救，且與他待了一整夜；倘若顧蘭月不肯嫁他，就只有死路一條了！

不想，人是被他們劫到後山，卻大意地讓她逃走了！

俞世子忍住一時之氣，只要能找到顧蘭月，抱她回城，也能達到逼嫁的目的；可偏偏這群飯桶花費了一整夜，也沒能把人找出來。

現在，俞世子快要氣死了！

「世子爺，這林子實在太大，又有猛獸出沒，咱們找了一晚都沒找到顧蘭月，怕是已經被猛獸吞吃入腹。」這些人是忠勇伯府的護院，找了一晚，不能歇息，也一肚子火氣。

「是啊，世子爺，要想把林子都找一遍，光靠咱們幾個人可不行，不然，您再派些人手過來一起找？」有人建議道。

「還派人手？你們是怕別人不知道忠勇伯府在做壞事嗎?!」

俞世子手裡提著的馬鞭倏地朝出言提議的護院打去，一聲慘叫響起，那人捂著臉在地上痛苦哀號。

其他人默默站直了身體，垂眼看著帶尖銳鈎刺的馬鞭上一滴一滴往下落的血水，心驚膽戰，噤若寒蟬。

「要是再找不到人，你們也不用出來了，留在裡面餵野獸吧！」俞世子緩緩收起馬鞭，陰沈沈地吐出一句話，隨即厲聲喝道：「還不快滾去找！」

此時，顧蘭月正抱著樹枝，膽戰心驚地坐在高高的樹幹上。

她頭髮散亂，衣衫不整，在密林中奔逃一夜，臉上、身上已有不少擦傷或劃傷，但她絲毫顧不上這些，手裡緊握著一根嬰兒手臂粗細的木棍，透過密密匝匝的樹葉，警戒盯著底下的動靜。

她在這棵高大茂密的樹上，從漆黑夜裡一直坐到天色大亮，已力竭得抱不住樹枝；為防不當心滾落下去，只好將腰帶解下來，把自己與樹幹牢牢綁在一起。

此時，她又冷又餓，卻僅能胡思亂想，好暫時遺忘寒冷跟飢餓。

她很慶幸現在是夏天，要不然經過一個晚上，她早已經凍死了。

她不敢下去找吃的，那些土匪還在找她，且聽了一整夜的虎嘯，昨晚要不是她躲得快，早被老虎吃下肚了。

想到可怕的大老虎，顧蘭月禁不住又打了個寒顫。

再想到爬樹，她忍不住露出一抹苦笑。自小循規蹈矩地長大，又是長女、又是按世家宗婦的規矩來嚴格教養，哪裡會爬樹？

生死關頭，她想起那回顧華月被罰跪祠堂，顧桐月爬樹給她送吃的那一幕，遂依樣畫葫蘆，沒想到真讓她爬了上來。

昨晚天黑看不清，今天一早才發現，她竟然爬了這麼高，快比她住的繡樓還高。幸而她把自己綁在樹上，不然看清處境時，說不定會嚇得摔下去。

不知那群人還要找多久才肯放棄，更不知如今府裡成了什麼樣子？尤氏一定會派人找她，至於顧從安……他大概正頭疼找到她後要怎麼處置吧！

她被劫走，又在外頭待了一夜，消息一旦傳開，顧府會被人指指點點，還有她……

名節不保的她，會是什麼下場，她想都不用想。
顧蘭月正想得出神，忽地樹葉間傳來細微的沙沙聲，不仔細聽，只當是風吹過的聲音。
顧蘭月原本沒在意，但那嘶嘶聲越來越近，讓她心生恐懼。
她僵硬地轉過頭，就見一條五彩斑斕的蛇向她爬過來，一邊移動、一邊吐著細長舌頭，露出尖銳恐怖的毒牙。
顧蘭月驚駭欲絕，一手捂住自己的嘴，顫抖著提起手中的木棍，朝離她越來越近的毒蛇打去。
蛇快如閃電地攻擊她。
「啊——」一聲慘叫響徹密林。
「找到了，她竟然躲在樹上！」
「快把人弄下來，我去知會世子爺！」
顧蘭月沒被毒蛇咬到，卻因那一聲尖叫，被找她的人發現了。
一群男子衝上前，將她抓下樹，推推搡搡著往林外走去。
顧蘭月心裡恨不得殺人。
「你們到底是誰？你們要幹什麼？」
「我們大當家早聽聞顧大姑娘乃天人之姿，十分傾慕，自然是想一親芳澤了。」有人調笑道，不懷好意地打量滿身狼狽的顧蘭月。
顧蘭月冷笑。「那我倒要問一聲，京城裡哪位世子爺變成了土匪頭子？」

那人一窒，忽然想起發現顧蘭月時，有同夥喊了聲要去知會世子爺。哪個蠢材？成事不足，敗事有餘！不過自有俞世子去料理，輪不到他來生氣。

「什麼世子爺，顧大姑娘怕是聽岔了。」那人說著，喊了一聲道：「我知道了，先前有個號稱世子爺的人一直追著咱們不放，莫非他是來救妳的？哈哈，別白費力氣了！」

顧蘭月冷冷看著他自說自話，目中盡是冷意與了然。「是忠勇伯府的俞世子吧！」

那人猶自嘴硬。「我哪知道他是哪家的世子，總之，不管他是哪家世子，都別想跟咱們大當家搶女人！顧大姑娘別害怕，咱們大當家最是憐香惜玉，妳跟了大當家，包准跟嫁給什麼世子爺沒兩樣，等著享福就是。」

「叫俞世子不用白費心機了，我知道這是他一手策劃的。」顧蘭月冷冷掀唇。「我就是死，也不會嫁給他！」

「顧大姑娘寧死不屈，這骨氣令爺十分佩服。」同樣一身黑衣的俞世子在護院簇擁下，冷笑著走來。「不妨告訴妳，顧大姑娘失蹤、一夜未歸的消息，已經在京城傳開，除了我，世上再沒人敢娶一個清白盡毀的殘花敗柳，識相的就聽話點，否則現在可以就去死了。」

顧蘭月目眥盡裂地瞪著他。「就算死，我也要揭穿你的真面目！你這個卑鄙無恥的小人，我絕對不會讓你稱心如意！」

俞世子被這話徹底激怒，扯了扯嘴角，露出陰險惡毒的笑容。

「昨晚大家辛苦一夜，本世子說過會好好犒賞你們，現在，這個女人歸你們了，只要留她一口氣，隨便怎麼折騰都行。」

他說著，滿意地看著顧蘭月俏臉變得煞白。「顧大姑娘，就十來個人罷了，妳放心，即便妳被這些人糟蹋了，本世子還是會娶妳的。」

那些男人顯然沒料到有這等好事，又驚又喜，簡直不敢相信自己的耳朵。

這麼個如花似玉的千金小姐，平日裡他們這些下人只能仰望，別說碰一根手指頭，多看兩眼都是逾矩。現在，俞世子卻將未來的世子夫人賞給他們玩弄。

這是真是假？他們呼吸急促，面面相覷，顯然不敢相信會有這麼好的事。

「世子爺，您這是說笑呢！還是真賞給屬下了？」有人忍不住問道。

俞世子冷酷地盯著顧蘭月羞憤欲死的神色。「自然是真的，本世子說了，留她一口氣，隨便你們怎麼玩。好了，抓緊工夫吧！」說完便走。

「不好，她要咬舌自盡！」一名護院忽然大驚失色地叫道。

俞世子霍地轉身，見顧蘭月死死咬著牙關，嘲弄地看他，那雙眼睛彷彿在說「不過一死而已」！

她竟真存了死志！

「還不快阻止她！」

嚇得魂飛魄散的護院立刻擁上去，掐著顧蘭月的下頷，強行打開她的嘴，一縷鮮血順著她的嘴角流淌下來，看上去有別樣的淒美。

狼狽又淒楚的美人兒，且出身高貴，是他們這群人一輩子不敢妄想的，可現在機會就在眼前，他們看著顧蘭月的目光，瞬間變得淫邪，迫不及待。

一個男子撲過去，其他人立刻回神，你推我擠地爭搶起來。

「走開，老子要第一個來！」

「憑什麼讓你？哇，這小手可真滑，比上等絲綢還滑……」

顧蘭月驚怒難堪，卻被推倒在地，手腳並用，極力掙扎，可還是讓他們壓了上來，令人作嘔的舌頭在她臉上胡亂舔舐，陌生又骯髒的氣息讓她痛不欲生，但下頷已被卸下，她連尋死都不能，只能絕望地閉上眼。

「啊——」突然一聲慘叫，原本在顧蘭月身上肆意施為的男子猛地停下動作，身體僵直。

不停往顧蘭月身邊擠的人立刻停下動作，驚恐看著第一個壓在顧蘭月身上的男子後背那猶自輕顫著的利箭，貫穿胸口，往下滴著鮮血。

男人們眼裡的慾念如潮水般退去，皆化作遇鬼般的驚恐，僵硬地轉頭看去，便見身後不遠處，一群官兵正有序地散開，將他們包圍在中間。

領頭那人，俊臉冷冽，煞氣四溢，手持弓箭，弓弦在斑駁日光下，猶留有嗡嗡餘聲。

剛才那可怕的一箭，正是出自這人的手筆。

唐承赫的目光只在蜷縮在枯葉上、形容狼狽的顧蘭月身上微微一頓，便從容地自身後箭筒中又取出一支箭來。

搭箭、開弓，他的動作不疾不徐，甚至優美流暢，可此時被圍在中間的那群男子，卻沒人有心情欣賞。

他們瑟瑟發抖地擠成一團，看向同樣驚慌失色的俞世子。

「世子爺救命啊！」

嗖——

利箭疾射而出，又一聲慘叫響起，一人倒地，抽搐兩下便斷了氣。

餘下的人猶如驚弓之鳥，跪地不住求饒。

唐承赫依然不動不語，反手又取一箭。

涼風橫嘯，日光斑駁，殺氣騰騰。

「我等奉命剿殺賊匪——」唐承赫終於沈沈開口。「聽令，就地格殺，一個不留！」

「是！」整齊劃一的口號響起，官兵們整齊舉起手中弓箭，二話不說開始「剿匪」。

其實任誰都看得出來，眼前這群人哪是賊匪，可此時沒人質疑他們指揮使的話，唐承赫說那是賊匪，這些人就一定是賊匪！

長箭破空，慘嚎四起——

「住手！」慘嚎聲中夾雜著一個色厲內荏的聲音。「我們不是賊匪，我是忠勇伯府……」

「噗！」

他的話戛然而止，一支羽箭迎面而來，穿胸而出，直直扎在他後頭那棵古樹上，血淋淋的箭頭完全沒入樹幹中，唯餘箭尾急劇顫動。

俞世子難以置信地瞪大眼睛，跪倒在地，緩緩低頭，看著自己胸口那血流不止的血洞。

「……的世子。」

他艱難地講完那句話，撲通一聲，倒地身亡。

這場殺戮，不過持續片刻。

「清理屍體，林外候命。」唐承赫再次下令。

他治下之嚴，竟沒有一個人往顧蘭月那邊多看一眼。

地上的屍體很快被抬走，官兵們沈默地退出林子。

唐承赫丟開弓箭，這才抬腳走向顧蘭月。

她實在狼狽得可憐，緊緊蜷縮在樹底下，髒污小臉幾乎看不出原本的顏色，嘴角有漸漸乾涸的血跡，細白如瓷的脖子上有幾枚明顯的指印，被撕爛的衣裳難以遮掩雪白胸口。

「顧蘭月，沒事了。」唐承赫半跪在她身前，低低開口，伸手想將她的衣襟拉緊些。

顧蘭月依然緊閉著雙眼，長鬈濃密的睫毛不住輕顫著，猶如受驚的蝴蝶。

似感覺到他的手要落下來，她顫抖得越發厲害。

唐承赫的手僵在半空。「對不起，我來遲了。」飛快脫下自己的衣袍，輕蓋在她身上。

顧蘭月抖了抖，而後緊緊捉住帶著他氣息的衣袍，終於慢慢睜開眼，看到那雙專注凝視她的眸子，拚命咬緊牙關，忍住哭泣的衝動。

她張了張嘴，但被卸掉的下巴讓她說不出話來。

「妳別怕，我幫妳接上。」唐承赫看著她，啞聲低語，沒得到她的同意之前，並不貿然動作。

顧蘭月也看著他，良久，一滴淚自眼角凝聚，悄悄滑落，輕輕點頭。

唐承赫這才伸手，迅速又輕柔地將她的下巴復回原位。

「多……多謝。」顧蘭月終於能說話，只是說完這句話後，便深深低下頭，用力捉緊披在她身上的衣裳，指節因用力而泛白。

唐承赫看著她強忍著疼痛說話的模樣，道：「眼下妳這般，不好直接回去，且傷口也需要上藥，我過來時，看到林邊有間小木屋，先去那邊收拾一下，再送妳回顧府。」

顧蘭月點點頭。

唐承赫負手站在小木屋外，聽著屋裡傳出的些微動靜。

有個官兵跑到他面前，恭敬稟告。「大人，按您的吩咐，屍體已全部裝好，這就運回衙門。」

唐承赫略略點頭。「通知忠勇伯府去領俞世子的屍體，知道該怎麼說吧？」

「俞世子勾結劫匪，妄圖毀人清譽，我們與匪徒廝殺時，俞世子在背後放冷箭，結果反被流箭誤殺。」官兵笑盈盈說道。

唐承赫讚許地點頭。「去吧！」

待這群官兵走了，唐承赫才返身走到緊閉的小木屋前，抬手敲門。

門裡毫無動靜。

唐承赫心頭一跳，顧不得多想，一腳踹開門衝進去。

小木屋很小，他們找來找去，也只找到一個破舊的盆，就著水缸裡不多的水，讓顧蘭月湊合著清理一番。

顧蘭月穿著破破爛爛的衣裙，正站在小盆前，緊抿唇角，不停使勁擦洗著她的脖子。細白脖子已是緋紅一片，因皮膚太過細嫩，她的動作又太粗暴，有些地方已經滲出了血跡。

「妳在幹什麼？」唐承赫皺眉走過去，一把奪下她手裡的手帕子。「不要再洗了！」

顧蘭月顧不得遮掩自己的身體，抬手要將手帕子搶回來。雖然舌頭已經上過傷藥，但還是有些影響說話，且她似乎羞愧得不敢看唐承赫的眼睛，只低低地、含糊不清地說：「髒……讓我洗……」

唐承赫抓住她的手，氣怒眼神裡摻雜濃得化不開的憐惜。「不髒，已經洗乾淨了。」

「沒有洗乾淨，很髒……」顧蘭月依然固執地想拿回手帕子，帶著哭腔道：「你放開，別髒了你的手。」

唐承赫凝視著她泫然欲泣的模樣，面色凝重，睫毛低垂，略帶沈思地看著她。

「髒的不是妳，是那些該死的——不，他們已經死了，再不能碰妳。妳看，碰妳的人是我。」

他一邊說著、一邊試探著把手輕輕放在她脆弱卻弧度漂亮的頸脖上，拇指輕輕摩挲被她擦拭出點點血痕的皮膚。

顧蘭月的眼神漸漸迷濛，鼓起勇氣，抬眼看向唐承赫，見他的黑眸晶亮深沈，沒有半點嫌棄與鄙夷，含著說不出的溫柔與憐惜。

他靜靜望著她，眼底有絲絲柔情。

顧蘭月顫著，將冰涼的手搭在他的手背上，可憐兮兮地流淚道：「手也髒，你摸摸。」像孩子般的軟弱與依賴，又拉過他的手，覆蓋在那隻被那些男子摸過、親過的小手上。

唐承赫依言握住她的手，整個包裹在他的大掌中。「手也不髒了。」

「這裡也髒。」顧蘭月捉著他的手，來到她微微紅腫的嘴唇上。

唐承赫眼眸深邃，放開她的手，捧起她的臉，俯下身，狠狠吻上她的唇，輾轉反側地親吻舔舐。

顧蘭月睜大了眼，卻沒有動，安靜柔順地承接他的親吻。

過了一會兒，她伸手握住他的手。

唐承赫翻手，兩人交疊的手指糾纏在一起。

她凝視他，笑意慢慢染透她的眼睛。

他也笑起來，情意無從掩藏。

也不用再掩藏。

與此同時，顧桐月乘車往顧府趕去，路上聽到有人在議論顧府大姑娘被賊匪擄走的事。

顧桐月氣得直咬牙。「消息這麼快就傳開，定是有人在背後推波助瀾！」

「到底是誰要害大姑娘？」香扣亦十分氣憤。「這是存心要毀了她啊！」

「害大姊的人，最好別被我查到，否則我絕對要讓他悔不當初！」

到了顧府，竟是顧冰月在垂花門迎她。

顧冰月神色憔悴，雙眼通紅，顯然顧蘭月失蹤之事，也讓她十分難過。

顧桐月見她這般，忍不住低聲問道：「陸家來人了？」

顧冰月苦笑一聲，並不遮掩。「一大早就來了，帶著我的庚帖，說是要退親。」

顧冰月也訂了親，對方是國子監祭酒家的公子。

顧桐月聽得心頭冒火。「這跟落井下石有什麼區別?!七姊，妳別放在心上，陸家總有後悔的一日！」

這算是顧桐月給她的保證了，顧冰月聽得出來，鬆了一大口氣。「如今我管不了陸家怎麼想，就是擔心大姊，真不知道她……老天千萬要保佑她沒事才好。」

「侯府也派了人去找，相信很快就會找到大姊的。」顧桐月安撫她一句，又問：「三房情況如何？」

「族裡來人，三叔去見他們。我讓丫鬟悄悄去打探了，只怕那些叔伯來，不會是好事。」顧冰月把自己知道的告訴顧桐月。「三嬸急火攻心，已經暈過去一回，現在在知暉院裡等消息；還有，俞夫人一大早就上門了，賴在知暉院裡不肯走，說是來安慰三嬸的。」

「忠勇伯府？」顧桐月雙眼一瞇。「他們什麼時候這麼好心了？」

「是啊，反常必有妖，我也覺得事情不簡單。」

「我先過去看看。」

顧桐月說著，加快腳步去了知暉院。

顧桐月剛進正房，就聽見屋裡傳出俞夫人的聲音。

「……顧三夫人別太擔心，千萬保重身體。我們家孩子聽說顧大姑娘出事，當即點了家丁與護院出門去尋，人多，找起來就快，說不定很快就會有消息傳回來。」

尤氏虛弱的聲音淡淡回應她。「多謝俞夫人。」

「妳這就太客氣、太見外了，原本我家孩子就愧對顧大姑娘，打定主意今後要對她好的；且他重情重義，出門前跟我說了，不管顧大姑娘發生了什麼事，他都不會介意。」俞夫人的聲音聽起來真是真心誠意得很。「說起來，顧大姑娘也是無辜，要怪便怪那些殺千刀的劫匪，好好的姑娘家，怎麼就遇到這種事……」

「是啊，好端端的，我大姊怎麼就遇到了這種事？」顧桐月再也聽不下去，掀起簾子走進去，怒目逼視因見到她而有些吃驚的俞夫人。「俞夫人，妳最好祈禱，別讓我查出那些劫匪與忠勇伯府有關，否則，我定要忠勇伯府為此付出代價！」

少女目光凌厲如劍，內裡怒火熾烈，幾欲燎原般瞪著她。

俞夫人在這樣的瞪視下，竟生出些許心虛，不過很快鎮定下來。

「顧八姑娘，話可不能亂說，我們聽聞顧府出事，不計得失地幫忙尋人，怎麼到了妳嘴裡，卻變成俞家對顧大姑娘做了不利的事？就算顧大姑娘平安回來，名聲跟清白都毀了，這在別人家，不是白綾一條，就是落髮出家，俞家還願意娶顧大姑娘，顧全她與顧府的臉面，沒得來一句感謝，怎麼反倒成了妳口中居心不良的人？」

「是不是居心不良，我說了不算，妳說了也不算。」顧桐月毫不避讓地迎視她。「等大姊回來，一切自有分曉！」

「桐姐兒……」躺在床上的尤氏雙眼紅腫，虛弱地朝她伸出手，彷彿哀求般搖搖頭，似在示意她不要多言。

顧桐月走近她，握住她的手，輕聲安撫道：「我知道母親的顧慮，此事不用求證，也知道定跟俞家脫不了關係。這時俞夫人上門，說無論如何都不會介意大姊名聲盡毀，願意娶大姊過門，您就想順著她，將此事遮過去，把大姊嫁到俞家對不對？」

不等尤氏說話，顧桐月隨即搖頭。「可是母親，俞家如此不堪地算計大姊，大姊就算嫁過去，能過得好嗎？俞家根本是個火坑，您知道的啊！」

俞夫人見顧桐月徹底撕破臉，也裝不下去了，冷哼道：「將顧大姑娘嫁給咱們俞家，還能博一條生路，難不成顧八姑娘要眼睜睜看著妳大姊身敗名裂，只能一死了之或長伴青燈？顧八姑娘小小年紀，卻如此狠心，真是可怕。」

尤氏潸然淚下，她如何看不出此事與忠勇伯府絕對脫不了干係，卻一直敷衍俞夫人，沒有與她翻臉的原因，正是想為顧蘭月求一條活路。

嫁到俞家，總比那兩條路要好得多。俞家有求於顧家，就算顧從安不肯施以援手，她還可以回尤府尋父兄幫忙，只要俞家有人照拂，他們就不會、也不敢虧待了顧蘭月！

可這樣的後果，便是她或尤府任由俞家予取予求！

然而，即便如此，身為母親的她，還是願意不顧一切地為女兒博一條生路。

「桐姐兒，如今妳父親正在議事廳與族裡的叔伯商量，如何將妳大姊除族，以保全族裡與顧府的名聲。」

尤氏以死相逼，也沒能讓族裡改變主意，這也是她不得不對俞夫人妥協的原因之一。

一旦除族，顧蘭月便成了無根無家之人，一個沒有家族庇護的女子，根本無法在這世上立足。

顧桐月氣得幾乎要吐血。「我去找他們！」

俞夫人在她身後冷笑。「一個庶女，不過攀上東平侯府，還真當自己無所不能了？也罷，年輕是要碰些釘子，才知曉厲害！」

顧桐月不理會她，帶丫鬟去了議事廳。

第六十三章 除族

顧桐月闖到議事廳時，顧從安已和族人商量好，擇日開祠堂，將顧蘭月除族。見到顧桐月，顧從安不悅地皺眉斥道：「妳跑來這裡做什麼？」

「你們要將大姊除族？」顧桐月顧不上行禮，見族人起身，欲要離開，大聲質問道。

「這是大人的事，小孩子不要管，還不快下去！」顧從安越發嚴厲地喝斥。

如今，顧桐月有東平侯府撐腰，他再不喜歡這個女兒，也對她客氣有加。這一、兩年來，極少有如此嚴厲的時候，但她這般闖進來，如同尤氏待他般毫不給臉，讓他大動肝火，哪還顧得上去想她身後的東平侯府？

「現在大姊下落不明，你們不去找人，反而將她除族？」顧桐月迎視顧從安滿是怒火的眼睛。「父親，您做這個決定時，有沒有想過尤府？您別忘了，尤家大舅舅是您的上峰！」

「他是我上峰又如何？」顧從安惱羞成怒。「這是顧家的家事，難不成我連自己的家事也做不得主了？」

顧桐月秀眉緊皺，顧從安當真連仕途都不顧了？連尤家大老爺都壓不了他？

她深吸一口氣，看看顧從安，又看看他身後的顧家族人，平靜開口道：「好，如果定要將大姊除族，那請各位叔伯還有顧三老爺再辛勞一回，也把我從族譜上除名吧！」

顧從安與顧家族人驚呆了，自古以來，從未見過主動要求將自己除族的。

一名族老捋著鬍鬚，冷笑道：「無知小兒，妳該不會真的以為，東平侯府認妳當義女，且將妳的名字上了他們的族譜，就真是唐家人了吧？」

另一名族老道：「這是不屑再做我顧家的女兒？妳可知道，失去宗族的庇護……」

顧桐月毫不膽怯地直視他們。「是，我不屑！」

「妳說什麼?!」滿屋子的族老頓時氣急敗壞，怒吼道：「妳再說一遍！」

這時，尤氏被人扶著走過來，見到的就是顧桐月努力挺直背脊，以纖細卻筆直的身軀，對抗滿屋子吹鬍子瞪眼的族老們。

她清越的聲音不疾不徐，卻字字句句，猶如重錘般砸在眾人心上。

「大姊遭遇危險，至今下落不明，身為族老，你們不思救人，卻先行懲戒。我倒要問上一問，各位族老，我的大姊到底犯了什麼錯，要被你們除族，任由她自生自滅?!

「我知道，你們要說，大姊讓家族蒙羞，抹黑顧氏一族；可大姊分明才是被害的人！本該庇護族人、保護家人的你們，卻不分黑白、不論緣由，便要將她除族，以示懲戒！在最需要家族與家人保護時，得到的就是這般下場？這樣的族人與家人，我顧桐月不要也罷！」

「簡直胡言亂語、胡攪蠻纏！」一名族老拍案而起。「自古以來，令家族蒙羞者，無不是嚴厲懲戒或驅逐出族！怎麼到了妳這裡，變成族裡沒有作為，無法保護族人了？」

「有沒有作為、有沒有護住族人，你們心裡有數！」

「頑劣不堪，不思悔改，頂撞長輩，妳這個……」顧從安被顧桐月那雙嘲弄的眼睛氣得直跳腳。「要自請出族？好，我這就成全妳！」

「老爺，各位族老。」尤氏扶著莊嬤嬤的手，緩步走進來。「我有幾句話想要說。」

「還說什麼說？」見到尤氏，顧從安更是氣得雙眼通紅，恨不能衝上來將她生生撕成碎片。「尤氏，這就是妳教養的好女兒！妳再多說一句，今日我便休了妳！」

「好。」尤氏漠然看他一眼。「等我說完這幾句話，便即刻帶蘭姐兒跟桐姐兒離開。」

盛怒的顧從安並沒聽出端倪，顧桐月卻是雙眼一亮。

「母親，找到大姊了？」瞧尤氏雖虛弱，卻不似剛才那般悽惶無助，又變成熟悉的從容鎮定，顧桐月心裡便有了猜測。

尤氏拍拍她的手背，欣慰地笑笑，示意她別著急，才面無表情地看向顧從安與族老們。

「大姊兒回來了，是東平侯府的唐四爺親自送她回來的。此時唐四爺正等在花廳中，想向老爺提親，迎娶蘭姐兒過門；不過眼下想必不用與老爺商議了，蘭姐兒已經除族，算不得顧家的人，此後是死是活，和顧家再無半點關係。」

她說完，不再看顧從安與滿屋子族老如遭雷擊般的嘴臉，牽著顧桐月的手，欲要離去，忽地又停下腳步，對臉色乍青還白的顧從安道：「對了，我的休書，請顧三老爺早日拿給我。」

「等一等！」一個臉色脹得通紅的族老出聲喊道：「剛才我們只是在商議，並未將蘭姐兒除族，她自然還是顧家女兒！」又提醒顧從安。「不好讓唐四爺久等，趕緊去招呼吧！」

「原來還沒把我的蘭姐兒除族？」尤氏微微挑眉，滿臉遺憾，看得顧從安又羞又臊。

「我以為此事已成定局，再無更改了呢！」

顧從安掛不住臉，憤憤甩袖。「我懶得與妳這蠻橫婦人計較！」匆匆去了花廳。

尤氏再看那些神色訕訕的族老們。「各位族老，可還有什麼指教？」

這些人哪還敢說什麼？誰能想到，一個原本注定身敗名裂的女子，最後竟然入了東平侯府公子的眼，人家親自送她回來，還要商議如何訂下親事。

「母親，真是小哥將大姊救回來的？」見顧從安與那些起先十分強硬、眼下卻爭相離去的族老們都離開議事廳，顧桐月才出聲問道。

「這還能有假？」尤氏長長地舒一口氣，臉上的笑容收都收不住。「桐姐兒，妳在侯府待的時日長，對唐四爺也有幾分了解吧？」

「母親想問什麼？」顧桐月十分善解人意，笑咪咪地道。

「這唐四爺脾氣如何？」尤氏直言相問。

「極好。」顧桐月毫不謙虛地誇讚唐承赫。「絕不無緣無故發脾氣，就算發脾氣，也不會動手打女人。」

尤氏滿意地點點頭。「那個……平日裡，服侍唐四爺的丫鬟可多？」

畢竟顧桐月還是個沒出閣的小姑娘，自然不好直接問她唐承赫有沒有通房丫鬟。

「母親當知，東平侯府的男主子是沒有通房丫鬟跟侍妾的。」顧桐月善解人意地回答。

「且小哥也不喜歡丫鬟伺候，他院子裡伺候的人，多是小廝或長隨。」

尤氏正想點頭，臉色忽然變了變。「都是小廝跟長隨？那、那他們的長相如何？」

顧桐月一開始沒反應過來，等想明白尤氏的擔憂，有些哭笑不得，卻知道她是被好男風的俞世子嚇怕了，忙道：「母親大可放心，小哥絕對沒有俞世子那種嗜好！」就差拍著胸脯幫唐承赫作保了。

尤氏這才放下心來，不過隨即又皺起眉頭。「不知妳們那英明神武的父親與唐四爺談得如何，萬一好好的親事被他毀掉……不行，我得過去盯著。」

顧桐月聽得直想笑，尤氏對顧從安的不滿，即便在她面前也不想遮掩了。因擔心顧從安毀了顧蘭月的親事，原本想去閣樓看顧蘭月的尤氏改變主意，女兒隨時都可以去看，但如此合意的女婿要是不看牢一點，可就再也遇不上。

尤氏匆匆忙忙地走了，顧桐月雖然很想跟過去看個究竟，但尤氏沒發話，她也不好這樣跟去，想了想，索性先去看望顧蘭月。

繡樓裡，顧蘭月剛沐浴出來，坐在梳妝檯前，由著紫薇為她絞乾頭髮。

顧桐月進去時，便瞧見顧蘭月出神坐著，眉梢、眼角卻是一片喜意與羞色，間或悄悄抿唇輕笑，壓根兒沒留意她的到來。

「大姊在想什麼呢？」

顧蘭月一驚，這才回神，彷彿心虛般躲開了顧桐月的目光，手忙腳亂拿起手邊的梳子，佯裝梳理頭髮。

「八妹怎麼來了？」

「大姊不願意瞧見我？」顧桐月一副委屈的模樣。「妳出了事，我當然要來，還是，大姊想見的人不是我？那讓我猜猜，大姊此時此刻最想見的，莫非正是今日英雄救美那個？」

顧蘭月臉色瞬間羞紅，卻不扭捏。「妳說得很是，我現在想見的人不是妳，那妳還待在這裡做什麼？」

「趕我走呀？」顧桐月笑嘻嘻地湊到她面前，這才瞧見她露在衣服外面的臉與脖子上都有不少擦傷或劃傷，其中一道劃過額角的傷口更是險之又險，倘若再深上一、兩分，定要破相。

「大姊受苦了。」顧桐月忍不住說道。

顧蘭月聽了，心頭熨貼不已，笑著道：「已經上過藥，不怎麼疼了。」

最痛的，還是被她咬傷的舌頭。

原先已經上好傷藥，後來他……他們太過忘形，竟又讓傷口裂開，不得已，只能再上一次藥，以至於她現在說話都有些吃力。

顧桐月這才放心。「好在這一切都過去了，大姊日後定是否極泰來。」

「承妳吉言。」顧蘭月嘴上這樣說，緋紅面上卻閃過一絲忐忑不安。「八妹，妳老實說，我這樣的情形，真的嫁到東平侯府去，會不會……被人看輕？」

「怎麼會？」顧桐月安撫她。「自從三哥訂親後，義母就一直在給小哥尋好姑娘，可是不管義母選了哪家姑娘，小哥都能找出許多缺點來，不肯答應，如今他主動要訂親，全家只有高興，又怎會看輕妳？公主與二嫂也極和氣、好相處，義父他們更不會有別樣心思。」

顧蘭月聞言，神色放鬆，唇畔漾起一抹笑意。

顧桐月笑著繼續道：「所以，大姊儘管放心，從現在起，妳要準備嫁妝嘍。」
顧蘭月紅著臉，卻佯裝鎮定地點頭。「那我先謝過八妹了。」
見顧蘭月滿臉羞澀，眼裡更是掩飾不住對唐承赫的情意，顧桐月有些摸不著頭腦。
「大姊，妳到底是什麼時候喜歡上小哥的？可別告訴我，是因為小哥英雄救美，突然喜歡上他。」
顧蘭月不肯告訴她。「妳一個小孩家，打聽這些做什麼。已經晌午了，你們都會留下來用飯吧？他……妳小哥可有什麼愛吃的，妳去吩咐廚房一聲。」
聽她語氣淡淡，看似落落大方，但表情仍帶著羞意與些許扭捏，顧桐月便高興得直笑。
顧蘭月果然很喜歡、很喜歡唐承赫呢！
沒想到兜兜轉轉，他們兩人竟兜在了一起，命運與緣分真是叫人感嘆。

顧桐月與唐承赫都留下來用午膳。
因為已經議定親事，尤氏便沒講太多虛禮，將原本準備的兩席併作一席。
吃完飯，顧桐月和唐承赫辭別顧家人，坐上回侯府的馬車。
顧桐月自然免不了要問唐承赫，他因何要娶顧蘭月。
唐承赫難得認真地回答。「為什麼要娶她，我也說不出來，但這輩子若一定要娶妻生子，我唯一能想到我兒子的娘，就是她。」
顧桐月聽了，為顧蘭月高興，也莫名有些心酸。從此，連小哥也擁有心愛的女子了，她在他心裡，只怕要往後排了吧！更別提以後他有了孩子……

彷彿瞧出了顧桐月的心思，唐承赫笑著拍拍她的頭，寵溺笑道：「想什麼亂七八糟的？即便以後我成親生子，妳也是我最心愛的小妹，永遠不會被人取代，明白嗎？」

顧桐月失落的心情瞬間變好，笑盈盈地用力點頭。「你可別胡亂誆我，這話，我要記一輩子的。」

兄妹倆說說笑笑，馬車經過五城兵馬司衙門前時，傳來一陣撕心裂肺的哭聲——

「我的兒！你怎麼死得這麼慘！

「我兒乃是忠勇伯府的世子，你們怎能把他當匪徒殺害？你們是故意的！我要上金鑾殿告御狀！」

顧桐月忍不住悄悄掀起車簾一角往外看，就見剛剛還意氣風發的俞夫人，此時披頭散髮、涕淚縱橫地趴在衙門前痛哭不止。

有人試圖對她解釋。「忠勇伯世子的確與匪徒在一起，見到我們不但不幫忙，反對衙門的兄弟揮刀相向……」

「胡說八道！」俞夫人顫抖著身體，淒咽否認。「我兒一向奉公守法，又怎會與凶殘的劫匪同處！你分明是在說，我兒故意勾結劫匪，劫走了顧蘭月！」

衙役耐心地點頭。「正如夫人所說，我們有理由相信，正是令公子勾結劫匪，劫走顧家大姑娘；幸而顧大姑娘聰明機警，得以從劫匪手中逃出，一直躲藏著，直到我們尋到她為止。倘若不是咱們先找到她，還不知道會發生什麼可怕的事情呢！」

俞夫人聞言，心膽俱裂，除了不住喊叫兒子清白無辜，被人害死，也沒別的作為了。

顧桐月這才放下簾子，若有所思地瞧著氣定神閒的唐承赫。「那衙役是你安排的吧？」

俞夫人在衙門口哭叫喊冤，看熱鬧的人圍了一層又一層，那衙役還耐心地稱讚顧蘭月聰明機警，從劫匪手中逃出，這樣的話，分明是說給圍觀百姓聽的，為了要顧全顧蘭月的名聲。

這下，大家不但明白，就算被匪徒劫走，顧蘭月仍清清白白、毫無損傷。

唐承赫撣了撣衣襬，漫不經心道：「不過小事一樁罷了。」

「才不是小事一樁呢！這也算煞費苦心了好不好？」顧桐月揶揄他。「媳婦兒還沒娶進家門，就先心疼上啦？」

「妳不服？」唐承赫似笑非笑地瞥她一眼。「要是不服，讓蕭瑾修也這般心疼妳啊！」

顧桐月。「……」

兄妹倆很快回到了東平侯府。

聽聞唐承赫就這麼訂下終身大事，唐仲坦夫妻果然不生氣，還高興得幾乎要放鞭炮慶祝。

因今日唐承赫只先表明非顧蘭月不娶的決心，尚未正式訂親，後面的禮數自然由郭氏安排。

郭氏立刻興致勃勃地操辦起來。能有人接收她這不定性的兒子，她激動得簡直熱淚盈眶，發誓一定要對顧蘭月好！

誰都沒想到，原以為或是一死，或是青燈古佛一輩子的顧蘭月，最後竟有嫁入東平侯府的造化，一時間引人議論紛紛。

顧、唐兩家訂親的消息一傳出，豫親王府的雲安郡主氣得砸壞屋裡所有擺設。

被一支花瓶砸中額頭的蕭寶珠臉色發白地躲在多寶槅後，面色驚惶，但看見向來高高在上的雲安郡主氣成這樣，心裡卻覺舒爽無比。

搶她的唐承赫，結果唐承赫也沒有看上她。因為尤府的事，雲安郡主記恨上顧蘭月，還向忠勇伯府獻計，要讓顧蘭月嫁進忠勇伯府那個火坑，痛苦一輩子。

此計雖好，誰知最後救下顧蘭月的，竟是唐承赫，更別提他還親自將顧蘭月抱回來，令全京城為之側目，隨後，就傳出兩家結親的消息。

偷雞不成蝕把米，說的可不就是雲安郡主？

這時候，蕭寶珠心裡的痛快，遠超過聽聞唐承赫與顧蘭月訂親的難過。

雲安郡主將屋裡物件摔了一通，紅著雙眼，氣喘吁吁，轉頭看見蕭寶珠唇邊來不及掩飾的笑意，隨即將手裡抓著的玉如意砸過去。

玉如意直直砸在毫無防備的蕭寶珠的額頭上，令她痛呼出聲，眼淚滾落下來。

「妳是不是在笑話我？」雲安郡主指著她破口大罵。「賤人，憑妳也敢來笑話我！」

語畢，她一巴掌甩在蕭寶珠臉上，神色陰沈狠戾得嚇人。「我絕不會就這麼算了！」

第六十四章　歸來

日子像流水一樣地悄然而逝。

這其間，發生了不少事。

朝堂上，靜王一派已經被太子等人逼得快要沒有立足之地，原本以為必死無疑的蕭瑾修，在嶺南一帶瘋狂斬殺為他斂財、支撐奪位大業的官員。

眼見太子就要在此次奪位中大獲全勝時，發生了一件令武德帝震怒的事——太子遇刺，皇長孫拚命相救，父子倆身受重傷，昏迷不醒！

所有的線索都指向靜王，靜王卻百般辯解，不肯承認。

武德帝大怒，將靜王關進宗人府，令人嚴加審訊。

雖然靜王乃親王之尊，但武德帝親自下令嚴辦，自然吃了一番苦頭。幸好太子父子醒轉過來，可兩人卻從此臥病在床，須長年靜養；不過，靜王的性命也因此保住了。

但是，一個進過宗人府的皇子，哪裡還有資格角逐皇位？靜王在這樣的處境下，徹底沈寂了。

接著，英王與康王冒出頭來，開始新的爭鬥。

比起血雨腥風的皇位爭奪，顧桐月關心的是尤景慧辛苦生下來的龍鳳胎，長得到底更肖似誰。

今日正是龍鳳胎的洗三禮，因尤景慧夫家乃富貴閒散之家，並未沾碰皇位爭奪之事，因此外頭再風聲鶴唳，也鬧不到這裡來。

吉時到了，顧桐月與眾人一道圍觀雙胞胎洗三的過程後，便被引進綠梅園裡遊玩。

園裡的綠梅開得極好，那樣翠綠的顏色，令顧桐月讚不絕口，不知不覺走到深處。

「姑娘，不可再往裡面去了。」香扣跟在她身後，勸道：「這裡離人聲漸遠，且就奴婢一人跟著您，萬一……」

她話音未盡，只聽咚的一響，隨即不省人事，暈倒在地。

顧桐月聽到聲音，剛要回頭，頸側突遭重擊，劇痛傳來，雙眼一黑，軟軟倒下。

有人飛快接住她倒下的身體，壓低聲音吩咐道：「趕緊將人送過去！」

顧桐月迷迷糊糊醒來時，眼前只見影影綽綽一片，空氣裡有股淡淡的腥甜氣息。這種味道不太好聞，她努力搖搖頭，想讓自己的腦子清醒過來，卻覺得腦袋重若千斤。

她捧著腦袋，艱難地搖了兩下，目光似變得清明了些，可心底卻有一股癢意與躁熱，燒灼得她口乾舌燥，滿心不耐。

「水……」她張張口，覺得只能用水來澆滅心頭的烈焰。

有人走過來，將裝水的杯子抵在她唇邊，見她喝了，關切地問：「顧八，妳覺得如何？」

顧桐月努力睜大眼分辨了好一陣，才認出面前的人，不由皺眉喝道：「謝望？」

謝望半彎著腰站在她身前，見她還能認出他，稍稍鬆了口氣，聽著她嬌嬌軟軟的咕噥聲，正要沒好氣地教訓她一番，就見眼前的顧桐月驀地倒豎了柳眉。

「謝望你這王八蛋、小犢子，又來欺負我！」顧桐月想摸摸劇烈疼痛的脖子，沒奈何手上一點力氣都沒有，此時腦子暈暈沈沈，想不出個所以然來，看見謝望，便當是他打了她。

謝望愣住。「妳罵我什麼？」

「王八蛋、小犢子，從小到大就欺負我，以為我好欺負啊！你等著，我叫你哥來收拾你！越發出息了，竟然敢打我，信不信我叫你哥再把你吊起來打一頓？」

謝望唇邊的笑意忽地消失不見，傻子似地站了半天，才張口道：「唐靜好？」

「幹麼？想求我原諒不跟你計較？不可能！」顧桐月沒好氣地抱怨。「這回我又怎麼招惹你了，要對我下如此毒手？弄得我又痛又暈又熱……不舒服，還要喝水！」

謝望已經傻成一尊雕像，動也不動地凝視著她……

顧桐月清醒過來時，已經身在東平侯府。

她一睜眼，就見郭氏撲過來，急急問道：「靜靜，妳覺得怎麼樣？還有哪裡不舒服，別怕，快告訴阿娘！」

「阿娘。」顧桐月軟軟喊了一聲，才發現自己嗓子沙啞，喉嚨不舒服便罷了，頭也有些暈沈，鈍鈍的，一跳一跳地痛著。「我這是怎麼了？」

她想坐起來，郭氏忙扶著她的肩頭，令她重新躺好。「妳都不記得了？」

顧桐月閉眼回想，猛地一凜。「我被人打昏了！是誰？」

唐承赫陰沈沈的聲音在不遠處響起。「是英王幹的！」

「什麼？」顧桐月愣住，側頭看向唐承赫。「打暈我的人是英王？」

「綠梅園裡有個暖閣，打暈妳後，便打算把妳送進去。幸好謝望發現不對，又見英王撇開身邊侍衛，一個人匆匆忙忙進暖閣，便裝成刺客嚇跑英王，這才救了妳。」唐承赫心下難平，一巴掌拍在桌上，黑檀木的小几應聲碎裂開來。

顧桐月腦子依然混混沌沌。「謝望救了我？」迷糊間，好像有聽到謝望的聲音。「當時我迷糊得厲害，不知道是怎麼回事。」

「那屋裡燃了媚香，妳中毒了。」唐承赫沒好氣地瞪了要掀被子察看自己的顧桐月一眼。「若非謝望還算個君子，把妳丟進雪地裡冷靜半天，這會兒只怕已經……」

顧桐月悠悠嘆出一口長氣，怪道此刻覺得頭暈身重、鼻塞喉痛，原來是受寒的緣故。

「謝望人呢？」她啞聲問道。

「自然回謝府去了。」唐承赫抱胸走近她。「那傢伙跟見鬼似的，顛三倒四將經過交代一番，便逃也似地跑掉，弄得我都要以為幹出這事的人是他了。」

顧桐月想不起跟謝望說過什麼，也沒放在心裡，只道：「小哥，謝望救了我，咱們要恩怨分明嘛。」

「還用妳說。」郭氏不滿地點點她的額心。「早準備厚禮送到謝府去了；話說回來，從前謝望瞧著是跳脫些，不想心性比他兄長好太多了。」

晚膳時，顧桐月聽說唐承宗進宮告御狀，問了他幾句。

唐承赫冷笑一聲。「皇帝的兒子幹出這種事，自然要告訴他老人家才行，敢這樣算計妳，當咱們家沒人了？咱們可不吃這悶虧！」

顧桐月有些擔憂地看向大腹便便還來探望她的端和公主。「反正我也沒吃虧，不然……」

端和公主聞言一笑，握住她的手，淡淡道：「他做錯了事，便要承擔這後果；況且，我與這些兄長們無甚往來，無須擔憂我會如何。」

顧桐月的心思被揭穿，有些不好意思。

郭氏嘆息道：「為了那個位置，還真是用盡手段。」

「阿娘，不著急。」顧桐月輕聲安慰她。「這些帳，總有清算的一日。」

「還不是一個等字！」郭氏咬牙，恨恨道：「要我等到什麼時候？」

「如今靜王這般境況，阿娘覺得依他的性子，是就此老老實實做個親王，還是會奮力一搏，成全自己的野心，坐上那個位置？」顧桐月微微一笑，不等郭氏回答，接著道：「他謀劃多年，不會甘心就此認輸，只怕此時也不認為自己輸定了。您別忘了，他還有個手握重兵的外祖呢！」

郭氏猶疑道：「鎮北侯看起來可不傻，他會站在靜王這邊舉兵造反？」

「當然不會！」顧桐月答得很乾脆。「否則當年不會捨棄唯一愛女，將掌上明珠送進皇宮。鎮北侯雖是西北的土皇帝，但不到逼不得已，絕不會舉兵造反，靜王注定要失望。」

「既如此，我們還等什麼等？」郭氏更加不解。

「等他寫信向他外祖求助啊！」顧桐月似笑非笑。朝堂上的事情，家裡從不瞞著她，唐承赫更是沒事便與她說起，兩人常常進行推演，十回倒也有七、八回被他們猜中。

「我猜，陛下早想將鎮北侯手裡的兵權收回來，只是鎮北侯識趣得很，陛下苦於沒機會，才會耗到現在。現在，靜王殿下應該很快就會給陛下機會。」

郭氏卻不太相信。「鎮北侯安分守己，陛下不知褒揚過多少回，怎會……」

顧桐月微笑。「阿娘，不如咱們等上幾日，應該很快便有消息。」

不久後，宮中傳出英王被訓斥，武德帝勒令他閉門思過、無詔不許出的消息。

太子重傷臥床，靜王被厭棄，英王也閉門思過，成年皇子中，康王脫穎而出，武德帝便派了不少差事給他。

康王春風得意之時，遠在嶺南的蕭瑾修終於要返朝了。

他在嶺南大殺四方，當然也被人殺得有些狼狽，幸好他與謝斂聯手，謝斂查證，他殺人，幾個月下來，兩人對彼此有了新的了解與看法。

尤其是蕭瑾修對謝斂，一時欣賞，一時警戒，若兩人沒有同時喜歡上同一個女子，也許真能成為摯友，因此，他越發擔心謝斂知道顧桐月的秘密。

好在眼下終於完成任務，可以回京領賞、見媳婦了。

想到與顧桐月只差武德帝那裡的臨門一腳，蕭瑾修恨不能插上翅膀飛回京城。

半個月來，日夜兼程冒著風雪趕路，終於看到城門的蕭瑾修露出笑容。

然而，當他瞧見前面馬車裡走出的那道修長身影時，唇邊的笑容僵了僵。

那人顯然也看到了他，雙眼微微一亮，拱手行禮。「蕭大人，真是巧，未料到你也是今日到達，那邊的事，可都妥當了？」

謝斂回京過年，曾邀蕭瑾修同行，不過蕭瑾修尚有差事未辦完，又不想與謝斂一道走，便婉拒了。

因此，謝斂先行回京，不想還是在城門口碰上了。

雖然心裡對謝斂十分警戒，但這些時日，兩人培養出的同僚情誼，還是讓蕭瑾修無法對謝斂視若無物，於是還禮道：「多謝謝兄關懷，嶺南那邊的事，都辦妥了。」

謝斂笑道：「那就好。」

兩人說了兩句，城門便開了。

「蕭大人想必要先進宮面聖，我就不耽誤你，改天若得空，再請蕭大人喝酒。」

蕭瑾修點頭。「這酒本該我請謝兄弟才對，若沒有你鼎力相助，這趟差事也不會如此順利，待你安頓好，咱們再好好喝一場。」

謝斂倒也不客氣。「也好。」

兩人竟生出惺惺相惜之感，約定好後，便分道而行。

蕭瑾修回府更衣，打理容貌，看著不會有礙觀瞻、冒犯聖顏，便進宮面聖。

武德帝見到他，分外高興，原本因兒子們的事而蒼老幾分的龍顏，也因此紅潤幾分。

「回來就好！」武德帝命他起身，君臣敘了一番話，多是武德帝詢問，蕭瑾修回答。

末了，武德帝很是開懷地讚道：「這趟差事，你辦得不錯，此後，嶺南一帶想必能安生個一、二十年。那些空出來的位置，朕這裡擬出一份名單，你且瞧瞧適不適合。」

太監將武德帝擬好的名單遞到蕭瑾修手中，蕭瑾修露出幾分驚訝及忐忑來。

「陛下，甄選官員乃是您與吏部該操心的事，微臣不敢越俎代庖……」

武德帝抬手打斷他。「朕讓你看就看，哪來那麼多廢話！」

蕭瑾修這才接過來，認真謹慎地看了好幾遍。「這些人，微臣不是很熟悉，因此不知道他們才幹如何，能不能勝任。」

他說著，苦惱地合上名單。「陛下，您明知微臣是個只懂得打打殺殺的武將，這些大事，微臣當真不敢妄言。」

「罷了、罷了。」武德帝原也不指望蕭瑾修回答，他一去嶺南大半年，朝中官員變動又大，倘若真能說出個一二三來，反而要疑他了。

「這些都是康王推薦上來的人，朕考察過一二，能力是有，只是這些人有個特點，竟都是勛貴子弟出身。」武德帝搖搖頭，頗為不滿。「朕的這些兒子啊，朕還沒死，一個個就坐不住了，拚命替自己的陣營拉人，巴不得朕早早死了，趕緊把這位置騰給他們才好。」

「陛下千萬別這樣說。」蕭瑾修瞧著失落又憤怒的武德帝，這時候的他，看起來倒有幾分為子女操碎心的普通父親的感覺。「您這萬歲可不是白叫的，定然能……」

「你也來哄朕開心。」武德帝瞪他一眼，打斷他的話。「如今朕瞧來瞧去，只有寧王最讓朕省心；只是……這孩子性子太過優柔，有時候不夠果決……不過比起他那些光顧著爭搶皇位的兄長，他是最孝順的一個了。」

蕭瑾修知道，此時武德帝並不需要他說些什麼，於是只安靜恭順地垂手聆聽，聽到寧王在武德帝口中的孝順兒子形象，幾不可見地勾了勾唇。

從被忽視到在殿前行走，寧王總算熬出頭了。

寧王的母妃原只是浣衣院的小宮女，不知怎地被武德帝看上，臨幸幾回，就此懷上寧王；但她乃是罪奴，即便生下皇子，也沒辦法母憑子貴，甚至皇子因有罪奴身分的母妃，在宮裡更是寸步難行。

或許是為了寧王的前程，他母親產後落下病根，卻拒絕醫治，生生將自己拖死了。

不過，寧王爺並未因此得到武德帝的看重偏愛，反而為了活下去，不得不藏拙扮蠢，才能平平安安活到現在。

蕭瑾修與寧王，是不打不相識的緣分——堂堂皇子竟然從冷宮牆角下刨了個狗洞鑽出來，餓得沒辦法，竟搶走他剛買的包子！

那時候，他已經進唐家習武，得唐侯爺的看重，自己也十分刻苦努力，拳腳功夫可謂一日千里，逮著寧王，自然是一頓好揍。

寧王被他揍得鬼哭狼嚎，也沒把包子還給他，三、兩口塞進嘴裡，噎得雙眼直翻白。蕭瑾修瞧見，拳頭便落不下去了。

再來，寧王像狗皮膏藥一樣黏著他，非要跟他習武不可。

這些年過去，兩人竟已走到眼下這一步！要是在從前，真是想也不敢想。

武德帝絮絮叨叨說了一陣，見蕭瑾修難掩疲累憔悴，便令他回府歇息。

蕭瑾修卻不肯走，期期艾艾地開口道：「陛下，微臣這趟差事，您可滿意？」

武德帝有些詫異地看他一眼。「敢情剛才朕白誇你了？」

「那就是滿意了？」蕭瑾修鬆口氣，忽地跪下。「當日陛下允諾微臣，待回京後，便為微臣賜婚，您可還記得？」

武德帝一愣，隨即哈哈大笑。「你們看看，這臭小子竟是這般心急，連等個一、兩天都不肯。」

左右伺候的太監都陪著笑。

「這怪不得蕭大人，畢竟蕭大人年紀不小，尋常人家的男子如他這般年紀，早當父親了，難怪蕭大人會著急，情有可原。」

「罷罷罷！」武德帝瞧著蕭瑾修露出可憐的神色，越發忍不住想笑。「你這把年紀，又早早相好了媳婦，朕也不為難你，還不滾過來伺候筆墨？」

蕭瑾修笑嘻嘻地應是，立刻上前伺候。

當蕭瑾修拿著聖旨，笑逐顏開出現在東平侯府時，事先沒收到消息的唐家人很驚訝。

在宣旨太監宣讀武德帝的賜婚旨意後，唐家男子頓覺滿臉喜氣的蕭瑾修十分礙眼。

送走宣旨太監，早已忍耐不下去的唐承赫率先翻臉，一記窩心腳踢向蕭瑾修，高聲叫罵道：「卑鄙無恥的小人，誰同意要把小妹嫁給你了？竟敢先斬後奏！」還去求了賜婚聖旨，讓他們連拒絕都不能。

原以為蕭瑾修定能躲開，誰知他竟沒有躲，生生受了唐承赫這一腳，當即便站不穩，捂著胸口倒在地上。

唐仲坦和唐家四兄弟面面相覷。

「喂，裝什麼裝？」唐承赫皺眉，上前踢蕭瑾修。「想用苦肉計是吧？我告訴你……」在瞧見蕭瑾修緊閉唇角流出來的血跡後，唐承赫的話戛然而止。

唐仲坦見狀，忙上前關心。「你下手怎麼這般沒輕沒重的？快叫大夫過來。」

雖說他也對蕭瑾修一回來就請聖旨的做法有些不滿，不過到底是他欣賞的晚輩，又是心裡默認的女婿人選，這會兒見他傷得不輕，自然十分擔心。

唐承赫委屈極了。「我根本沒有用全力，再說，我以為他會躲開。」

唐承宗最冷靜，吩咐人去請大夫，又命人將蕭瑾修扶到床上，通知內院的郭氏與顧桐月。

第六十五章　相見

顧桐月拎著裙角，氣喘吁吁趕到客院時，府裡的大夫也剛好趕來。

顧桐月一進門，就聽見大夫道：「蕭大人胸口舊傷未癒，且連日趕路，本就沒休養好，四爺這一腳下去，傷口又裂了。」

眾人的目光整齊看向唐承赫。

唐承赫脹紅了臉。「我又不知道他身上有傷。」

顧桐月忍不住開口道：「即便他身上沒傷，小哥就可以隨便打人嗎？」

她走近幾步，瞧見在床上躺著的蕭瑾修，只見他一張瘦了不少的臉白得近乎透明，濃眉緊皺，長睫微顫，彷彿正極力忍耐著痛苦，心頭忍不住抽痛了下。

「蕭大哥，你沒事吧？」

蕭瑾修一去大半年，顧桐月閒暇無事時，總幻想著他從嶺南回來時的情景，但她怎麼也沒有想到，他一回來就被唐承赫打得舊傷復發，看上去十分嚴重！

唐承赫本就心裡有愧，此時聽了顧桐月的話，越發抬不起頭來；但心裡也有些不高興，顧桐月竟為了蕭瑾修一個外人當眾指責他！

「沒事，妳別擔心。」蕭瑾修緩緩睜開眼，竭力裝出無事的模樣。

顧桐月擔憂的神色映入他眼簾，她又長高、長大了些，亭亭玉立，容貌清麗脫俗，此時正滿面憂心地看著他，令他瞬間動容。
因眾人都圍在床邊，蕭瑾修不好說別的，只能透過人牆凝望著她。
顧桐月也有許多話想說，不過眼下最要緊的，還是蕭瑾修的傷。
大夫見顧桐月待在這裡不走，瞧著蕭瑾修胸口的衣裳，有些躊躇。
唐承赫看得分明，連忙道：「小妹先出去吧，大夫要幫蕭六郎包紮傷口了。」
顧桐月蹙眉不動。「我就在這裡看著。」
她實在有些怕了唐承赫，要是不在這裡看著，他再動手動腳地傷人怎麼辦？
唐承赫將顧桐月面上的擔憂與不滿看得一清二楚，立時心裡發酸。「妳一個姑娘家，留在這裡幹什麼？大夫要幫他療傷，勢必要解衣寬帶，妳好意思，人家大夫都不好意思！」算是他對顧桐月說過最重的話了。
顧桐月果然脹紅了臉，咬咬唇，轉身要往外跑，卻還是忍住羞臊，跺腳瞪唐承赫。「你不准再傷他！」
唐承赫在她身後不悅地嘀咕。「還沒嫁出去呢！胳膊肘就往外撇了。」
顧桐月越發窘迫，差點在跨過門檻時絆一跤，幸好香扣眼疾手快地扶住她。
蕭瑾修見她快要摔倒時，眉頭不覺一跳，見她沒事，才微皺眉，不贊同地看向唐承赫。「她臉皮薄，日後小四爺切不可再如此說她。」
唐承赫挑眉。「這就護上了？」

沒多久，大夫提著藥箱走出來，唐仲坦領著唐家四兄弟跟在後面。

顧桐月忙迎上去，見父兄神色均不好看，心頭頓時一沈。「爹爹，他可是傷得厲害？」

唐仲坦瞧著一心擔憂屋裡的蕭瑾修、且頻頻張望的愛女，終是長嘆一聲，目光十分複雜。

「他不好？」顧桐月倒抽一口氣，聲調都變了。「大哥？」

唐承宗亦是神情不豫，嘆息道：「進去看看他吧！」

顧桐月的心頓時沈到谷底，再顧不得說什麼，推開兄長們，跌跌撞撞地衝進去，眼淚險些落下來。

唐承遠見她進去了，才笑咪咪地開口。「小妹那副深受打擊的模樣，難不成以為蕭六郎活不成了？」

唐承博也笑。「我本打算告訴小妹，他無甚大礙，不過她跑得太快，還來不及說呢！」

唐承赫瞥那兩隻笑面虎一眼，悻悻道：「什麼來不及，根本是故意的。」

顧桐月這種見了情郎就完全忘記兄長們的行為，真讓他們這群哥哥傷透了心，大概連父親也傷心了，才這般有默契地耍著她玩。

「胡說八道！」唐仲坦可不承認他是故意嚇唬女兒，板起臉，狠狠敲了唐承赫的腦袋一記，轉身負手悠悠走開了。

只是，走著走著，他又忍不住嘆了一口氣。

唐承赫捂著被打疼的腦門可憐兮兮地問：「我說錯了？」

唐承宗到底是大哥，不忍見小弟這副蠢樣，輕咳一聲，提醒道：「吾家有女初長成。」言罷，他也嘆口氣，負手跟著唐仲坦走了。

唐承赫恍然大悟。「原來你們跟我一樣，捨不得小妹嫁人嘛。唉，說來說去，都怪蕭六郎，居然招呼都不打一聲就跑去求聖旨，不厚道！」

唐承遠悠然道：「咱們捨不得有什麼用，就算沒有聖旨，你又能攔住小妹不成？瞧瞧小妹那心急如焚的樣子，唉，當真是女大不中留啊！」

所以他們故意嚇唬嚇唬小妹，應該的不是？

顧桐月一進屋，見蕭瑾修依然臉色慘白、雙目緊閉地躺在床上，淚眼婆娑地撲過去。

「蕭大哥，你醒醒啊！」她帶著哭腔，想碰又不敢碰他的模樣，可憐極了。

蕭瑾修緩緩睜開眼，握住她的手，啞聲問：「哭什麼？」

顧桐月一怔。「你醒了？」

「我一直醒著。」蕭瑾修握著手裡柔若無骨的小手，指腹在她手背上若有似無地摩挲著。

「為何這樣傷心？」

「你、你沒事了？」顧桐月再遲鈍，也發覺蕭瑾修不像是要駕鶴西去的模樣。

「我沒事，妳不高興嗎？」蕭瑾修問她。

「當然高興。」顧桐月忙抹去眼淚，此時已經明白過來，她是被父兄他們耍了，不由嘟嘴抱怨。「都是父親跟哥哥們，害我以為你活不長，就要死了呢！」

蕭瑾修眉頭一挑，慢吞吞地開口道：「侯爺不是那樣的人。」

「你的傷真的沒事了？」顧桐月不跟他理論那些，有些憂心地問他。

「不過是舊傷，方才小四爺出手，我一時不防，才會……」蕭瑾修微微垂眸，虛弱地說，不動聲色地告了唐承赫一狀。

「小哥就是這樣毛毛躁躁的，等會兒我找他算帳去！」顧桐月氣呼呼，又心疼地看向他胸口。他的傷的確重新包紮過，但唐承赫他們沒體貼到會吩咐人替他更衣的地步，因此顧桐月仍能看見他胸口處的斑斑血跡。「痛嗎？」

蕭瑾修想安撫她，張口就要答「不痛」，抬眼望去，見她泛著濕潤水氣的眼裡滿是擔憂與心疼，舌尖一轉，「痛」字就這樣吐了出來。

「流了這麼多血，不痛才怪。」顧桐月想伸手拍拍他，這才發現，他竟一直握著她的手，顧不上臉紅，揚聲吩咐守在門口的香扣。「讓廚房燉黨參杞子紅棗烏雞湯送來。」

香扣應聲去了。

「下次見到小哥，記得躲遠些。」顧桐月說道：「他本就不喜歡你，偏你去求了賜婚聖旨，他怕是要氣死。說不定下次見了，心氣不平，還要揍你呢！」

她不能時時刻刻跟在他身邊，自然防不住，只好要他見了唐承赫就躲。

「我去求聖旨，妳高興嗎？」蕭瑾修火熱的目光緊鎖顧桐月的眼睛，不許她有一絲一毫地閃躲。「我活著回來娶妳，妳高興嗎？」

顧桐月的臉倏地紅了個徹底，羞澀地想抽回手。他的目光盯得她全身上下不自在，且他的問話也是這般的……大膽孟浪，讓她一個姑娘家怎麼回答？

「不許躲！」蕭瑾修難得這般霸道地命令道。

顧桐月連脖子都紅了起來。「你說不許就不許啊？憑什麼？那聖旨，你求都求了，這會兒還問什麼問？難道我說不高興，你能把聖旨還給陛下不成？」

「當然不成。」蕭瑾修見她雖紅著臉，卻凶巴巴瞪過來的模樣，不由失笑。「這是我拿命換來的，怎能還回去？陛下賜了一座五進宅院給我，內務府已經修整過，我還未來得及去看，過兩日妳陪我去瞧瞧，若有不滿意的地方，趁咱們還沒住進去，再讓人好好修葺，可好？」

顧桐月咬著唇，想笑又不好意思笑出來，低頭瞧著自己的指尖。「什麼咱們，誰跟你是咱們了？你……你歇著吧，我去廚房看看。」說罷，起身跑了。

「哎。」蕭瑾修只來得及發出這一聲，便瞧著她一溜煙跑掉了。「我還有很多話要說……罷了，來日方長。」

他笑著搖搖頭，心裡的滿足與喜悅，令他的笑容怎麼樣也收不起來。

如此羞澀又迷人的她，終於要成為他的妻子了。

謝斂從馬上翻身下來，便見謝望站在門口等他。

「大哥，你去哪裡了？」謝望迎上前。

謝斂淡淡道：「隨便走走，怎麼，特意等在這裡，可是有事要跟我說？」

謝望神情複雜地看著他，欲言又止。

謝斂挑眉，卻不追問，率先往屋裡走。「家裡來信，說你在兵部做得不錯，雖如今只是書令使，不過只要肯腳踏實地，升遷起來也很快。」

謝望沈默地跟在他身邊。

見他不說話，謝斂勉勵兩句，並不多問，眼見就要到正房，才開口道：「這兩年我不在京中，家裡多虧有你。」

「大哥這樣說，太見外了。」謝望終於開口。「剛才你是不是去萬象山了？」

謝斂頓了頓，才點頭。

「大哥，你……為什麼不肯成親？」

這兩年，家裡替謝斂相看了不少好人家的姑娘，比唐靜好漂亮的、比她溫柔的、比她知情識趣的，比比皆是。每次寫家書，謝夫人都會將姑娘的小像一道送去，卻如石沈大海，根本沒有下文。

謝斂微微瞇眼，似有些疑惑，又有些不悅。「這是我的事。」

語畢，覺得這話有些生硬，他停了片刻，放柔表情，抬手拍拍謝望的肩頭，似玩笑道：「怎麼，你有心儀的姑娘，想成親了？嫌我擋在你前頭？」

謝望卻沒有笑，平靜地看著自己的兄長。「因為唐靜好嗎？」

謝斂笑容一僵，臉色變得嚴厲起來。

「我看到你屋裡那些東西了。」這樣嚴厲的兄長雖然讓謝望有些發怵，但他還是硬著頭皮道：「以前我一直覺得你並不喜歡唐靜好，不然也不會與姚嫣然有牽扯；可為什麼，那些被唐家退還回來的東西，你不將之毀掉、丟掉，還那般珍惜地放在屋裡，不許任何人觸碰？」

謝歛眉頭緊皺。「誰讓你進去的？」

「大哥，我看了你的手札。」謝望又說：「原來你從那麼久以前，就喜歡她了。」

謝歛臉色漸白，臉頰也因憤怒而猛地一緊。「閉嘴！」

「姚嫣然威脅你，你才不得不應付她，這件事，你為什麼不告訴唐靜好，哪怕告訴我也行啊！」

謝歛轉開目光，胸口劇烈起伏兩下，才冷冷道：「告訴你們又有何用？況且如今……」他艱難地吞口口水，才繼續說道：「人死如燈滅，再說這些又有什麼意義？」強忍的痛苦是那麼顯而易見。

謝望此時真恨不能給自己兩巴掌，因為他對唐靜好有偏見，所以這些年，才忽視了謝歛對她的情意嗎？

為什麼當她是唐靜好時，他是那麼討厭她，看她不順眼，而當她是顧八時，他卻……

謝望深吸一口氣，定定地看著謝歛，一字一字慢慢說道：「如果，她根本沒死呢？」

謝歛驟然睜大了雙眼。

武德帝為蕭瑾修與顧桐月賜婚的事，很快便傳開了。

消息傳到定國公府，蕭老太君愣怔片刻，才問道：「還賜了宅邸？」

「聽說是的，離東平侯府就兩條街，還是內務府親自整修。」蕭寶珠很不安。「祖母，陛下這般重視那賤種，他又攀上了東平侯府，以後咱們國公府會不會……」

剛進門的蕭瑾焱聞言，嗤笑一聲。「祖母，妹妹，妳們憂心什麼？陛下賜他宅邸，總比順了祖父的意，讓他回蕭家好吧！」

「話雖如此，可他眼下儼然是陛下跟前的紅人，以後要對咱們不利，咱們怎麼躲得過去？」蕭寶珠扯著手帕子說道。

這個哥哥，吃喝玩樂樣樣在行，可怎麼就不能像蕭瑾修一樣，將定國公府撐起來，讓她走出去時，能堂堂正正、抬頭挺胸？

「他敢！」蕭瑾焱瞪眼。「有祖母跟父親在，他敢對咱們使壞，就讓父親告他不孝。」

「什麼不孝？他連蕭家都不肯回，除了族譜，早已經不是蕭家的人，哪裡能用孝道來拿捏他？」蕭寶珠拆臺道：「我擔心的是，萬一他在陛下面前進讒怎麼辦？祖母，我們是不是……該哄哄他？」

蕭老太君沈著臉，半天沒有說話。

蕭瑾焱看看蕭老太君，又看看蕭寶珠。「父親怎麼說？」

「聖旨一下，父親就收拾東西出門了。」

「去找蕭瑾修了？」蕭瑾焱雙眼一亮，他雖然討厭蕭瑾修，可也不能否認，如今的蕭瑾修不是他惹得起的，更何況，聽聞過幾天武德帝還要論功行賞，升他的官呢！

他不回來當然很好，如果能不讓他回來搶爵位，又令他安分守己，不要報復蕭家，再好不過。怎麼看，能做成此事的，只有他們的父親。

定國公肯去求蕭瑾修，自然是最好不過。

蕭瑾焱想到此，悠然自得地捧起茶杯，飲一口茶，唱起新學的曲來。

蕭瑾焱的確沒猜錯，定國公找上了東平侯府。

聽門房說定國公來了，唐家父子面面相覷。

好半晌，唐仲坦才道：「請他老人家去書房說話。」

下人應聲而去。

唐承赫忍不住道：「定國公怎麼知道蕭六郎在咱們家裡？」

蕭瑾修那廝委實狡猾，明明傷口包紮好了，大夫也說，只要不用力，不會有大礙；可他偏偏擺出一副大限不遠的模樣來，彷彿一移動就會立刻歸西，惹得家裡的女眷紛紛道，不如留在侯府養傷。

蕭瑾修便這般賴下來，每每瞧見他那沒出息的小妹羞答答進去陪他的模樣，唐承赫就恨不能立刻把他趕出家門。

比起他問的，唐承博更關心的是——「莫非定國公想請咱們幫忙勸說蕭六郎，讓他回定國公府？」

親自提著食盒過來給丈夫、兒子們加餐的郭氏聞言，立時柳眉倒豎。「那可不成！定國公府那藏污納垢的地方，我們靜靜絕對不能嫁進去！」

唐仲坦撫著短鬚想了想。「我先去見見，看他究竟所為何事。」

郭氏卻怎麼想，怎麼不放心。「不行，我得跟你一塊兒去。」

家裡的男人們怎麼想，她才不管，可蕭瑾修這個女婿，她這準丈母娘是越看越喜歡。首先自己閨女喜歡，其次蕭瑾修算是他們看著長大的，人品絕對沒問題；且不提武德帝對他的看重，宅院離他們家近，女兒嫁過去就能自己當家做主，加上人口簡單，煩心事自然就少。

這麼舒心、舒服的日子，郭氏絕對不允許任何人破壞！

於是，等在書房裡的定國公也見到了氣勢如虹的郭氏。

見郭氏沒有迴避的意思，唐仲坦也一副由著她的模樣，定國公便直接說明自己的來意。

「能與侯府結下這門親事，是定國公府的榮幸，今日老夫過來，是想與兩位商量，這親事要如何操辦？」定國公並沒有擺出國公府的架子，甚至還放低了身段。

論爵位，東平侯府比定國公府矮上一截，可京城誰人不知，誰人不曉，已經沒落的定國公府，哪裡及得上東平侯府？

唐仲坦還未說話，郭氏就笑了起來。

「論理，我一個婦道人家，不好說話，不過此事關係到我的女兒，有些話，即便明知會得罪人，也不得不說。關於六郎與我們家的親事，是陛下賜婚，宅邸也幫他們準備好了，我們跟六郎商議過，他沒有長輩、親人，這親事他願意交給我們操辦，便不勞定國公操心。」

定國公身段再低，聽了這毫不客氣的話，也氣得吹鬍子瞪眼。「六郎到底是蕭家子孫，親事應該在定國公府辦。唐夫人放心，老夫定然辦得熱熱鬧鬧，絕不會委屈了顧八姑娘。」

郭氏呵呵一笑。「蕭家子孫？據我所知，六郎一家不是早被蕭氏除族，又何來的蕭家子孫一說？定國公別跟我們說笑了。」

這短一揭，定國公一張老臉頓時有些紅了。他知道過來這一趟定然會面對這樣的嘲弄，可真的聽到了，還是覺得分外不好受。

「以前有些誤會，是我們族裡沒有處理好。我今日過來前，已與族長及族裡的長老們商量好，即刻將六郎一家的名字添回族譜。日後，六郎就是定國公府世子，未來的定國公，顧八姑娘便是國公夫人，總比做個三品官員的夫人要風光得多，唐夫人以為如何？」

郭氏聞言，睜大了眼睛，彷彿十分驚訝，不解地問唐仲坦。「老爺，被除族、趕出京城的族人，還能重新記回族譜？」

唐仲坦想了想，很認真地答道：「倘若六郎沒意見，這事是能商量的。」

定國公微鬆口氣。「正是這話，今日也想請兩位幫忙勸勸六郎，跟家裡賭氣是一回事，卻不能因此誤了大事不是？日後咱們兩家就是一家，都是為了孩子們，想來兩位能明白。」

「不對！」郭氏微微一笑。「且不說我跟老爺能不能勸動六郎，就算真能勸動他，我也絕不會讓他再回蕭家那個火坑去；更何況，六郎早跟我們說過，他絕不會回蕭家。」

她看著定國公鐵青的臉色，繼續笑著說：「定國公，蕭家昔年的事雖隱秘，可我們也是有所耳聞的，那樣的地方，您就別來禍害我的女兒了。」

定國公霍地站起身，鬍鬚直顫抖。「唐夫人，蕭家的事，還輪不到妳來置喙！」

「您當我喜歡說蕭家的事？我還怕髒了我的嘴呢！若非你找上門來，我也犯不著說！」郭氏毫不猶豫地頂回去。

見定國公氣得臉色通紅，顫抖得幾乎要暈過去，唐仲坦這才出面打圓場。

「這是蕭家的事，我們的確不好插手。這樣吧，我讓人領你去見六郎，有什麼話，你們自己說。」

定國公算看明白了，只要有郭氏在，他就不可能說服唐家去勸蕭瑾修，只得忍下這口氣，跟著丫鬟去客院見蕭瑾修。

沈默，在房間裡蔓延開來。

定國公看著面無表情的蕭瑾修，自他進房，別說請安問好，連眼神都不屑落在他身上。

平心而論，看著這幾年蕭瑾修的作為，他對這個卓絕群倫的姪子極為滿意，不然也不會幾次三番求武德帝恩准，讓他回定國公府。

這回，他親自來接他回去，他該給他這個叔父面子才是。

定國公清了清嗓子，開口道：「雖說如今你與東平侯府訂下親事，但就這麼住在這裡，很不合規矩，這就收拾收拾，跟我回國公府養傷。」

言下之意，就差沒直說蕭瑾修沒教養，不知規矩了。

蕭瑾修連冷笑都不屑，只用冷漠的眼神盯他一眼，便收回目光。「不勞定國公費心，這輩子，蕭某不會踏入定國公府一步。」
定國公頓時橫眉怒目。「胡說什麼！你是蕭氏子孫，我命令你，即刻跟我回去！」
「呵。」蕭瑾修眉眼冷漠，冷笑一聲。「蕭氏子孫？我父親臨死前，曾說過此生最恨，便是身為蕭家人，還好最後他的屍骨不用回蕭家那令人噁心作嘔之地！」
「孽子！不孝子！」定國公頓時破口大罵。
蕭瑾修見狀，倏地沈下臉。「我勸定國公趕緊離開東平侯府，此生別再打我的主意，否則——」那肅殺與狠戾的氣質，連定國公也感到害怕。
「你要做什麼？」定國公的嗓音微顫。
「當年你母親誣衊我父親的醜事，我便要公諸於眾了。」
「你敢?!」定國公目眥盡裂。
蕭瑾修連聲冷笑。「你可以試試。」
另一邊，郭氏還有些擔心蕭瑾修意志不堅，會被定國公哄幾句，就答應回蕭家。
孰料，不過一盞茶工夫，就聽到下人來報，定國公火冒三丈地離開侯府了。
「老天保佑，幸好六郎穩重，沒被三、兩句話哄走。」郭氏慶幸說道。
唐仲坦笑著搖頭。「不知六郎到底說了什麼，把他氣成那樣，以後應該不會再來了。」

第六十六章　早就知道

見定國公氣沖沖地甩門而去，顧桐月才從屏風後走出來。

方才，她帶著剛出爐的湯來看蕭瑾修，兩人還未來得及說話，就聽說定國公到了。她原本打算避出去，蕭瑾修卻道無所謂，讓她暫時躲在屏風後頭。

顧桐月覺得這樣不好，可敵不過心頭的好奇，一番天人交戰後，便留了下來。

現在，聽著定國公甩門而去，顧桐月摳著手心，不知該不該出去。

這時，蕭瑾修的心情定然不好，偏她並不知道蕭家內情，萬一貿然開口安慰，說錯了話，該如何是好？

她糾結不已，聽見了蕭瑾修的聲音——

「妳打算一直躲在那兒？」

顧桐月這才磨磨蹭蹭地出來，原以為蕭瑾修臉色不會很好看，誰知他卻眉眼含笑，彷彿無事人般朝她招手。

「你、你沒事吧？」

顧桐月一走近他，就被他握住了手。

若在平常，她定然將手抽回來，可想著方才的事，便由著他了。

「我能有什麼事？」蕭瑾修微挑眉，反問道。

「方才你那樣對定國公，真的沒事嗎？」顧桐月仍是有些擔心，因見他神色無恙，才能將自己的擔憂問出口。

蕭瑾修玩起她的手，一根一根細細賞玩著，那認真的姿態，彷彿捧著多麼珍貴的珍寶一般。

他聞言，神色不變，笑道：「能有什麼事？妳別想太多，什麼事都不會有。」

「哦。」顧桐月低低地回應一聲。

她瞥蕭瑾修一眼，這人是不是故意的？明知她心裡那隻好奇的貓快將她的小心臟撓破了，他不是應該「善解人意」，主動將她想知道的事情告訴她嗎？

「想知道？」蕭瑾修果然瞧出了她的心思，抬眼望過來，依然笑盈盈的模樣。

「你會告訴我？」顧桐月微微嘟嘴。

「妳我就要成為夫妻，妳想知道的任何事，我都會告訴妳，只要妳問。」蕭瑾修這樣說道，甚至還鼓勵般地笑了笑。

「蕭老太君當年是如何誣衊你父親的？」顧桐月見狀，當真鼓起勇氣問出來。

她還是有些緊張，問出口後，便緊緊盯著蕭瑾修的眼睛，彷彿怕他會翻臉生氣一樣。

蕭瑾修唇角一彎。「想知道的話，就親我一下。」指了指自己的臉，直直看向顧桐月紅潤的唇瓣。

顧桐月的臉頓時紅到底，抬手打他一下，身子一扭，明明想氣勢洶洶地責罵，出口卻軟得不像話。

「你……你不正經！」

「都要做夫妻的人了，還要那般正經做什麼？」蕭瑾修越發不正經地逗弄她。「妳不是一直想知道當年我父母還有我為何會被蕭氏除族嗎？親我一下，我便全告訴妳。」

「不行！」顧桐月想也不想地拒絕。

「真的不想知道了？」蕭瑾修嘆口氣。「唉，說起來，當年是……」

顧桐月悄悄豎起了耳朵。

「算了，還是別說了。」留意顧桐月神色的蕭瑾修打住話頭。

「喂，哪有這樣的？」顧桐月生氣了，這分明是故意吊人胃口。「你到底說不說？」

蕭瑾修笑而不語，手指卻堅定地指著自己的側臉。

顧桐月氣悶地瞪他，他無動於衷。

她嘟嘴祈求地看他，他依然無動於衷。

某人張牙舞爪地威脅他，他卻哈哈笑起來。

顧桐月咬著唇瓣想了想，紅著臉，憤憤道：「親就親！」

就像他說的，他們已經有聖旨賜婚，親一下又如何？況且屋裡也沒有旁人。

這樣說著，顧桐月緊緊閉上雙眼，飛快低頭湊過去。

可一貼過去，她便感覺有些不對勁。

她嚇得趕緊睜開眼，眼睛卻倏地瞪圓了。

原本她瞄準的是他的臉頰，可她現在親的位置，為什麼變成他的嘴唇？

顧桐月驚愕間，全身血液都往頭臉流，覺得自己快要燒起來了。

這混合著驚訝、羞澀、不安的親吻，竟讓她半天動彈不得。

「姑娘，謝府的謝大公子說要見您。」香扣的聲音在門外響起。

顧桐月幾乎彈跳著離開床邊。

她的心怦怦跳得飛快，彷彿下一瞬就要躍出胸口，腦中嗡嗡直響，壓根兒沒聽明白香扣在說什麼。

她的目光飄來飄去，不敢去看蕭瑾修，口中胡亂應道：「我、我這就來了。」說罷就要跑開。

原本還沈浸在「終於親到」的美妙感覺中的蕭瑾修，在聽到香扣的稟告時，立時清醒過來，想伸手拉住顧桐月。

但顧桐月已經捂著臉跑走了。

蕭瑾修覺得有些不安，為什麼謝斂會突然過來見她？他跟如今的她半點交集也沒有，且謝斂也知道他們就要成親的事。

這般突兀地前來求見，原因也許只有一個。

他知道了。

但這怎麼可能？在嶺南時他不知道，回京時在城門口遇到他，也不像知情的樣子，怎麼短短時日裡，他就曉得了？

這個時候，他不願顧桐月去見謝斂，更不願讓他們單獨說話。

他竟覺得有些怕。

如果她知道謝斂一直喜歡她，從未喜歡過姚嫣然，與姚嫣然在一起是迫不得已，她會不會……

即便他再不願去想，可也不得不承認，唐靜好原本就是喜歡謝斂的啊！

「來人，替我更衣！」蕭瑾修用力一捶身下的床板，厲聲呼喝道。

他得親自去看看才行！

顧桐月從蕭瑾修的屋裡跑出來，被刺骨的寒風一吹，臉上的熱才終於退下去，理智也慢慢回籠。

「香扣，剛才妳在外頭說什麼？」

「謝府那位大公子來了，非要見您不可。」香扣回道：「夫人命人趕他，他非但不走，還在大門口大聲說，要是不讓他見您，他就要把您的秘密說出去。姑娘，咱們與謝府素日連往來都少，唯一說得上話的，也只有謝望公子，謝大公子怎麼……」

顧桐月臉色早就變了。「他在哪裡？」

「在花廳等著呢！」香扣也瞧出顧桐月剎那變得凜然的氣勢，越發摸不著頭腦，不安地小聲問道：「姑娘，謝大公子當真知道什麼秘密不成？」

顧桐月緊緊抿唇，目光沈沈。

謝斂口中能威脅郭氏讓他進門的秘密，只有那一個了！

但他怎麼會發現，她就是唐靜好？

知道她是唐靜好，他還敢來，衝著這一點，顧桐月覺得，她很有必要去見他！

顧桐月主僕挾裹著一身寒氣趕到花廳時，郭氏正滿面怒氣地等在那裡，看見顧桐月，立刻迎上去。

「靜靜，他怎麼會知道？」郭氏緊張又擔心地問。

顧桐月握握她有些冰涼的手，把手爐遞到她手裡，勉強笑了笑。「等會兒我問問他，沒事的，您別擔心，我去打發他。」

或許是聽到外頭的動靜，屋裡響起倉促的腳步聲，緊跟著，珠簾被人用力掀起——

謝斂站在那裡，雙眼發紅，定定盯著顧桐月看。

郭氏不由將顧桐月護在身後，顧桐月卻搖搖頭，輕聲吩咐香扣。「妳帶夫人出去，不許任何人靠近這裡。」

「靜靜別怕，我這就給妳父兄送信，讓他們趕快回家。」郭氏交代一句，這才踩著虛軟的腳步，由香扣扶出去。

屋裡的人退得乾乾淨淨，只剩下顧桐月與謝斂。

顧桐月神色平靜，看向謝斂的眼神不起一絲波瀾。

謝斂的激動慢慢緩和下來。

「妳……」他張了張口，卻因為太過緊張，喉嚨緊得發不出聲音來。

顧桐月幾不可聞地輕嘆一聲。「謝公子，有什麼話，坐下來說吧！」

謝斂沒有半分猶豫，順從地坐下，雙眼卻一瞬也不瞬地緊盯著她，生怕一眨眼，顧桐月就會憑空消失。

「你怎麼會知道？」顧桐月在他對面落坐，不帶任何感情地開口問道，平靜、冷靜得完全不像是從前的唐靜好。

從前的唐靜好，每每見到他時，無不欣喜愉悅，眼睛裡都會發著光。

「望弟告訴我的。」謝斂沒有半分隱瞞。

「謝望？」顧桐月皺眉。「他怎麼會知道？」

「當日英王欲算計妳，是他救了妳。中途，妳醒來一次，可能自己並不記得。」謝斂微顫的語音力求鎮定，娓娓說給她聽。「望弟算是與妳一起長大的，妳當時的神態語氣，令他生疑，又想起唐家眾人待妳的不同，於是出聲試探，發現妳就是……」

原來是這樣。

顧桐月不知該鬆口氣還是該嘆口氣，平日時她已經很小心，沒想到還是在謝望面前露出了馬腳。

「是，我就是唐靜好。」顧桐月平靜地抬眼看他。「你知道了，想要如何？」

謝斂眼底的光沈下去，袖下手指緊握成拳，張了張口，卻不知該說什麼。

他想如何？

從謝望口中得知這個荒唐的真相，他想也沒想，便策馬跑過來。

一路上，他腦子裡混亂一片，彷彿想了很多，可細想起來，又想不起到底在想些什麼。唯有一樣，他萬分肯定，那就是他想見她，他一定要見到她！

「靜靜……」謝斂彷彿囈語般喊出她的名字，眼淚滾落。「我、我想妳……」

這一聲、這一滴眼淚，像是觸動了機關，他坐那裡，蜷著身體，像個孩子似地哭起來。

顧桐月再平靜無波，瞧謝斂哭得涕淚縱橫的模樣，終究無法做到無動於衷。

「別哭了，很難看。」她將自己的手帕子遞過去。

謝斂伸手抓住，像抓住救命稻草般，用力得手指似要痙攣起來。

他並不拿手帕子擦眼淚，只胡亂以衣袖用力抹了抹臉。「為什麼不告訴我？」

「你和姚嫣然兩情相悅，不也沒有告訴我嗎？」顧桐月彎了彎唇角，笑意還未到達眼裡，便散了。

謝斂如遭雷擊，雙眼發直地看著她，好半晌沒有動靜，過了一會兒，忽地苦笑出聲。

「連妳也這般想？我跟姚嫣然並沒有……」

「我親眼所見。」顧桐月打斷他，提醒道：「京城暴亂那一日，那條小巷子裡。」

謝斂深吸一口氣。「是，妳看到過。」

他想起來，那一天，有個生得格外好看的小姑娘看他的神色分外不對，彷彿帶著驚喜，卻在瞬間變得滿目震驚，難以置信，接著轉為失望、憤怒，種種情緒一閃而過，但他並未放在心上。

「如果早知是妳，我一定……」他喃喃說著，卻不知該說什麼。

他一定怎麼樣？把實情全告訴她，祈求她原諒他的身不由己、迫不得已？可不管他是不是身不由己，做了便是做了，又有什麼臉面來求她原諒？

想到這裡，謝斂覺得渾身發寒，寒意瞬間深入骨髓，令他忍不住打起冷顫。

花廳門外，守在門口的香扣瞧見蕭瑾修緩步走過來。

「蕭公子，您怎麼過來了？」她忙上前扶他。「您的傷還沒好，大夫囑咐要臥床靜養，要是讓姑娘知道您沒聽話，定要生氣，奴婢讓人送您回去吧！」

蕭瑾修拂開她的手，深邃目光看著緊閉的房門。「姑娘在裡面？」

香扣有些不安，悄悄覷了眼蕭瑾修的神色，看不出他到底有沒有生氣，只好小心翼翼道：「謝公子嚷著要見姑娘，姑娘實在推辭不過，又怕他在府裡亂叫鬧事，擾了府裡其他主子的清靜，就不好了，才想著要勸勸他。蕭公子，奴婢還是先送您回……」

「開門。」蕭瑾修打斷她。

香扣為難地看看房門。「姑娘交代了，不許任何人進去。蕭公子見諒，姑娘和謝公子當真沒有什麼，您千萬要相信她。」

香扣說著，忍不住生出幾分心虛。若真沒有什麼，大可以讓丫鬟在旁伺候，但顧桐月卻將所有人遣出來，還讓她看好門，不准人進去，弄得連她都覺得裡面那兩人似乎有不可告人的關係。

身為顧桐月未來夫婿的蕭瑾修，又怎麼可能不多想呢？

見香扣不動，蕭瑾修不指望她，上前推門。

香扣忙去阻攔。「蕭公子，不可以！」

可她不敢去碰蕭瑾修，畢竟他身受重傷，萬一被她碰壞了，怎生是好？

一猶豫間，蕭瑾修推開門，舉步走了進去。

香扣又急又怕又擔心，趕緊跟著，甚至顧不上規矩，急步走在前頭，揚聲喊道：「姑娘，蕭公子來了。」

這是要提醒顧桐月，生怕蕭瑾修進去後，會見到什麼不妥的場面。

蕭瑾修心知肚明，卻沒有阻止她。

顧桐月聞聲看來，瞧見蕭瑾修，忙起身去扶他，皺眉道：「你怎麼過來了？傷口還沒好，就敢亂動，要是再裂開，可別叫疼！」

「妳出來半天了，我左等右等，不見妳回來，只好過來找。」蕭瑾修一臉委屈與哀怨，順勢握住顧桐月的手，彷彿沒瞧見屋裡還有個謝斂似的。「聽說有客人，是什麼客人？」

謝斂在蕭瑾修進屋時便站了起來，見到兩人自然又親暱的舉動，神色複雜至極。

他看著蕭瑾修，想到那日他說要成親了，自己還傻乎乎地問：「你能忘記她了？」

原來，他早發現，顧桐月就是唐靜好吧！

只有他這個傻子，直到現在才知道！

因此，才失去可以挽回的機會嗎？

「原來是謝兄弟。」蕭瑾修笑容滿面地走上前，如同主人般，熱情地招呼道：「謝兄弟快些坐下說話。桐桐，妳怎麼沒讓人上茶水、點心？我不是跟妳說過，在嶺南時，倘若沒有謝兄弟相助，我不能順利回京，謝兄弟可是我們的恩人呢！」

顧桐月回過神來，一時竟不知該說什麼才好。瞧蕭瑾修以主人自居的模樣，有些哭笑不得，卻也有些擔憂。蕭瑾修不知道她是唐靜好，萬一謝斂說漏嘴，嚇到他了怎麼辦？同時，她也有些糾結，這件事，應該告訴他嗎？他能不能接受這種荒誕怪異的事呢？萬一他無法接受，親事豈不是成不了？

見顧桐月怔怔地不知在想些什麼，蕭瑾修心頭一沈，她果然還惦記著謝斂？但面上卻絲毫不露。

「嗯？桐桐怎麼了？」

顧桐月回神，聽清楚他喊的是什麼後，面上微微一紅，清了清嗓子道：「我這就讓人送茶水、點心來，謝大人既是你的恩人，等會兒我讓人備份謝禮送到謝府，你看可使得？」

「什麼妳的、我的，妳我要成親了，我的恩人自然也是妳的恩人，是咱們共同的恩人。」蕭瑾修看似玩笑，語氣卻十分認真，頓了頓，又道：「自然使得，日後妳便是我的賢內助，這些事，有勞妳操心了。」

顧桐月雙頰緋紅，悄悄瞥謝斂一眼，又瞪蕭瑾修。「有客人在，別胡說八道。」

謝斂紅著雙眼看著這一幕，只覺得無比刺眼又刺心！

他再也無法站在這裡，看著他們情意綿綿地相視而笑，聽著他們毫不避諱的話語，一字字、一句句如最鋒利的刀，一下一下扎進他最柔軟的內心深處，讓他鮮血淋漓、痛苦難當。

「我……我想起還有點事，先告辭！」

謝斂匆匆丟下一句話，便落荒而逃了。

謝斂突然離開，就像他突然到來一般，令人措手不及。

「剛才謝斂跟妳說了些什麼？」蕭瑾修彷彿不經意地問了一句。

顧桐月微垂眼簾，避開他的注視。「也沒什麼。」怕他繼續追問，遂岔開了話。「你的傷口還沒好，胡亂跑什麼，我扶你回去躺著。」

見她不肯說，蕭瑾修有些失落，不過很快又笑起來。

「也好。」

顧桐月剛要鬆口氣，又聽見他淡淡說了一句。「往後他再來，能不見，就不見了吧！」

顧桐月心口一緊，胡亂地點點頭，始終沒有勇氣抬頭去看他的神色。

是日下午，唐承赫回到自己院子裡，聽小廝說顧桐月已經等他半天，遂一邊嘖嘖稱奇、一邊進屋，果然瞧見心神不寧的顧桐月正盤腿坐在圈椅上，捧著茶杯發呆。

「喲，真是稀客啊！」唐承赫走向她，取笑道：「讓我想一想，妳有多久沒踏進這小院子？怎麼，今日不用去廚房給妳那好未婚夫熬湯燉藥？」

說話間，一股子酸溜溜的味道。

顧桐月顧不得跟他計較，滿臉焦急又可憐兮兮地仰頭看唐承赫。

「小哥，謝斂知道我就是唐靜好了，今日找上門，後來，蕭大哥過來，他就走了……

「我……我有些害怕，萬一蕭大哥知道我並不僅僅只是顧桐月，還是唐靜好的話，他會不會怕我？」

會不會嚇壞了，因此悔婚？

但是，這門親事是武德帝賜的，他想反悔，恐怕也不行；可是，若他得知真相，心裡害怕，又不得不娶她，往後的日子要怎麼過才好？

顧桐月簡直快愁死了，卻瞧見唐承赫不但不著急，還露出非常怪異的神色。

「妳覺得……蕭瑾修知道妳是唐靜好會害怕？」

「凡人聽了，都會怕呀！」顧桐月急得不住掐自己的手掌。「在志怪雜談裡，我可是借屍還魂，就是鬼怪，你說可怕不可怕？」

「真心喜愛妳的人，才不會怕。」唐承赫慢悠悠地說道：「即便妳真是鬼怪，他喜歡妳，自然不會害怕；只怕有些人口中說著喜歡，一旦知道真相，嚇得轉身便跑，那就太……」

顧桐月聽得臉色發白，緊咬唇瓣，戰戰兢兢地問：「那……那你覺得，蕭大哥是哪一種人？」

是不管她是不是鬼怪，依然喜愛她的蕭瑾修；還是嚇得轉身就跑，從此再不登門、再不相見的蕭瑾修？

唐承赫原想開玩笑嚇唬嚇唬自家小妹，此時見她面無人色，慌得不行，哪裡還捨得捉弄她，趕緊道：「擔心這些有的沒的幹什麼，蕭六郎那傢伙早就知道了！」
顧桐月懵了，好半晌，才吶吶問道：「你說什麼？」
唐承赫便將當初蕭瑾修如何發現她的事情說了一遍，末了，見顧桐月仍是呆呆愣愣的模樣，便擔心地推她一把。
「他早就知道妳是唐靜好這件事，所以別胡思亂想嚇自己……」
他還沒說完，顧桐月已經如同羽箭般，飛快衝了出去。

房裡，蕭瑾修喝過湯藥，正準備就寢，便聽見外頭傳來雜亂細碎的腳步聲。
他微愣，很快聽出這腳步聲是誰的，忙坐起身，取過一旁的外袍披上。
剛披好衣服，房門即被人大力撞開。
顧桐月站在門口，大口喘息，口中呼出一大團、一大團白白的霧氣，像個傻瓜一樣站在那裡，動也不動地看著他。
她身後跟著一群丫鬟、婆子，香扣更是緊張不已，輕聲問著，她卻充耳不聞。
蕭瑾修打量她兩眼，皺起眉頭。
衣服凌亂就不說了，腳上的鞋子也掉了一隻，這大冷的天，竟只穿著羅襪跑到這裡來。路上有些地方尚有未化積雪，她似踩到了，羅襪濕淋淋，瞧著又狼狽、又可憐。
「過來。」蕭瑾修對她說道。
顧桐月抬腳走向他，剛才唐承赫的話讓她實在太過震撼，以至於現在看著蕭瑾修，仍回不了神。

他竟然在那麼早以前就知道了？

可她卻從未發覺。

然而仔細回想，其實有跡可循，彷彿從他給她平安符開始，他對她的態度就不一樣了。

但他居然能忍住，什麼都不說！

「你為什麼不說？」顧桐月走近他，喃喃問道。

蕭瑾修一頭霧水。「說什麼？」

說話間，他拉過她的手，發覺她小手冰涼，忙把她的手拉進被子裡暖著。

「坐下來，把腳給我。」見她始終呆愣，蕭瑾修顧不上問別的，只擔心她會凍壞。

顧桐月乖乖照做，當真坐在床沿，將兩隻腳抬起來。

一旁的香扣糾結地看著他們，非常想開口提醒，這是不合規矩的；可是看看旁若無人的蕭瑾修，又看看此時根本看不到旁人的顧桐月。

算了，他們已是未婚夫妻，也難再多說什麼。

不過，這一幕不好叫人看見，忠心耿耿的香扣立刻轉身，將丫鬟、婆子全揮退，堅定地站在門邊，替主子守著了。

第六十七章　舊事

顧桐月並未留意香扣已帶人退出房間，倒是蕭瑾修頗為讚賞地看了香扣一眼。

他先脫下顧桐月腳上髒污的鞋襪，再把她整個人拉進被窩裡暖著。

顧桐月身上一暖，這才驚覺，這姿勢及舉動不恰當，想要掙扎，然而被窩裡太暖和，凍僵的手腳實在捨不得離開。

她左看右看，見屋裡沒有閒雜人等，索性放鬆下來，安心享受，讓蕭瑾修的大手伺候她暖手暖腳。

「你還沒回答我呢！」顧桐月似小貓般地哼道。

蕭瑾修失笑，俯身湊過去，用鼻尖碰了碰她冰涼的微紅小鼻子。「我不知道妳在問什麼啊！冒冒失失跑進來，就問我為什麼不說，我哪裡知道該說什麼，不如妳提醒我一句，說不定我就知道該說什麼了。」

顧桐月氣極，一口張大嘴，對準他直挺的鼻子，就要咬下去。

蕭瑾修不躲不避，笑看著她。

顧桐月咬不下去了，悻悻地嘟嘴。「你早知道我是誰，為什麼一個字都沒說？」

蕭瑾修微愣，很快明白過來。「妳知道了？」

顧桐月白他一眼。「只許你知道，就不許我知道了？真沒想到，你竟然這樣能裝！」

一裝就是近三年，這不動聲色的功夫，她不佩服都不行。

蕭瑾修忍不住又笑。「妳都沒說，我貿然說起，豈不是嚇壞了妳？」

顧桐月一想，要是蕭瑾修當真跟她說「我知道妳的秘密，原來妳就是唐靜好……」，她大概真會嚇得要殺人滅口。

顧桐月臉色好看了些，又問：「那你知道了，就沒有害怕過嗎？」問這話時，她的眼睛比平時睜大了些，目不轉睛地盯著蕭瑾修，不放過他面上一絲一毫的神色變化。

「唐靜好，我認得；顧桐月，我也不陌生，不管哪一個都是妳啊，有什麼好怕的？」如今兩人之間，連最後一絲隔閡與隱瞞都不存在，蕭瑾修越發自在。

「其實，我很高興。」

「高興？」顧桐月微蹙眉，想來想去也不明白，唐靜好沒死，他有什麼可高興的。她還是唐靜好時，根本不曾留意他，就算他認得她，也沒到會因她的生死而高興或難過的地步吧？

除非——

顧桐月雙眼一亮，微微偏頭打量他，嘴角抑制不住地往上揚，連嗓音都輕快起來。

「你一直喜歡我？」

她頓了頓，又加一句。「在我還是唐靜好時。」

燈下的蕭瑾修俊美如斯，黑眸深邃清澈，嘴角微微翹起，靜謐得如同一幅畫。

顧桐月聽到他輕笑一聲，臉忍不住紅起來，怕自己猜錯了，可又想聽聽他到底怎麼說，頗為矛盾地垂下眼。

蕭瑾修也垂眼看著她，千般纏綿、萬般深情，額心相抵，吐出的語句溫柔動人。

「是的，我一直喜歡妳。」

顧桐月一震，忍不住仰頭看他，瑩潤的唇不住往上揚，無盡歡喜。

這樣的近在咫尺，這樣的濃情，讓蕭瑾修再也忍耐不住，驀地吻上了她……

好半晌，蕭瑾修才放開顧桐月。

顧桐月已是兩眼朦朧，微微張著小嘴，茫然的模樣可憐又可愛。

蕭瑾修心裡軟成一片，又傾身啄了啄她的鼻尖。

顧桐月回過神來，害羞至極，死死捂著臉，往他懷裡藏，悶聲罵道：「你……你不要臉！」

「是，我不要臉。」蕭瑾修順著她的話哄道，摟著貼在他身上、不敢見人的顧桐月，愉悅笑道：「我天天都在想著，要對妳做不要臉的事情。」

「你──」顧桐月越發羞惱，招呼他一頓花拳繡腿，不過，再情急，她也記得避開他的傷口。「你還說！」

「好好好，我不說了。」蕭瑾修哄著她，滿足地想嘆氣。「妳記不記得，小時候曾給過別人兩個肉包子，是用繡蓮花的手帕子包起來的。」

顧桐月愣住。「多小的時候？」

「腿還沒受傷時。」蕭瑾修說著，忍不住伸手摸摸她如今完好的雙腿。「大概只有四、五歲。」

顧桐月失笑。「我哪裡記得四、五歲時發生的事？」

兒時記憶最深刻的，便是自城樓上跌落，摔斷雙腿這件大事了。

蕭瑾修並不覺得失落。「我猜妳也不記得了，那對妳而言，不過是順手的事，可是，那兩個包子卻救了我的命。」

顧桐月大奇。「還有這樣的事？」

原來她與蕭瑾修的緣分，從那麼久遠以前就開始了嗎？

但遺憾的是，她竟毫無印象，只記得聽郭氏說過，蕭瑾修小時候可憐，父母過世後，他住的那個村子遭了災，實在活不下去，才違背父母永不回京的誓言，獨自走回京城。

「你還沒告訴我，當年你們一家三口為何會被逐出京城呢！」顧桐月提醒他。

這回蕭瑾修沒再賣關子，摟著她道：「說起來，夫人應該有所耳聞，我的親祖母，並不是如今的蕭老太君。」

顧桐月點頭，沒注意到蕭瑾修喊她的稱呼。

如今的蕭老太君是老定國公的續弦。

「我的親祖母只生了我父親，父親六、七歲時，她一病不起，很快便去世；過了三年，老定國公續娶當時只有十五歲的繼夫人，隔年，她生下了如今的定國公。」

顧桐月在心裡算了下，口中卻道：「你父親比定國公大了十歲呢！」也只比年輕的繼母小五歲罷了。

蕭瑾修頷首，神色一點一點冷下來。

「父親直到二十歲還沒有成親，那時蕭家的情形很複雜，老太君以自己是繼母，不好做主繼子的親事為由，請族老多為父親費心。那些族老——呵，他們享受著甄氏暗地裡送去的孝敬，又怎麼會為父親操心？甚至老定國公幾次三番想請立父親為世子，都被他們以父親品行不端為由勸阻。」

「品行不端？」這真是個毀人的好藉口。

「可父親為人，豈是那些人能詆毀的？可恨的是——」即便已經過去很久，但提及這樁往事，仍讓蕭瑾修渾身緊繃，露出了尖銳之色。

顧桐月抬手，拍撫他緊繃的後背。

慢慢地，蕭瑾修竟真的放鬆下來，懶懶地將頭靠在她肩上。

「父親二十五歲時，蕭家才做主，讓他娶了娘家不顯的母親。這時，如今的定國公已經十五歲了。老太君的野心日漸膨脹，想將定國公的爵位留給親兒子，那勢必要毀了我的父親。雖然父親溫和仁孝，但這麼多年下來，也看清了老太君的心計與野心，本不欲爭搶，但老太君卻不肯放過他。」

顧桐月輕輕嗯了聲。原來說來說去，都是為了定國公那個爵位。

蕭瑾修如此痛恨定國公府的人，想必蕭老太君當年定對他們一家做了更過分的事。

「那時候，母親剛生下我沒多久，還沒出月子，父親就被那老虔婆設計，兩人在房裡被老定國公抓個正著。老虔婆聲淚俱下，口口聲聲說我父親輕薄她，逼迫她與他……當時，父親的茶碗裡被下了藥，即便掐爛手心，也無法控制自己，在老定國公面前露出了醜態。

「因此，老定國公便認為父親禽獸不如，不聽父親解釋，將我們一家三口趕走了。」

顧桐月聽得倒抽一口氣，蕭老太君這招看似魯莽，卻是直擊人心。老定國公娶了個年紀小的嬌妻，妻子只比兒子大五歲，只怕平日心裡早就有所猜忌。當日蕭老太君又設計老定國公在房間裡瞧見他們，老定國公心裡的猜忌變成事實，怎能不憤怒？

接著，事情順著蕭老太君的算計發展，也就沒什麼奇怪的了。

「因為母親還沒出月子，父親哀求他們，讓母親坐完月子再離開。」蕭瑾修雙眼漸紅。「可是，沒有一個人肯答應，更沒有一個人為父親、母親說話。幸好母親相信父親，不忍見他被人刻薄侮辱，打起精神，帶著父親跟我離開蕭家。

「原本，我們要去母親娘家的，可她那些娘家人聽了風言風語，知道我們被除族，哪裡還肯收留？沒辦法，父親只好帶著我們離開京城。」

顧桐月聽了，嘆息一聲。難怪從未聽蕭瑾修說起外祖家，想必對於外祖家，他心裡也是有怨氣的。

「後來，父親、母親相繼病逝，我一個人活不下去，只好回到京城。」蕭瑾修壓下心裡翻湧的情緒，原以為這些年早已冷硬了心腸，沒想到再度提及往事，他還是有殺人的衝動。

顧桐月溫柔地拍撫他寬厚的背脊，一下又一下，直到他身體放鬆，直到他氣息平穩。

「你一回到京城，就遇到我了？」

蕭瑾修聞言，提及蕭家時的暴戾頓時煙消雲散，連語氣都輕快兩分。

「是啊，我餓得快暈倒，好不容易撿到半個饅頭，居然被人搶走了。這時，一輛非常漂亮的馬車停了下來，從上面跳下兩個孩子，就是妳跟妳小哥。」

當時，他已經餓了好幾天，被搶走饅頭時，只能絕望地窩在牆角等死。

但唐靜好出現在他面前，不嫌他髒，也不嫌他臭，笑咪咪地看著他，奶聲奶氣地說：「你別哭，我請你吃好吃的肉包子。」

這一生，他從沒忘記那兩個包子的味道。

當然，他也忘不了，那個如同肉包子般白白嫩嫩的小姑娘。

顧桐月驚訝地笑道：「然後你就一直記著我了？」

「小四爺買了四個包子，但僅有一只油紙袋。包子太燙，妳便拿手帕子包了兩個遞給我。」蕭瑾修不好意思告訴她，他還留著那條手帕子，捨不得還。「我向妳道謝，想知道妳是哪家的人，日後報答。孰料，妳一個小人兒，卻像模像樣地說不過舉手之勞，要我別放在心上。」

說到這裡，蕭瑾修忍不住用臉蹭了蹭她柔嫩的小臉，笑出聲來。

「我一直跟著你們的馬車，跟到東平侯府門口，才知道妳是東平侯府的姑娘。後來機緣巧合，我所投靠的父輩好友把我引薦給侯爺，原本是想託侯爺幫我找間好一點的書院，誰知侯爺見了我，覺得根骨不錯，便跟著侯爺來侯府習武了。」

她永遠不會知道，當他跟著唐仲坦來到東平侯府，當他得知唐仲坦竟是她父親的心情！

他離她這麼近，不過前院與後院的距離；可當時他不知道，即便只是前、後院，也不是小小的他能跨越的。

後來，謝家兄弟時常上門做客。

再後來，她摔斷雙腿。

她不再出門，他連偷看她的機會都沒有了。

後來，靜王上門求親，她倉促間與謝斂訂親，他連看著她的資格也沒了。

然而，世事多變，上天到底還是厚待他，兜兜轉轉這麼些年，終於把她送到他身邊。

他曾埋怨上天不公，但那天她拉著尤景慧闖進東平侯府，知道她就是唐靜好時，那一刻，他恨不能跪謝蒼天，甚至覺得，過往的一切磨難，都不算什麼了。

「你能走到今日，很不容易。」顧桐月聽到這裡，感慨地說：「真的厲害。你看，當日趕走你們的人，今時卻要求你回去，是不是很解氣？」

「以前作夢都想著，定要讓蕭氏一族悔不當初。」蕭瑾修道：「後來蕭家日漸沒落，那種要讓他們跪在父母墳前懺悔、求著我回去的念頭就消失了；且後來想想，那樣齷齪噁心的地方，我自己就罷了，怎能委屈妳呢？」

定國公府已是飄搖之姿，他現在騰不出手收拾他們，來日方長，總要讓那些人為當年的事付出代價。

顧桐月聞言，心裡甜滋滋的。「如今有陛下御賜的宅邸，自然不會委屈我。」

「好了，說完這些無關緊要的人，我們說點別的。」蕭瑾修鬆開她，收起笑，認真看著她。「談談謝斂如何？」

顧桐月神色微凝，抬眼打量蕭瑾修的神色，見他極為誠懇的模樣，彷彿只要她拒絕，他就不會勉強她。

其實，她不太想提。不說她喜歡謝斂時，為他做了多少，只說她與謝斂在一起時，想來他也曾撞見過，要在他面前講起謝斂，總有些不自在。

「為什麼要談他？」

「我想知道，妳心裡是不是還有他？」

蕭瑾修問完，不覺緊張起來，幾乎是屏氣凝神看著她，想從她口中聽到他想聽的答案。

顧桐月想了想，坦誠道：「我不想騙你，自幼年始，我便與謝斂相識，多年來相知相伴，尤其是我腿壞了，不願意出門那幾年，都是他陪著我。因此，我心裡明知他背叛我，對他也恨不起來，就算那幾年他對我是虛情假意地敷衍，仍是很感激他。」

蕭瑾修唇角微動，想說謝斂對她並非敷衍，他跟姚嫣然，才是迫不得已地敷衍；可話到了嘴邊，他卻說不出來。

見他不語，顧桐月有些忐忑，小聲問道：「你是不是生氣了？」

「沒有，怎麼會？」蕭瑾修回過神來。

他怎麼會生她的氣呢？她說得對，那些年陪在她身邊的本來就是謝斂，就算現在她心裡依然有謝斂，他也無法對她生氣。

他只是有些害怕，萬一她知道真相，知道謝斂的身不由己，她會不會原諒他，會不會……想重新跟謝斂在一起？

「真的不氣？」顧桐月有些不相信。

蕭瑾修勾唇。「明日天氣應該不錯，我們去看看宅子有無需要修整的地方，好早早派人去做。」

他們的婚期訂在來年五月，不冷不熱，最好的時節。

顧桐月見他果然不像發怒的樣子，才悄悄鬆了口氣。

第二天，謝斂又來了。

郭氏氣得發抖。「到了如今，他到底還想幹什麼？」

江嬤嬤勸道：「反正姑娘不在府裡，夫人將他打發走就是，犯不著同他置氣。」

一大早，顧桐月便與蕭瑾修去看武德帝御賜的宅子了。

郭氏長嘆一聲。「罷了，請他進來，我跟他說。」

待謝斂走進花廳，瞧見等著他的竟是郭氏，忙長身一揖。「小姪見過夫人。」

「謝大人請坐吧！」郭氏板著臉，冷聲道：「今日天氣好，靜靜陪著六郎去看宅子了，若謝大人有要緊的話，對我說也是一樣。」

謝斂愣怔了下，站在原地，沒有說話。

郭氏忍著氣看他。「謝大人，這些年來，唐家對謝家如何？不提你父親在官場上平安順遂，也不提你母親在外應酬捅出多少婁子，都是我幫忙圓場，只說你。靜靜待你如何？說一句掏心掏肺也不為過，她殞命，也是因為你，可你呢？你是如何待她的？」

謝斂出聲辯解。「夫人誤會了，其實，我跟姚嫣然並不是您以為的那樣，我……」

「我不想聽你跟她如何。」郭氏滿臉不耐煩地打斷他。「如今靜靜已經放開過去，明年就要成親。六郎待她至誠至真，她能覓得如此良人，我們都很高興。請謝大人高抬貴手，放過唐家，放過靜靜吧！」

謝斂面色慘白，腳下踉蹌，過了好一會兒，才艱澀開口。「那她呢？她對蕭瑾修……」

「倘若靜靜不願意，你以為我們會逼她？憑一道聖旨，就強按著她點頭嫁給六郎？」郭氏逼視謝斂慌亂的眼神。「她自然是心悅六郎，才有賜婚之事，你明白了嗎？」

謝斂深深吸氣，然後擠出一抹比哭還難看的笑容。「唐夫人，有些事，我還是想親自與她說，惹您生氣，實在很抱歉，晚輩告辭。」

說著，他頭也不回地走了。

謝斂踉蹌著步出東平侯府，扶著牆，慢慢轉身去看用墨金題寫的門匾，半天挪不動腳。

有人來了，站在他身邊，也不說話，與他一道靜靜看著門匾。

過了好一會兒，那人低聲勸道：「大哥，回去吧！」

來人正是謝望，他的神色比謝斂好不了多少，憔悴疲憊。

自從知道顧桐月就是唐靜好後，謝望就沒睡過一頓好覺。

他不敢相信，他喜歡的姑娘，竟然就是唐靜好！

可如今他再喜歡，也無濟於事，除了放下，他無路可走；就像他的兄長，除了放手，還能如何？

「走，陪我喝兩杯。」謝斂拍拍謝望的肩頭，率先邁開腳步。

謝望原想再勸，想想算了。「好，我陪大哥一醉方休！」

謝斂想笑，卻怎麼也笑不出來。

「好，一醉方休！」

第六十八章　我信你

顧桐月與蕭瑾修正瞧著御賜的五進宅邸。

「內務府的人雖盡心盡力，不過總覺得這宅子格局與別家如出一轍，無甚新意。」顧桐月瞧著千篇一律的亭臺樓閣，不免有些挑剔。「不過到底是陛下的心意，我們不能嫌棄。」

她說罷，有些心虛地四下張望，小小聲問：「不會有人把我們說的話回稟給陛下吧？」

蕭瑾修瞧著她不覺流露出的可愛樣子，笑道：「不必擔心，這裡除了咱們之外，沒有別人。」

顧桐月這才放心，俏皮地吐吐舌尖。

蕭瑾修愛看她眉眼彎彎、無憂無慮的模樣，悄悄握住她的指尖。「雖是陛下的心意，不過以後要住的是咱們，妳喜歡怎麼佈置，便讓人來改，陛下那裡，自有我去請罪。」

「那還是算了吧！」顧桐月本是隨口一說，不願蕭瑾修小題大作，當真跑到武德帝面前請罪，說要重新修葺宅子。「反正這宅子大得很，空的地方很多，比如這一片——」

她指指眼前的空地。「你說，種上果樹好不好？別人家裡千篇一律都是花園、池塘什麼的，看多了沒什麼意思，不如種上果樹，春天看花，秋天摘果子，別有一番趣味。」

蕭瑾修自然沒有意見。「都聽妳的。」

顧桐月笑起來。「那邊的亭子倒是搭得不錯，我想在旁邊架座鞦韆，纏上紫藤，等到開花時，整座鞦韆像被紫色的雲包圍著，一定非常美麗，而且紫藤花還可以吃呢！用來涼拌或裹麵炸，都很美味。」

她說著，面上露出了嚮往之色。

蕭瑾修失笑。「沒錯，小時候，家中沒了米糧，我的母親就會摘紫藤花來做紫蘿餅或紫蘿糕，妳吃過嗎？」

顧桐月搖頭。「還沒吃過呢！」

「以後我做給妳吃。」蕭瑾修立刻道。

顧桐月驚詫地看他。「你會做？」

「父母過世得早，若我什麼都不會，如何捱到京城？」蕭瑾修說起過往的艱難，竟然十分平靜。

顧桐月卻忍不住心疼，又不知該說什麼安慰他，遂回握他的手。「以後你想吃什麼，也可以告訴我，我去學。」

蕭瑾修目光閃亮，看著她笑，卻是搖頭。「我娶了妳，可不是要妳來為我做吃的。」

「我願意啊！」顧桐月微紅著臉，嘟嘴說道，小女兒嬌俏的姿態流露無遺。

蕭瑾修心頭一暖。「桐桐，此生，我絕不負妳！」

顧桐月咬唇，小臉越發紅了，如水雙眸飛快看他一眼，便羞澀地垂下頭去，聲若蚊蚋。

「我信你。」

兩人牽手，信步在宅子裡慢慢走著。

有個小廝裝扮的暗衛前來稟報。「爺，已經查到，上次顧大姑娘被劫之事，背後的人乃是雲安郡主。最近不知怎地，雲安郡主盯上謝氏兄弟，今日他們在酒樓喝酒，她還派人去搭話，似乎想打聽跟姑娘有關的事。」

因兩人還未正式成親，因此蕭瑾修的人不好稱呼顧桐月為夫人。

顧桐月聞言一驚。

蕭瑾修卻神色不變，用指腹安撫地摩挲她的手背。「我知道了，盯著豫親王府，有什麼動靜，即刻回報。」

暗衛應是，隨即無聲退下。

「雲安郡主盯著我？」顧桐月覺得莫名其妙。

她跟雲安郡主雖然有些小過節，但自認還沒到會被雲安郡主盯著的地步；更何況，尤府發生的事，本就是雲安郡主要害她，她沒還手，是懶得理會，沒想到雲安郡主反而盯上她了。

見顧桐月一臉擔憂的模樣，蕭瑾修笑著安撫道：「不怕，我也一直盯著她。」

「你從什麼時候開始盯上她的？」顧桐月仍舊百思不得其解，雲安郡主到底要做什麼？難不成得不到小哥，她就要毀了所有人？

「她算計妳與蕭瑾焱之後。」蕭瑾修並不隱瞞。「後來，我人手不夠，將人撤回來，沒想到險些害了顧大姑娘。」

顧桐月聽得越發糊塗了。「大姊被擄的事？那不是俞家做的嗎？」

俞世子被唐承赫射殺後，俞夫人徹底瘋了，這門因俞賢妃而起的新貴，徹底沒落。

「俞家背後，有人挑唆慫恿。」蕭瑾修將實情告訴她。「後來查到，蕭寶珠見過俞夫人，沒多久，顧大姑娘就出事了。」

「蕭寶珠？」竟也牽扯上定國公府？

「雲安郡主拿住蕭寶珠的把柄，蕭寶珠不得不對她言聽計從。」蕭瑾修冷笑。「沾上雲安郡主，可不是什麼好事，如今蕭寶珠定然後悔得恨不能重新投胎一回。」

顧蘭月被劫的事，雲安郡主看似沒有沾手，旁人也只能查到蕭寶珠頭上，這又成了雲安郡主拿捏她的把柄之一。因此，這些日子蕭寶珠頻頻被雲安郡主傳去，一開始只是責罵，如今已經發展到毆打了。

蕭寶珠不是個能忍的，蕭瑾修又讓人從旁添柴，這兩人之間，還有好戲看呢！

聽了蕭瑾修的話，顧桐月不由一嘆。「雲安郡主的氣性也未免太大了些，就因為在尤府那回大姊護了我，便恨上了，還慫恿俞世子對大姊用這麼下流的齷齪手段。幸而大姊被小哥救下，不然當真要毀了一生。你知道雲安郡主為何如此生氣嗎？」

蕭瑾修當然知道，但瞧著顧桐月急於表現的模樣，便佯裝不知地搖搖頭。

顧桐月翹了翹嘴角，道：「因為她偷雞不成，還蝕了把米。她心悅小哥，卻沒想到自己親手將小哥推至大姊身邊，你說，她是不是要氣死？」

「那是她自己活該，如此心性不端、品性惡劣，如何配得上小四爺那般磊落快意之人？」蕭瑾修順便拍了小舅子的馬屁。

顧桐月聽得直點頭，復又皺眉。「可總讓雲安郡主盯著我，不是辦法啊，萬一真讓她打探出什麼來……」

見她仍是愁眉不展，蕭瑾修正要告訴她不必擔心，他已經安排好一切，就見另一個暗衛匆匆而來。

「爺，雲安郡主遇刺了。」

顧桐月大吃一驚，轉頭去看蕭瑾修。

蕭瑾修對她微微一笑，問道：「是蕭寶珠動手的？」

「正是。」暗衛恭敬回話。「方才雲安郡主讓人請蕭寶珠過去，關上門沒多久，就聽見屋裡傳出慘叫聲。因以前雲安郡主整治蕭寶珠時，王府眾人習以為常，都以為那叫聲是蕭寶珠的。」

「雲安郡主傷勢如何？」蕭瑾修又問。

「傷及心脈，太醫已經趕過去，但多半是傷重不能治。」暗衛答道：「蕭寶珠被王府拿下，定國公府的人已趕過去。爺，還要繼續盯著嗎？」

蕭瑾修看向顧桐月，顧桐月還未從震驚中回過神來，半晌才明白他的意思，只問：「涉及定國公府，你不想知道這事的結果嗎？」

「他們於我，本就是無關緊要之人，有什麼結果，也跟我不相干，如果妳不想知道後續，我便把人撤回來。」蕭瑾修毫不在意地說道。

可顧桐月卻目光閃閃，見他真的不在意，好奇心頓起。「要不然，再盯盯看？」

蕭瑾修點頭。「去吧！」打發了跟前的暗衛。

雲安郡主遇刺，且刺殺她的，還是定國公府的姑娘，此事傳開後，立即轟動京城。

連武德帝都被驚動了，問前來請安的寧王。「豫親王府的事鬧得沸沸揚揚，如今雲安那丫頭怎麼樣了？」

「回父皇，兒臣聽聞雲安命懸一線，這還是集太醫院所有人之力的結果。」寧王雖不如英王、康王等人得聖心，但這兩年來日漸嶄露頭角，在朝堂上站穩腳跟，有了一批不容小覷的追隨者。

武德帝聞言，果然皺緊眉頭，慢騰騰地開口道：「太醫院所有人都去了豫親王府？這老東西，把太醫全叫走，萬一朕或太后有個不好，偌大宮裡，豈非連個太醫都找不到？」

寧王立刻跪下，憂心道：「父皇說得是。豫親王乃愛女心切，可再如何，也不能置父皇與皇祖母不顧，這豈是為人臣能做的？」

武德帝目光微閃，心裡覺得熨貼不少。「起來吧，雲安是朕看著長大的，老王爺平日也嬌慣得厲害，如今這樣，自然失了分寸。眼下豫親王府定然已經亂套，朕不是不通情理之人，且由著他們先救治雲安吧！」

他頓了頓，手指有一下、沒一下地叩著桌面。「豫親王的幾個孩子與雲安手足情深，眼下想必沒精神辦差，寧王，朕讓你接手他們的差事，你可能行？」

寧王心裡大喜，面上毫不掩飾，滿是激動與孺慕之色。「父皇信任兒臣，兒臣定不會叫父皇失望！」

豫親王府掌的可都是實權，武德帝卸了他們的差事，全交給寧王，一來是對豫親王府的警告，二來，自然是對寧王的看重了。

雲安郡主沒能熬到晚上，消息傳到東平侯府時，定國公府的人也找上門來。

來的是蕭寶珠的母親，定國公夫人陸氏，求見蕭瑾修。

原本蕭瑾修不肯見，但她哭哭啼啼地跪在大門外不肯走，為了侯府的名聲著想，蕭瑾修不得不讓她進來說話。

顧桐月是第一次見到定國公夫人，她年約三十，看上去卻如四十多歲，風姿竟完全比不上她的婆母，難怪平日出門應酬的總是蕭老太君。

顧桐月有些納悶，不明白蕭老太君為什麼會為自己兒子求娶這樣一個容貌、性情甚至家世都不突出的夫人。

彷彿看出顧桐月的心思，蕭瑾修趁著陸氏還未走近，輕聲對她道：「陸氏出身商賈之家，嫁妝極為豐厚。」

顧桐月恍然大悟，難以置信。「定國公府已經這麼窮了？」

「定國公與世子揮霍成性，即便有金山、銀山，也被揮霍得差不多，不幫他再娶座金山回來，定國公府可禁不住他揮霍。」蕭瑾修嘲諷道。

幾句話工夫，神情淒楚又無助的陸氏已經走至兩人面前，二話不說，跪在蕭瑾修面前，哭著道：「求蕭大人救命，救救你的妹妹吧！」

她哭得無法抑制，額頭貼地，不住地磕頭，眼淚紛紛落下。

「令嬡的事，我聽說了，蕭夫人，請恕我無能為力。」蕭瑾修冷冷開口。「您請回吧！」

他本就恩怨分明，陸氏與他並沒有過節，因此，除了神色冷漠外，並不以惡語傷人。

「不不不，你可以的！他們告訴我，只有你能救寶珠！蕭大人，我給你磕頭，求你救救寶珠，不管你要我做什麼，我都答應。」她哭得眼睛都睜不開，仍不住地哀求。「老王爺要打殺寶珠為雲安郡主報仇，但我們寶珠也可憐啊！蕭大人，求求你救救寶珠吧！」

蕭瑾修不肯沾手蕭家的事，只是好說歹說，陸氏都不肯起身，更不肯離開，最後只得由郭氏出面，叫小廝給蕭老太君送信，請蕭家派人來接陸氏。

可直到後半夜，都沒有人來，送信的人回稟，蕭老太君急火攻心，臥病在床，到現在還沒醒過來；而定國公去了豫親王府，如今，定國公府已經沒有能做主的人了。

蕭瑾修無奈，只能安排陸氏先住下來。

郭氏命人扶陸氏離開，顧桐月有些頭疼地揉揉額角，突然想起一個問題。

「我忘了問你，蕭寶珠突然行刺雲安郡主，跟你有關吧？」

「蕭寶珠被雲安郡主折磨得痛苦萬分，我只是讓人慫恿兩句罷了；若蕭寶珠沒有心存傷人之意，無論旁人怎麼挑唆，也不會發生今日這事。」蕭瑾修說得很平靜，看向顧桐月。

「妳可會覺得我太過狠毒？」

顧桐月搖頭。「雖說人性本善，聖人也要我們存善心，做善事，可有時候，一味的良善，只會讓人覺得軟弱可欺，有時候，以惡制惡才能解決問題。」

蕭瑾修聽了，這才放心。

顧桐月又問他。「你會救蕭寶珠嗎？」

「那是蕭家的事，與我何干？」蕭瑾修答得很冷淡。

「老王爺就雲安郡主這麼一個女兒，只怕不會放過蕭寶珠，蕭家能求的人唯有你，肯定不會甘休。」

蕭家見蕭瑾修無動於衷，真想救下蕭寶珠，明日肯定還會有人登門。

「到時候再說。」蕭瑾修絲毫不放在心上。「再告訴妳一件事，今日陛下撤了豫親王府所有人的差事，聖旨下達後沒多久，靜王府就派人悄悄進了豫親王府。」

顧桐月一驚。「靜王當真打算……」放手一搏，舉兵造反？

蕭瑾修微笑。「不怕他動，就怕他不動。放心吧，一切都已經部署好了。」

只等靜王寫給鎮北侯的信一發出去，武德帝便師出有名，靜王就沒用了。

顧桐月的神色這才稍緩，但願一切儘早結束，不要再起風波了。

第二日，定國公與世子蕭瑾焱一道來了。

定國公苦口婆心，曉之以理、動之以情，甚至威逼利誘，蕭瑾修也不肯點頭救蕭寶珠。

蕭瑾焱更是指著蕭瑾修破口大罵，穢語污言連唐家人都聽不下去，最後唐承赫直接把他丟了出去。

誰也沒想到，陸氏竟會趁人不備，一頭撞在柱子上，幸虧送茶水的丫鬟眼疾手快拉住她，才沒讓陸氏血濺當場，可也暈死過去。

這麼一鬧，弄得好像是蕭瑾修與唐家要逼死陸氏一樣。

蕭瑾修只好「無奈」地進宮求見武德帝，說了定國公府逼他救蕭寶珠的事，求武德帝為他做主。

武德帝聽完，瞇著眼，忍不住直笑。「鬧成這樣，所以你進宮來求朕，救你妹妹一命？」

「陛下明鑑，微臣絕無此意。」蕭瑾修回道：「蕭氏一族早與微臣沒有干係，世人皆知微臣孑然一身，哪裡來的妹妹？只是如今微臣在侯府養傷，他們這般來鬧，侯府對微臣有微詞了。」

「瞧瞧你這點出息，朕親自賜婚，侯府即便對你再不滿，還敢抗旨不遵？」

「他們當然不敢抗旨，不過您也知道，侯府原就不太滿意微臣，微臣娶妻，自然高興，也不能委屈了夫人不是？」蕭瑾修滿臉委屈。「微臣沒辦法，只能來求陛下，求您將定國公府的人弄走吧！」

武德帝好氣又好笑。「這點小事也要朕替你辦？沒出息！」心裡卻對蕭瑾修很滿意，心狠手辣、冷酷無情，卻也不是全無軟肋，這樣的臣子用起來最放心不過。

「定國公夫人在侯府鬧著尋死，若在別處，死便死了，但萬萬不能死在東平侯府，否則外頭說起來，只當是侯府逼死她，可就不妙了。」

武德帝自然不會眼睜睜看著東平侯府遭人詬病，畢竟他還要重用唐家父子，沈吟一下，道：「罷了，這閒事，朕便管一管吧！傳朕口諭，宣豫親王跟定國公進宮。」

蕭瑾修滿面笑容地叩謝聖恩，正要告退，武德帝卻將一封密摺丟到他跟前。

「看看吧！」

蕭瑾修忙撿起來，一目十行地看完，神色凝重起來。「西北大軍突然大動，鎮北侯是聽到風聲了。」

「朕有意放出風聲，便是給他最後一個機會。」武德帝倏地沈下臉。「他若交出兵權，鎮北侯一族，朕不是不能放過；可他收到消息後，卻開始布防，你想法子逼一逼靜王，讓他快些動手！」

蕭瑾修肅穆道：「陛下放心，不出三日，必有消息傳回來，只是，英王殿下依然選了靜王。」暗示英王要追隨靜王謀反的意思。

武德帝表情冰冷。「朕知道了。」擺擺手，示意蕭瑾修退下。

蕭瑾修行禮而去。

一會兒後，豫親王及定國公進了宮。

不知武德帝跟他們說些什麼，沒多久，兩人出宮，看起來沮喪無力，想是被申飭一番。

沒多久，宮裡傳出風聲，道武德帝大罵兩人，斥責他們教女無方，咎由自取，自家的事自家解決，不要連累了別人！

兩人無地自容地出宮，定國公強撐著將陸氏接回府，與豫親王前後病倒了。

至於蕭寶珠，因連武德帝都知道雲安郡主虐待她的事，又讓宮裡的老嬤嬤驗了她身上的傷，果真全身上下除了臉，沒一塊好肌膚。這結果令豫親王府不好再為難，只得放她歸家。

雲安郡主被殺的事，就這麼結束了。

轉眼又到了除夕。

這一年的除夕，在很多年後，都讓親歷那場宮變的人心有餘悸。

靜王買通禁軍副指揮使，潛入宮中，妄圖毒殺武德帝，謀朝篡位，幸而被寧王看出破綻，救了武德帝。

靜王與英王趁亂逃走，武德帝大怒，才剛下令捉拿他們，就有人來報，鎮北侯反了！還道鎮北侯早已潛入京城，打算與靜王裡應外合，如今事敗，遂帶著靜王等人逃出京城。

這消息很快傳遍京城上下，一時間不論朝堂還是百姓，俱人心惶惶。鎮北侯手握重兵，萬一真的打進京城，該怎麼辦才好？

就在人心惶惶之時，武德帝下旨，命東平侯唐仲坦為征西大將軍，領兵二十萬，即刻趕赴西北，拿下鎮北侯與靜王等人。

正月十六這天，靜王與英王被蕭瑾修捉回來，顧桐月才知道，這些日子蕭瑾修剛養好傷卻不見人影，是在忙這件事。

後來，蕭瑾修告訴顧桐月，根本沒有鎮北侯潛入京城協助靜王謀取皇位的事，那消息是武德帝故意放出來的，為讓百姓相信鎮北侯有了反心，才能更名正言順地征西，討回兵權。

而朝堂上亦是風聲鶴唳，蕭瑾修奉命清查靜王與英王的黨羽，每天都有人被斬首，每天都有人被抄家。

這一年的京城，比以往冷清許多。在這樣的氛圍下，往年的宴請、花會，詩會什麼的，都不見了蹤影。

西北第一次傳回捷報時，蕭瑾修已經是位居正三品的京衛指揮使司的指揮使大人了。

東平侯府也迎來三件喜事。唐承遠完成終身大事不久，端和公主便生下漂亮的小千金，僅相隔十餘天，徐氏也順利產下一個大胖小子。

洗三禮時，東平侯府極力簡辦，但上門的客人依然絡繹不絕，好一番熱鬧。

四月，唐承赫風風光光地迎娶顧蘭月進門。

四月底，關在宗人府裡的靜王與英王也有了處置，武德帝到底還是捨不得殺了他們，將他們趕去守皇陵，沒有旨意，終身不得出。

同月，顧桐月收到消息，姚嫣然出外時遇到劫匪，掙扎中，被賊人亂刀砍死。

顧蘭月嫁入唐家一個月後，就是顧桐月與蕭瑾修的大喜之日。

原本顧桐月打算等唐仲坦回來再行禮，可一來這是武德帝命欽天監算的好日子，二來，蕭瑾修可憐兮兮地求她，說他再也等不了了。

雖然唐仲坦不在京城，但四個兄長都在，便由郭氏操辦婚禮，有條不紊地準備起來。

距離成親的日子只剩三天了。

這晚，顧蘭月進了清風苑，笑著道：「母親在銀樓訂了首飾、頭面，明日我與公主嫂嫂還有二嫂要去看看。妳就要成親了，不方便出門，有想要的東西跟我說，我幫妳買回來。」

顧蘭月大方端莊又不失溫柔賢淑的性子，一嫁進侯府，就與端和公主及徐氏十分投契，妯娌三人相處得很愉快。

因端和公主與徐氏對顧桐月的好，顧蘭月也越發喜歡兩個嫂嫂。

顧桐月聽了，搖著顧蘭月的手臂撒嬌。「大姊，帶我一起去吧，我好久沒出門了。」

自發生英王算計她的事後，她出門去得最遠的地方，就是她跟蕭瑾修的新宅子，且每次都有蕭瑾修陪著，真的許久不曾出門逛逛。

顧蘭月被她磨得沒法子，最後不得不答應她。「那明日妳跟緊我們，不許亂跑。」

顧桐月自然滿口應下，笑得又乖巧、又可愛。

這段日子，郭氏忙得腳不沾地，剛娶了兒媳婦，又要張羅嫁女兒的事，雖然捨不得，但想著顧桐月與蕭瑾修的宅邸離侯府不過一刻鐘路程，隨時都能見到女兒，便沒有別家母親嫁女兒那般傷感難過。

聽聞顧桐月要跟嫂嫂們出門，郭氏交代幾句，由著她去了。

自己的女兒，再怎麼寵也是不過分的。

於是，顧桐月不似別的姑娘般，成親前必須拘在屋裡繡嫁妝，而是隨著嫂嫂們，高高興興地坐車出門。

一行人到了銀樓，便被掌櫃熱情地迎上二樓，端上點心、茶水後，便命人將樓裡新出的首飾、頭面全端上來，供她們挑選。

謝斂就是這時候找上來的，大大方方地讓丫鬟進來稟報，令端和公主三人驚訝不已。

「謝公子說什麼？」顧蘭月疑心自己聽錯了，不由又問了一遍。

小丫鬟垂著頭，不敢看主子們的神色，惶恐地低聲重複一遍。「謝公子在隔壁廂房等姑娘，說是有話要跟姑娘說，請主子們行個方便。」

顧蘭月氣笑了，她不知道謝斂與顧桐月的糾葛，但這樣貿然找上門來，絲毫不顧忌會不會有損顧桐月的名聲之舉，令她十分氣惱。

她正要出聲拒絕，顧桐月卻已經站起身來。「我過去看看。」

端和公主搖頭。「不妥。」

顧桐月見嫂嫂們緊張不已，笑著安撫道：「無礙，這樓裡都是侯府的人，謝斂想必也是獨自前來，不會被人知道。」

這點分寸，相信謝斂還是有的。

雖然前一次為了進東平侯府的大門，他用她的秘密作威脅，令郭氏不得不屈服；但顧桐月相信，謝斂再不堪，也不會真將她的秘密宣揚出去。

如今她要成親了，心裡對謝斂的痛恨、憤怒、失望等等，已經消失了；再想起從前他對她的好，也不希望他過得不好。

這大概是最後一次單獨與他相見。

顧桐月抱著這樣的念頭，獨自走進了隔壁的廂房。

謝斂看起來黯然憔悴，襯得即將成親的顧桐月越發喜氣嬌美。

他抬眼看顧桐月，便知此生再也沒有機會。袖中雙手驟然緊握，心頭的痛苦猶如滔天浪濤，打得他幾乎喘不過氣來。

顧桐月看著他痛苦的神色，心裡也有些不是滋味。「該跟你說的話，我都說了；你的東西，也歸還了，謝斂，以後別再這樣。」

謝斂緊緊看著她，她面上再沒有從前看他時的歡喜和嬌羞，連憎恨與厭惡都不再有。

「他對妳好嗎？」他強忍著心裡翻湧的情緒，低低問道。

「很好。」顧桐月想起蕭瑾修，嘴角輕輕翹起來。「很好、很好。」

謝斂的臉色瞬間慘白到底，嘴唇微動，很想告訴她，他跟姚嫣然不是她想的那樣，他從沒有喜歡過姚嫣然，只是逼不得已……

他有很多話想跟她說，不管怎樣，她都應該知道真相。

可是看著眼前這樣的顧桐月，他卻一個字都說不出來。

告訴她又如何？她知道了，就會改變心意，重新再接納他嗎？

不會的，他再也不是被她用愛慕眼神看著的人了！他說出那些話，除了給她平添煩惱，又有什麼用？又能改變什麼呢？他從來就不願意讓她有絲毫的不悅與困擾。

「我沒別的意思。」謝斂微微紅了眼，努力對她笑。「妳要成親，我也要回嶺南了。」

顧桐月聞言，莫名鬆了口氣，原來他是來道別的。

「嶺南路遠，你一路保重。」

謝斂聽了，不由露出苦笑。她對他，已經客氣、疏離至此。

「妳的大喜之日，我……」

即便留在京城，他也沒辦法去觀禮，眼睜睜看著她嫁給蕭瑾修，他怎麼做得到？

謝斂將身旁的檀木匣子推到顧桐月手邊。「這是給妳的賀禮。」

顧桐月看著眼前憔悴又心灰意冷的謝斂，有些鼻酸。

她原要拒絕，想了想，還是伸手打開匣子，裡面是一顆紅玉打磨而成的石榴。

石榴的寓意乃是早生貴子，多子多福。他能這般祝福她，想必已經放下了過往。

顧桐月抬頭，嫣然一笑。「多謝你。」

這笑容令謝斂再也坐不住，陡然起身，匆匆道：「我還有要事在身，先走一步。」

不等顧桐月說話，他已經踉蹌著走了。

顧桐月看著他的背影，又看看匣子裡的石榴，輕輕嘆了口氣。

謝斂出了銀樓，彷彿失了魂魄般，漫無目的地胡亂走著。

他一直走、一直走，直走到太陽下山，停下腳步，卻已經不知身在何處。

他苦笑一聲，挨著斑駁的牆壁滑坐下來。

他攤開手心，一直被緊緊握著的紅豆手串兒已經被捂出汗，雖然濕滑黏膩，卻依然紅得那麼奪目，就像剛才他送出去的那顆石榴般。

都是這樣的紅，這樣喜慶的顏色。

可是，他真正想送的，並不是石榴，而是他手心裡的紅豆手串兒。

他猶自記得，她嬌脆的嗓音背著《相思》——

紅豆生南國，春來發幾枝。

願君多採擷，此物最相思。

「以後有機會去南方，我親自摘紅豆給妳做手串兒好不好？」

她笑得眉眼彎彎。「好呀、好呀！不過說好了，要你親自採、親自做，我才肯戴。」

他去了嶺南，見到長在樹上的紅豆，也親手採摘很多很多，以為再也沒有機會送出去的相思。

後來知道她還活著，他懷著最後的希冀，想要送給她。

可最後一刻，他捨不得，捨不得讓她困擾，捨不得看她皺眉。

謝斂緊緊握住紅豆手串兒，將頭埋進膝蓋裡，發出了破碎的哭泣聲……

第六十九章　成親之日

日子一晃便過，轉眼到了婚禮這一天。

彷彿只是剛瞇上眼，香扣與香櫞就喊顧桐月起床準備。她還迷糊著，就被人急急忙忙剝光了按進浴桶裡泡澡，水氣氤氳的桶面上，灑滿各色花瓣，丫鬟又往裡面倒了桂花香油，香氣熏得顧桐月更想睡。

足足泡了半個時辰，顧桐月才能從桶裡出來。

端和公主與顧蘭月等人陪著眼圈微紅的郭氏走進房，幫她梳頭、絞臉，而後塗上厚重的妝粉。好半天，顧桐月終於能睜開眼，一看銅鏡裡的人，嚇得險些摔了鏡子。

偏偏郭氏還在一旁抹淚，欣慰道：「瞧瞧，咱們桐姐兒可真漂亮。」

顧桐月很無語，她都快認不出鏡子裡那個白麵團是誰了，不過，一想到幾個姊姊出嫁時，都被畫成白麵團的模樣，心裡也就平衡了。

然後便是穿上一層一層的嫁衣，旁邊的喜娘眉開眼笑地說著吉祥話，頭面首飾、鈴鐺環珮壓得顧桐月幾乎直不起身，還得一臉羞澀任人搓揉。

不一會兒，顧家的姊姊們攜手而來，眾人圍著顧桐月，妳一言、我一語，好不熱鬧，讓顧桐月不似剛才那般緊張了。

說說笑笑中，不知不覺到了出門的吉時，郭氏替顧桐月蓋上蓋頭，聽外頭的動靜，迎親隊伍已經到了。

沒多久，蕭瑾修被人迎進來，顧桐月聽見他在外頭給郭氏及兄長們磕頭敬茶的聲音。郭氏嗓音顫顫，又是高興、又是不捨，還好有兒媳婦們在旁寬慰著，才沒有掉下眼淚。

蕭瑾修行完禮，顧華月和喜娘扶著顧桐月緩步走出來。

雖然蓋著蓋頭，啥也看不見，但顧桐月一出現，蕭瑾修的目光便再沒從她身上移開過。新娘子該由家中兄弟揹出門，唐承赫厚著臉皮去求，被兄長們揍了一頓，才搶到這個任務，別提有多高興了。

不過，當顧桐月趴在他身上，他穩穩揹起她，一步一步往外走時，還是忍不住心酸。他的好妹妹，就這樣便宜了蕭瑾修那臭小子！

「他要是敢欺負妳，對妳不好，就回娘家來。」唐承赫對顧桐月道：「哥哥們會幫妳收拾他。」

顧桐月心裡也酸酸的。這一刻，她終於要離開父母、兄長，從此跟著蕭瑾修，攜手一生。

未來如何，誰也不知道。

這時，她才後知後覺地生出了徬徨。

「小哥放心，我對你承諾過，永遠不會欺負她，君子一諾，必當踐行。」旁邊的蕭瑾修從容又慎重地開口，目光看向唐承赫背上的顧桐月。「倘若我負了她，便隨兄長們處置。」

顧桐月心口一熱，眼眶似也跟著熱了起來。

「哼，你最好說到做到！」

唐承赫送顧桐月上轎，鼓樂喧天，鞭炮齊放，去了蕭瑾修的新宅。

直到轎子終於落地，顧桐月才從恍惚中回過神來。

喜娘笑嘻嘻地喊著新郎踢轎門，顧桐月感覺轎子晃了兩晃，便有人掀起轎簾，香扣彎腰探身進來，扶她下轎。

顧桐月剛站穩，手裡就被塞了一條紅綢，由蕭瑾修引著往府裡走，耳邊是更喧囂熱鬧的鞭炮聲和恭賀聲，地上鋪著長長的紅毯，一直通往喜堂。

在禮官的高聲唱和下，顧桐月跟著蕭瑾修不斷下跪起身，轉身再跪，跪了又跪後，終於在她脖子快被鳳冠壓斷時，聽見禮官那聲悅耳的「禮成」，跟著蕭瑾修往新房走去。

她走了一會兒，終於進了屋，被香扣扶著，坐到大紅的喜床上。

「快掀蓋頭，我們要看新娘子。」清脆的女聲笑著道。

顧桐月聽出來，這是尤景慧的聲音。

蕭瑾修沒有長輩，這府邸裡也不可能有女眷，為了不讓顧桐月覺得冷清，他早早安排，將顧桐月要好的閨中姊妹接過來。

顧桐月心頭一鬆，很是感動，他竟能細心為她做到這麼多。

喜婆端來托盤，盤裡是一桿紅綢纏的烏木秤。

蕭瑾修拿起那桿秤，薄唇緊抿，小心翼翼挑起顧桐月頭上的大紅蓋頭。

顧桐月在蓋頭下看了半天大紅顏色，眼前瞬間的明亮令她不由閉了閉眼，抬眸便對上蕭瑾修的目光，卻見他似怔了下，眉頭高高挑起，打量她半晌，才微笑起來，黑色瞳仁彷彿閃著光。

「咦，怎麼是個白麵團?!」尚未成親的薛芳菲忍不住驚呼出聲，頓時引得尤景慧等人鬨堂大笑。

「成親時都這樣呢！等妳出嫁時，也是這副模樣。」

「就是，這樣也很好看嘛！」

顧桐月聽著屋子裡的歡笑聲，忍不住瞪了蕭瑾修一眼。

都是因為他，她才被畫成這個鬼樣子。

「即使是白麵團，妳也是最好看的白麵團。」蕭瑾修在她耳邊輕聲笑道。

顧桐月臉上一紅，低下頭，唇角高高揚了起來。

接著，便是撒帳，棗子、花生、桂圓、蓮子等等，跟下乾果雨似地朝顧桐月砸去，有幾顆不小心砸到她臉上。

蕭瑾修便微微側身，擋在她身前。

這舉動，令尤景慧她們又笑了好一陣。

終於，繁瑣的禮節都結束了。

本以為蕭瑾修在外頭待客，要很久才會回後宅，孰料顧桐月正與尤景慧她們說笑時，就見他掀起簾子進來。

蕭瑾修一進來，眼睛便盯緊了顧桐月，尤景慧她們偷笑幾聲，識趣地領著丫鬟、婆子出了喜房。

顧桐月乍見他，愣了愣，不由直接問道：「你怎麼這麼快就回來了？」

蕭瑾修見她站在那裡，膚若凝脂的兩頰慢慢泛起桃紅，嬌豔如花，明豔動人，心頭狠狠一跳，急步上前，一把將她拉進懷裡，狠狠抱住，才心滿意足地嘆口氣。

「洞房花燭夜，豈能讓我的寶貝等太久？」

顧桐月眼裡是他衣裳的喜慶紅色，聞到他身上濃郁的酒味，推他一把，紅著臉啐道：「不正經……」

蕭瑾修抓住她的手，湊至唇邊輕啄細舔，靈活的舌頭裹著她蔥白纖細的指尖，眼睛卻一瞬不瞬地盯著她看。

見她似慌似亂地移開目光，眼神不停閃爍，竟是不敢再與他對視，不由大笑出聲。

顧桐月又羞又窘，恨恨地要將自己的手指抽回來。

蕭瑾修卻低頭狠狠吻住她，顧桐月想推開，卻反而被他抱得更緊，幾乎要將她揉進他身體裡似的。

「還怕嗎？」

蕭瑾修抱起顧桐月，一起倒在繡滿鴛鴦圖案的大床上。

顧桐月被他親得迷迷糊糊，好半晌才回過神來。「你怎麼知道我害怕？」

這段日子，她總覺得像作夢一樣，毫不真實。有時候也會莫名覺得害怕，怕這真是一場夢，夢醒了，什麼都沒了，她還是懸崖底下的一堆白骨。

「因為我也害怕。」蕭瑾修輕撫她卸妝後潔白細膩的小臉，深情看著她的眼睛。「我總是在想，這一切是真的嗎？我真的娶到妳了？會不會是我在作夢，等我睜開眼睛，夢就醒了，妳跟我還是毫無交集的兩個人……」

顧桐月聞言，笑了起來，原來他真的也害怕。

聽著她的笑聲，蕭瑾修低低一嘆。「真像作夢一樣，這個夢，我以前想都不敢想。」

顧桐月靜默一瞬，他語氣裡的心滿意足，卻聽得她莫名心酸。「其實，我也沒有那麼好，以後你會發現，我身上的毛病挺多的，說不定哪天就後悔了呢！」

「永遠不會！」蕭瑾修彷彿發誓般，嚴肅而鄭重地說：「娶妳，就是我的夢想，我怎麼會後悔？」

顧桐月笑出聲來，覺得窩心又感動，之前那些害怕與慌忙無措，全都消失不見。

還有什麼可怕的呢？這個人說，她就是他的夢想啊！

她靠在蕭瑾修懷裡，滿足地閉上眼，承接他越發溫柔的親吻。

未來的日子，也許還有很多風雨波折，可有他在，她便有勇氣，與他攜手前行。

這樣，真的太好了。

三日後，顧桐月要回門。

成親三天，蕭瑾修便拖著她，在房裡過了三天。

反正他們府裡沒有長輩，又沒有兄弟妯娌，丫鬟、婆子也不敢非議主子們的房中事。

除了香扣與香櫞。

在顧桐月出嫁前，她們被郭氏耳提面命過，定要看住顧桐月與蕭瑾修，讓蕭瑾修行事有度，萬不能沒有節制，傷了顧桐月的身子。

香扣和香櫞不是什麼都不懂的小姑娘，聽了這話，面紅耳赤地點頭應下。

可誰知道，平日裡嚴肅自制的蕭大人，成親之後，竟像是換了個人一般。

整整三天，她們連顧桐月的影子都沒見著！

香扣與香櫞擔心得腿肚子都開始抽筋了。

這三天，蕭瑾修不許任何人進屋服侍，要水要飯，也是送到門口，他自己來取。

香扣本想趁送水的機會進去看看她們家姑娘是否安好，卻被蕭瑾修毫不留情地拒絕了。

她無計可施，好不容易熬到回門，與香櫞頂著深深的黑眼圈，面無表情地等在主子的房門口。

「爺，今日您跟夫人該回門了。」香扣提高嗓音，對著緊閉的房門大聲說道。

屋裡一陣靜寂，隨即傳出輕快的笑聲。

香扣與香櫞頓時放下心來，那熟悉嗓音聽著雖比平時嘶啞些，但至少還是中氣十足。

兩人對視一眼，打算暫且忍下來，等回了東平侯府，再好好告新姑爺一狀。

屋裡，顧桐月已經懶懶地支起身來，半滑到肩頭的薄紗裡衣襯著雪白渾圓的肩頭。原本白皙的肌膚上，布滿令人臉紅心跳的痕跡，又讓蕭瑾修看直了眼。

他忍不住苦笑一聲，上前將她的衣裳拉好，眸色暗沈地緊盯著她。「今日要回門，妳就別撩我了。」

顧桐月紅著臉啐他一口。「誰撩你了？自己不正經，倒全賴在我身上。」說罷，氣呼呼地噘起嘴，拍開他的手。

蕭瑾修抱著愛嬌的小佳人，自是一通好哄，甜言蜜語猶如不要錢似地，終於讓顧桐月繃不住，笑了出來。

兩人笑鬧一陣，才打開門，讓人進來服侍。

香扣與香櫞幾乎是迫不及待地衝進去，見顧桐月只是懶懶地靠在床頭，眉眼間帶著明媚笑意，初經人事後不經意流露出的風情，不知為何，竟讓兩人看紅了臉。

見她氣色尚好，並沒有她們想像的虛弱不堪，兩個丫鬟才齊齊鬆了口氣，幫她梳妝打扮，準備回門。

出門時，蕭瑾修親自扶顧桐月上馬車，然後坐在她身旁。

「今日夫人在岳丈與兄長們面前，可得為我說說好話才行。」

「這是為什麼？」顧桐月大奇。「好端端的，父親與兄長們豈會為難你？」

「那兩個丫鬟見了岳母與岳丈，定要告狀的。」

顧桐月沒留意，他可是瞧得清清楚楚，香扣與香櫞不滿什麼，他也心知肚明。

可有什麼辦法？他心心念念多年的人兒終於成了他的妻子，他真恨不得日日把她關在屋裡，就他跟她兩個人，哪怕什麼都不做，也心滿意足。

其實，這三天，他並沒像兩個丫鬟擔心的那樣，沒放過顧桐月。她初經人事，年紀又小，他哪裡捨得傷了她？兩人待在一起說話看書，寫字畫眉，日子美得跟作夢似的。

顧桐月起先還沒反應過來，待瞧清楚他眼中的戲謔，立時紅了臉。

「活該，誰叫你不聽勸。」

她可是勸過他的，為免底下人說閒話，不好總關著門待在一處。

蕭瑾修自是不聽，還振振有辭地說，好不容易在一起，難不成還要看下人臉色行事？

這時，倒好意思來求她了？

蕭瑾修低頭瞧著顧桐月動人的嬌顏，還是沒能忍住，嘆息著將唇落下去……

雖然顧桐月從東平侯府出嫁，但她到底冠著顧姓，因此今日先回了顧府。

顧家能到的人都到齊了，連顧老太太也早早等在堂中。

顧桐月見到姊姊、妹妹們，自然十分高興。

她放眼看去，大姊顧蘭月端莊大器，二姊顧葭月溫柔婉約，三姊顧雪月婚後更是嬌美如花，四姊顧華月依然風風火火，即便懷著身子，見了顧桐月，也仍是大剌剌的模樣，七姑娘顧冰月尚未出嫁，依然楚楚動人。

顧桐月數了數，只有五姑娘顧槐月及六姑娘顧荷月沒來。

「靜王事發後，女眷都判了流放。」顧蘭月對顧桐月說道：「五妹離京時，我去送她，也打點過，待到邊地，自有人照料，應該吃不了什麼苦頭；只是……京城怕是回不來了。」

顧桐月聽了，不勝唏噓。「如果有機會，還是要把她弄回來才好。」

顧槐月也是可憐，入了靜王府，還沒享到福，就被靜王的事牽累了。

還好這事沒倒楣到顧府頭上，不過仍將顧從明嚇得夠嗆，病了好些日子。直到武德帝將相關人等發配完，他才放下心，卻是絕口不提被流放的顧槐月，只當自己沒生過這個女兒一般，叫人心寒與不齒。

「這事不容易，妳小哥的意思，等過個幾年，風頭過了，到時候會好辦些。」

顧桐月點點頭。

「前兒，母親收到六妹的信，道是想回京賀妳呢！」顧蘭月提起顧荷月。

顧荷月與尤嘉樹成親後，去了蜀地。顧荷月時常寫信回來，甚至求過顧從安，只是顧、尤兩家不肯鬆口，大有將他們放逐到底的意思。

「她竟然還沒死心？」顧桐月驚訝地挑眉。

「京城繁華，蜀地如何比得上？」顧蘭月挽著她，笑道：「不說她了。這幾日，可好？」一邊問、一邊打量顧桐月的臉色。

顧桐月聞言，忍不住臉紅，忍不住拿眼去尋蕭瑾修，卻見正陪著顧從安說話的蕭瑾修也剛好看過來。

四目相對，蕭瑾修翹起唇角，眼裡的溫柔幾乎要滿溢出來。

顧桐月也忍不住勾唇，在顧蘭月打趣注視下，慌忙收回目光。

姊姊、妹妹聚在一塊兒，熱鬧自不必說。

知道大家都過得很好，顧桐月心裡是說不出的高興與歡喜。

在顧家坐了一會兒，小夫妻倆便辭別尤氏與顧家人，前往東平侯府。

另一邊，唐家人已是望眼欲穿。

待見到面，又是一番熱鬧與歡笑。

郭氏一拉著顧桐月，就不肯鬆手了。

母女倆待在屋子裡，郭氏絮絮地問，蕭瑾修待她如何？這三日是怎麼過的？新府邸住得慣不慣，底下人服侍得用不用心……恨不能叫顧桐月將這三天發生的事全告訴她才好。

顧桐月抱著郭氏的腰，膩在她懷裡。「阿娘放心，他對我很好，很好、很好的，我每時每刻，都很歡喜。」

聽見女兒如此嬌羞的話，郭氏激動得險些落淚，一個勁地說：「那就好，那就好。」

但蕭瑾修那邊，氣氛就不是那麼的和諧愉快了。

四個兄長看他的眼神都不友善，還好有歸來的唐仲坦坐鎮，才有驚無險地過了這一關。

熱熱鬧鬧一日，待到傍晚時分，顧桐月才依依不捨地辭別父母、兄長，與蕭瑾修一道坐車回府。

見她眼睛紅紅，蕭瑾修輕聲寬慰。「咱們兩家離得這樣近，以後妳想回來，我便陪妳回來，可好？」

顧桐月不住點頭，靠在他胸口。「你待我真好。」

「傻姑娘。」蕭瑾修寵溺笑道：「我不待妳好，要待誰好？」

他頓了頓，將她擁得更緊些。「我會一輩子待妳好。」

番外

顧桐月與蕭瑾修成親半年有餘了。

這一日，天氣極佳，顧桐月想著蕭瑾修前些時日提起，想趁著天氣好，將書房的書好好曬一曬。

正好今日無事，她便興沖沖地領著丫鬟、婆子去曬書。

「夫人啊，這哪裡用得著您親自動手。」香櫞上前勸阻。「這些事交給奴婢們來做就行，累著了您，可如何是好？大人下衙回來，又要責怪奴婢們服侍不周了。」

「不過是拿兩本書，哪兒就累著了？」顧桐月被她唸得沒了脾氣，乖乖將手裡的書交給她。「咱們蕭大人就是愛小題大作，等他回來，非得好好說說他不可。」

丫鬟與婆子們聽了，紛紛抿嘴偷笑。

瞧瞧她們夫人那言不由衷的模樣，提起蕭大人，眼角、眉梢都是甜蜜的笑意呢！

主子們成親半年多，平日裡的相處，她們都看在眼中，真沒見過哪家男主子像蕭瑾修這般寵愛妻子的，真真是鉅細靡遺、面面俱到。如果他在家裡，她們這些服侍的人，壓根兒派不上用場，連顧桐月洗手、擦臉，他也一手代勞了。

每日下衙，蕭瑾修總會給顧桐月帶不同的小吃、零嘴回來，哄得她每日都眉開眼笑，更別提休沐時，會帶著她到各處遊玩。

唯一美中不足的，就是顧桐月的肚子一直沒有動靜。

兩個主子不急，卻急壞了底下的人。府裡總共就兩個主子，其中男主子還老是搶她們的活兒幹，這讓她們充滿了危機感，生怕哪天就因為沒有用被趕出府去，可就太難過了。

這麼好的主子，不是隨隨便便能遇到的。

因此，這個月顧桐月還沒來月事時，香櫞等人自然緊張得不行。

但顧桐月不覺得自己懷孕了，因蕭瑾修成親時就與她說過，如今她年紀小，太早要孩子，對她的身子不好。她也不想太早生，覺得自己還是個孩子呢！

再說，蕭瑾修對她這般好，若早早要了孩子，蕭瑾修轉而對孩子們好，她找誰哭去？

因此，蕭瑾修一直在喝避子湯藥，他是絕不肯讓顧桐月來喝那些的。

這邊正忙著，一個高大的身影穿過垂花門走了過來。

顧桐月瞧見他，漾開笑臉迎上去。

蕭瑾修也加快腳步，扶住她的手。「在忙什麼？」

「趁著天氣好，把書搬出來曬一曬。」顧桐月任由他牽著往房裡走。「今日熱，我讓人備了冷淘跟一些消暑小菜，不知道你愛不愛吃。」

「妳備什麼，我便吃什麼。」蕭瑾修對吃並不挑剔。「下午我不用回衙門，妳可有想去的地方？」

顧桐月想了想，搖頭道：「天氣越發熱起來，還是待在家裡就好。」

蕭瑾修自然沒有異議。

兩人攜手回屋，用過午飯，又一起歇了午覺。

顧桐月醒來時，看見蕭瑾修在不遠處的書案後鋪紙磨墨，細細調著顏料。

「你這是要做什麼？」顧桐月懶懶問道。

蕭瑾修手上不停，笑望著她。「可還記得我欠妳一個承諾？」

「嗯？」剛剛醒來的顧桐月迷迷糊糊地看他。

慵懶的模樣，引得蕭瑾修快步走來，擁住她好一通深吻，方才放過氣喘吁吁的她。

「我曾答應妳，要為妳作畫的。」他在她耳邊輕聲說。

顧桐月愣了愣，才想起這件事，不由笑道：「你今日要為我作畫？」

「不獨今日。」他笑著鬆開她，又走回去。「若妳喜歡，日日幫妳作畫，我也願意。」

「那也要看你畫得如何，要是把我畫醜了，我可不依。」顧桐月笑著說道，躺下來，支著下頷看著他。

香扣與香櫞聽著屋裡的動靜，無奈地對視一眼，今兒又沒她倆的事了。

不獨別的丫鬟、婆子擔心丟差事，連香扣、香櫞這樣的大丫鬟，也時常生出這種感覺，委實不明白，堂堂三品大人怎麼非要跟她們搶活兒幹？

當然，蕭瑾修是不會為她們解惑的。

不過這一日起，香扣與香櫞終於不用擔心她們的飯碗，因為她們學會了一項新手藝——裱畫。

蕭瑾修為顧桐月畫的畫，捨不得拿去外頭裱，自是不願讓人瞧見他心愛妻子的模樣。

於是，就到了香扣、香櫞為主子分憂的時候了。

不過，當她們每日累得像條狗一樣，還沒裱完前一幅畫，後一幅又送過來時，不由淚流滿面，深深懷念起以前無所事事的悠閒日子。

很久很久以後，大周出了兩名裱畫大家。

提起她們的裱畫生涯，兩名已經白髮蒼蒼的大家禁不住熱淚盈眶。

「感謝天，感謝地，感謝蕭大人和夫人鶼鰈情深，恩愛如昔，才有我倆的今日啊！」

——全書完

2018年7月出版

賣酒求夫

文創風 654～656

他這如意算盤打得真是響噹噹，
不但買光了她的酒，
還打算連她的一輩子都買下了！

相知相惜　傾心相戀／何田田

姜酒第一次出來賣酒，就碰了好幾個硬釘子，
好不容易找到一個識貨的，那謝承文卻把價格砍了好幾倍，
果然不管在現代還是古代，黑心商人都是最難對付的存在。
不過她沒想到這古代的奸商，竟卑鄙狡猾到無法無天的地步，
一見她釀成新酒，他立刻湊上來，不要臉的白喝又白拿，
還把她家當作免費客棧，心情不好住一下，閒來無事住一下，
然後擺出一副高高在上的主人姿態，拿她當女僕使喚著……
搞清楚了，她是賣酒給他，並非賣身啊！
可當他無比認真的盯著她，說要包下她的所有時，
她那小心臟居然不爭氣地跳得飛快，一瞬間慌了神兒，
想到往後有他這個靠山在，做起事來除了方便、還是方便，
她突然覺得被他承包，似乎還挺不賴的呢～～

2018年7月出版

陌上嬌醫

文創風652～653

她是剋父剋母；他則命相不好，
在鄉里間被傳成是這等命數，
應是另類的天災人禍吧？
與許是負負得正，他倆倒結下不解之緣……

人情冷暖間，良緣到眼前／言笑晏晏

蘇木本以為穿越到古代農村能一圓田園夢，
雖然沒爹沒娘，好歹有藥田和醫術傍身，
卻未料會被人視作「剋星」處處刁難。
既然擺脱不了掃把星的惡名，
她倒是不介意跟村中潑婦一戰，
再背上個「潑辣」的聲名！
像她這般出格的女子，本該孤老終身，
卻偏偏遇上村中大暖男──雲實，
他的霸道與貼心不知不覺打動了她的芳心……
而她蘇木，也成了他所珍視的那個人。
有了手巧心善的上門夫婿相伴，
再憑藉著她的醫術及知識，
還不領著全家奔小康，逆轉成福星～～

2018年6月出版

起手有回小女子

文創風 646～649

前一世盼星星盼月亮的，終於盼到父親來接，
於是，她便迫不及待地帶著母親與姊姊奔向火坑，
孰料，他只是為了拿她們姊妹來政治聯姻，鞏固權勢罷了，
結果最後害得母親吐血身亡、姊姊被虐待致死，
幸好，老天爺給了她贖罪的機會，這回她絕不重蹈覆轍！

人生如戲　悲歡離合／笙歌

林莫瑤仗恃著自己的才智，硬是憑藉己力助心愛的二皇子登上皇位，
為了他，即便承受天下人的唾棄、謾罵，她也甘之如飴，
為了他，就算落下病根，此生恐難有孕，她亦無悔無怨，
然而，縱使她聰明一世、機關算盡，也沒能算出他的狠心無情，
這個她付出生命愛著的男人對她沒有感情，只有利用，
而她那個楚楚可憐、嬌嬌弱弱的異母妹妹則一心覬覦著她的后位，
原來啊，從頭到尾被蒙在鼓裡的人只有她，可憐又可悲的她……
赫連軒逸，前世對她一往情深，曾為了救她而獨闖敵營的男人，
沒想到，這一世他與她初次見面，竟是渾身浴血、昏迷不醒，
林莫瑤心中只有一個念頭——她要救他，不計一切代價！
上輩子因為她，這人眾叛親離、一無所有，最後死無葬身之地，
欠他的恩與情，她就是幾世加起來都不夠償還的，
所以，這輩子自個兒能為他做的，就是義無反顧地愛著他。
反正自己有滿滿的愛，這回就由她主動出擊擄獲他的心吧！
今生，換她來守護他，至死不渝……

文創風 660

妻好月圓 4 完

國家圖書館出版品預行編目資料

妻好月圓 / 渥丹著. --
初版. -- 臺北市 : 狗屋, 2018.08
冊 ; 公分. --（文創風）
ISBN 978-986-328-893-0（第4冊：平裝）. --

857.7　　107009607

著作者　渥丹
編輯　安愉
校對　沈毓萍　周貝桂
發行所　狗屋出版社有限公司
地址　台北市104中山區龍江路71巷15號1樓
電話　02-2776-5889～0
發行字號　局版台業字845號
法律顧問　蕭雄淋律師
總經銷　知遠文化事業有限公司
電話　02-2664-8800
初版　2018年8月
國際書碼　ISBN-13　978-986-328-893-0

本著作物由作者授權出版

定價250元

狗屋劃撥帳號：19001626

網址：love.doghouse.com.tw　E-mail：love@doghouse.com.tw